JN120355

ONE ON ONE
—ワンノンワン—

浜 みち途
HAMA Michito

文芸社

目次「ONE ON ONE」

1. 1988

I

1988年3月、僕は緑南(りゅうなん)工業大学の合格発表の場にいた。緑南工業大学といえば、理工系では東大、京大に次ぐ偏差値の一流国立大学だ。

合格した。それなのに……こんなに浮かない顔をした合格者もそういないだろう……昨日、第一志望の京大の不合格通知を受け取ったばかりの僕としては、一浪しての第二志望以下の合格など全然嬉しくない。合格者の中には記念写真を撮っている者もいるが、まったくめでたい奴だ。この大学はいい大学らしいが、受験生にとっては偏差値が全てだから、狙った偏差値の大学に合格できなければ、それはただの敗北ということだ。つまり、僕は、ここに敗戦処理の結果を見に来ただけだ。

それでも僕が合格したことがわかったらしく……そうか、合格者が受け取る封筒でわかるのか……アメフトのユニフォームを着た先輩達、11番のユニフォームと75番のユニフォームが近づいてくる。11番の方が言う。

1．1988

「君、アメフトやらない？」

「やります」

僕は即答した。受験勉強でやや太ってしまった体形がハンデとならないであろうスポーツ。そして集団格闘技的なアメフトに興味を持っていた。11番の先輩と75番の先輩と二言三言交わしつつ、女子マネージャーらしき人が差し出したボード上の用紙に名前と連絡先を書いた。

「本当は京大が第一志望だったんですけど」

と僕が言うと、75番の先輩が、

「俺もそうやった」

と言い、11番の先輩は、

「俺らみんなそうやって」

と言った。二人とも関西弁だった。きっと僕以上に京大に行きたかったに違いない。最後に75番の先輩が、

「一緒にがんばろな」

と言ってくれた。お～、この感じだ。僕は、腕立て伏せを200回以上できるし、ヒンズースクワットを1000回やったこともある。浪人中はハングリーで毎晩腕立て伏せやらスクワットやらをやっていたからだ。そして、今、受験勉強の憂さを晴らすべく、仲間

とともに戦いたいのだ。

しかし、大学の門を出る頃には、やはり元の沈んだ気分に戻っていた。詰めが甘いんだよな……早稲田も慶応も合格したのに、なぜ第一志望の京大だけ落ちたのだろう。逆でよかったのに。

気が滅入ったときは散髪するに限る。合格発表の足で床屋に寄ると、待合室で近所のおじさんと会った。

「やぁ、山田君」

「どうも、こんにちは」

「そこの遊歩道を歩いてきたんだけど、桜がもうすぐ咲きそうだね」

「花見は好きじゃないっすね」

「そうなの？　サクラサクとかいうじゃない。そういえば、浪人は無事終わった？」

「まぁ何とか」

「へぇよかったね。で、どこ？」

「緑南工大です」

「え？」

「緑南工業大学ですけど」

「あ、渋谷にあるアレ？」

「それは専門学校か何かじゃないですかね。緑南工業大学は国立大学なんですけどね」

「それって東大ではないんだよね」

「それは違います」

「でもよかったじゃない。晴れて大学生になれるんだから」

「まぁ一応」

確かに受験に無関係の人には、緑南工業大学なんてわからないのかもしれない。


家に帰ると、姉としゃべる。

「それはおめでとう。で、何か部活やるの？」

「アメフトやろうかと思って、今日、早速名前を書いてきたよ」

「いいね、男は体育会系よ。活躍してね。アメフトはモテるから」

「マジで？」

男を見る目が肥えてそうな姉が言うのだから本当にそうなのだろうと、僕は結構真に受けた。

「そのリョクナン工業大学ってのは？」

「ちょっと待った。リュウナン工業大学だっての。これだから嫌だよ、受験関係者だけじゃなくて普通に名が知られているボンクラ大学の方がまだよかったかも……」

「まぁまぁ、難しい大学だってことくらいはみんな知ってるわよ。でも、その大学のアメフト部って強いの？　聞いたことないけど」

「いや実は俺もよく知らないんだよ。まぁ、強けりゃ強いでやりがいがあるし、弱けりゃ弱いで俺にも早々にチャンスが来るわけだし、どっちに転んでもいい」

後にわかることだが、完全に後者に転ぶことになる。

家族は皆、僕の合格を喜んでくれたが、僕の心は晴れない。僕は、東大卒の父親と祖父を持ち、クラスメートの多くが東大や京大に進学するような進学校で育ち、自分も当然に東大か京大に行くつもりでいた。ところが、一浪してもあまり成績が伸びず、そういう結果を得られなかった。僕は改めて自分に失望した。たかが大学受験、それでも、この絶望感にどう対処すればよいのだ。僕は迷走し始める。

無駄に記憶力が良いことが、僕の悩みだ。当然に良いことばかりではなく、悪いことも、それに伴う感情とともに鮮烈なイメージとして記憶に定着してしまうし、どうでもいいような数字が頭から離れない。もう随分昔の話なのに、チームメイトの背番号や試合のスコアをほとんど覚えている。僕は決してストーカーではないが……むしろ去る者追わずだが……好きだった女の子の電話番号も未だに頭の中にある。もちろん、その後にその電話番号にかけていないのにだ。

この話は、決して暗い話ではない。形のないものが形になっていくという純粋で明るい話だ。それでも、失ったものや置き去りにしたものに触れては、それを返してくれと叫びたくなる時がある。心の底から。

だから、昔のことを思い出したり、昔話をしたりするのはあまり好きではないけれど、仲間や自分についての記憶をそろそろ解放してもいい頃かと思うようになってきた。携帯電話もメールもなかったあの頃から、もう30年余りが経つ。

Ⅱ

4月の入学式の後にオリエンテーションがあり、そこで学科の主任教授が面白いことを言う。

「緑南（りゅうなん）工業大学の呼び方はいろいろあると思います。リュウナン工大とか、リュウ工大とかありますね。でも理工系の国立の工業大学といえば我々がトップ。ということで、工大、でいいんです」

そうか、そんなに凄い大学なのか。

入学関連の一連の行事が終わると、部活紹介のイベントなどがあり、部活が始動していく。

　アメフト部の入部希望者が講義室に集められた。入部希望者は20名ほどいた。そして、ユニフォームを着た何人かの先輩部員の中に、僕を勧誘してくれた11番の先輩……阿蒙（あもう）さんとわかる……も75番の先輩……奈豪（なごう）さんとわかる……もいた。皆男らしく精悍な感じで、良さそうな先輩達だ。キャプテンが来るまで少し待ってくれと言われ、その間に部の概略説明、練習時間などが説明された。創部は昨年で、現在2年生までしかいないこと、人数が足りていないこと、根本的に未だ組織立っていないことなどがわかった。自分も早く一員になってチームを構成したい。

　しばらくすると、ユニフォームではなく、ジージャンを着た普通でない感じの人が講義室に入って来た……短髪で蛇のような鋭い目つき……ガタイがいいのでアメフト関係者だとすぐに察しはつくが、この人誰だ？　その人がしゃべり始めると、緊張感が一段上がる。

「キャプテンの大竹です。俺ら勝つためのフットボールやるから。遊びでやってんじゃねぇから。アメフトなんて痛ぇだけだし、遊びでやってもケガするだけだし、そんなの話になんねぇよ」

　と言った。この大学の人だ。しかし何だか恐ろしい感じの人だ。

「ウチの大学にも一つぐらい強い運動部があったっていいだろう。俺たち今こんなだけど、どんなに強いチームにも必ず最初ってものがあるから。いま日本一のチームだって然りだ」

説得力がある。

「それと、体を鍛えてもらう。てめぇの体はてめぇで守らねぇと、瞬間にケガするから。筋肉は第二の防具だ。ケガは全て、てめぇの責任なんで」

この大竹さんという人は、「自分」のことを「手前（てめぇ）」と言うらしい。

それ以上の説明はなく、凍った空気の中で解散となった。


「ウチの大学にも強い運動部を」というのには共感できる。この大学の学生にはいろいろな人がいる。とはいっても、理系の国立大学ということで、やはり大学全体の雰囲気は、多くの人が、いかにも理系、と思うそれに近い。つまり、一言で言うと、暗い。だから、勉強や研究だけでなく、違う側面を自分達の手で作ることができれば素晴らしいと思う。

解散後に講義室を見渡すと、入部希望者の中に、見覚えのある顔があった。浪人中に予備校の京大・東大コース……東大・京大コースではない……で見た顔だ。予備校の学籍番号順に決められていた席順で、僕の斜め前方に座っていた体がデカくて怖い顔をした男だ。今日も相変わらず顔は怖かったが、「お前、いたよな」と話しかけると、快く応じてくれた。僕らはすぐに打ち解けることができた。この男の名前を矢知（やち）という。矢知は、予備校時代はやはりハングリーだったらしい。その予備校では仲良しグループみたいな集団がはしゃいでいたが、矢知はそいつらを心底鬱陶しく思っていたらしく、ふざけんなという気持ちに満ちていたらしい。だからあんなに怖い顔をしていたのだろう。矢知も、僕や先輩達と同様に、京大志望だったが落ちてしまったからここにいるということだった。矢知は、高校時代にアメフトをやっていたことから、即戦力と期待されたが、すでに満身創痍でもあり、しばらくはフル稼働できないとのことだ。

その翌日、グラウンドでの練習が開始された。グラウンドといっても、後発のアメフト部の練習スペースは限られていた。サッカー部とラグビー部がフィールドを二分して使用し、アメフト部はそのサッカー部側のフィールド脇のL字のスペースで練習することになっていた。サッカーゴール裏のスペースがアメフト部のホームポジションだったが、サッカー部がシュート練習を始めると、外れたシュートがビュンビュン飛んでくる。「枠（ワク）いこーぜ、枠〜」と、こっちが言いたくなるが、仕方がない。

また、我々には部室というものもなかった。これも仕方がないので、部活棟1階の会議室のような小部屋と廊下とが我々の着替え場所となっていた。トイレにもシャワー室にも数歩でアクセスできるし、下手な部室よりも使い勝手が良いので悪い話ではないが、この着替え場所といい、練習場所といい、ホームレスのようなチームだ。

練習は全てキャプテンの大竹さんが仕切っている。新入部員の練習は、最初はせいぜいダッシュと筋トレくらいだろうと思っていたが、甘かった。ダッシュの後、先輩＋矢知と新入部員とが分けられ、新入部員は、ダミーというサンドバッグのようなものに当たるダミーチャージという練習を行う。ダミーチャージとは、相撲の立ち合いのような動作で、頭部と腕を打点として目の前のダミーに当たってそれを押す練習だ。そのダミーは、順番済みの者が押さえる。我々はまだヘルメットやショルダーなどの防具を持っていないから、生身でこれを行う。正直、額が痛い。額が擦れてくる。顔面をできるだけかばうために腕を最大限使うことになるが、腕もつりそうになってくる。テキトーにサボりたいところだが、ヘマしたり力が伝わらなかったりすると、大竹さんから「アゲインだャッ！」と怒鳴られて何度でもやり直しをさせられるので、真面目にやるしかない。後に、アメフト経験者の矢知に聞いたが、このダミーチャージは、普通は防具を着けてやるものらしく、フルスピードで生身の顔面で当たるダミーチャージなど聞いたこともないらしい。

そして、真っ暗なグラウンドの中で練習が終わる。練習の最後に、全員が円形状に集まり……集合することを「ハドル」というらしい……バイス（副キャプテン）とキャプテンが一言ずつコメントする。バイスの奈豪さん、前田さんがコメントしてから、大竹さんが言う。

「今日から新人が来たわけだけど、新人は受験勉強で体が鈍ってんだから、もっとてめぇの体をいじめてかねぇと。そんなんじゃ話になんねぇから」

いじめ過ぎだよ、と思った。

その晩は着替えるのも一苦労だった。まず、腕が言うことを聞かずにパンツを脱ぐのもままならない。顔を洗っても額がヒリヒリする。

そして、その翌日の筋肉痛もひどかった。特に首が痛い。背後から声をかけられても、首だけを回転して振り返ることができず、胴体に対して首を固定した状態で胴体ごと180度回転しないと、その背後の人に応答することができない。

この日も生身のダミーチャージが行われ、「アゲインだャッ！」が連呼される。そして、疲れて下を向いていている者がいると、大竹さんが怒鳴る。

「下向いてんじゃねぇ、ボケッ！　下向いた奴から瞬間に狙われるからな」

大竹さんは、ショルダー、ヘルメットなどの防具を着けてスタイルした先輩達のメニューにも加わり、「アゲインだ、ボケ！」、「おめぇバイスだろ、コラ！」、「死ぬほど押せや！」などと叫んでいる。そして、その日の練習終了時のハドルでも、大竹さんが新入部員達に向かって言う。

「お前らみんな細すぎる。そんなんじゃ瞬間に煽られるから。とにかく、てめぇの体は死ぬほど鍛えろや」

……と言われても。

２年生、つまり、最上級生の部員は10人ほどいた。当初は、現３年生の代の部員もいたらしい。もともと、このアメフト部は、その幻の代の人達と、奈豪さんや阿蒙さんらの現２年生を含む数名のメンバーが創部したものだった。しかし、ブレインとなるべきアメフト経験者がいなかったため、その創部メンバーで学内のアメフト経験者を探したところ、大竹さんにたどり着いたらしい。当初大竹さんは入部を拒んだが、奈豪さん達が説得して引き込んだのだ。

運動部に怖い先輩はつきものだが、大竹さんは、ただの短気な人ではなく、合理的でかつ何事にも徹底していて妥協を許さない男だった。少年時代には将棋でチャンピオンになったことがあるらしい。そして、まるで似合わない側面だが、星座に異常に詳しく、北半球の星座は全部記憶しているとのことだ。そんな徹底した性格と、合理性を維持しながらもキレやすい性格とが相まって、他人に有無を言わさない異常なほどのカリスマ性を備えていた。大竹さんは、キレるときも、合理的に、相手の逃げ道がない状態でキレてくるから、適当な言い訳や誤魔化しが通用しない。だから始末が悪い。

大竹さんの強烈なキャラクターは、同じグラウンドで練習するラグビー部やサッカー部の間でも話題になっていた。ラグビー部員の間では「怪獣」というあだ名がついているらしい。ラグビー部の友人が聞いてきた。

「あの激しいコーチみたいな人、昼間は何やってる人なの？」

「昼間は授業を受けてるんじゃないかな」

「え？　ウチの学生なの？」

同じ学科のサッカー部の人からも言われた。

「君はあのアメフト部か！　あのおっかないキャプテンみたいな人のモノマネ、サッカー部で流行ってるんだよ」

と言って、しかめ面で部員達に指示を出したり檄を飛ばしたりする大竹さんのモノマネを披露してくれた。とても似ていたが、僕にとっては笑い事ではない。

そして、そんなこんなで現3年生の幻の代の部員達は絶滅してしまい、今の2年生だけが残ったのだ。残った2年生の先輩達も、気丈なタイプと、柳のように受け流すタイプに二分されているように見える。そうでないと大竹さんと付き合うのは無理だろう。僕にとっては、大竹さんは先輩だから許容できなくもないが、これが同期だったら無理だと思う。

とはいっても……いや無理だろうこれ……僕も大竹さんの異常な雰囲気についていけず、最初の1週間で退部することにした。

そして、僕は他の部活を転々とする。この新歓の時期においては、「普通の部活」にとって新入部員はお客様となる。どの部でも、気前のいい先輩達がいて、その先輩達が設定してくれた合コンがあり、期末試験対策もバッチリらしい。そういえば、アメフト部では新歓の飲み会すらなかった……そんな儀式はどうでもいいが。そんなわけで、他の部はアメフト部とは大違いだったし、そこでは非常に全うな学生生活が待っているのは明らかだが、何か足りない。

そして、入らなくてもいいからという勧誘文句に誘われて、ちゃらちゃらサークルの新歓コンパにも出てみた。どこかの女子大生とかもいて華やいだ雰囲気だったし、その場を楽しくやり過ごすことはできるが、正直、柄じゃない。だいたい男女の交流のみが目的のくせに……もちろん男女の交流自体はいいことだと思うが……あたかも他のことに目的があるかのような胡散臭い雰囲気が受け入れ難かった。僕のいる場所ではないのだ。

結局、僕は、アメフト部の原始的な雰囲気というか、ハングリーな状況が忘れられなかったし、「ウチの大学にも一つぐらい強い運動部があったっていいだろう。どんなに強いチームにも必ず最初ってものがあるから」という大竹さんの言葉も忘れられなかった。

退部してから2週間後、僕は、学食で阿蒙さんを見つけて、今からでもアメフト部に戻れるかなどと相談したところ、ノープロブレムということだった。そして、大学内のトレーニングセンターでウェイトトレーニングをしている大竹さんを見つけた。

「アメフト部を辞めた者ですけど、すいませんでした。もう一度入部させてください」

「お前の名前、何だ」

「山田です」

「じゃ、お前、明日からまた練習来いや」

僕のことを覚えていないようだったので若干ホッとした。

こうして結局、僕は、この原始的なアメフト部に戻ってきてしまった。まったく馬鹿な奴だ。

その後、新入部員は防具を買い、スタイルしてコンタクトする練習に入る。アメフトは、ヘルメットがあるから痛くないと思っている人が多いが、逆にヘルメットが武器となるから普通に痛い。当然ながら、練習では、仲間といえども本気でコンタクトする。メットを着けてしまえば、上級生も下級生もないし、ルールのある喧嘩のようなものだ。そして、大竹さんに駆り立てられながら、いつも、かなりピリピリしたムードでの練習となる。大竹さんに言わせると、これくらいの緊張感で練習しないと、瞬間にケガをすることになるらしい。

Ⅲ

6月に入る。4月の最初の練習では15人以上はいた新入部員は、6月の時点で6人となっていた。矢知、森万（もりまん）、ヒトシ、マコト、ヒュージ、それと僕だ。ヒトシとマコトは苗字が同じだったので名前で呼ばれるようになっていた。ヒュージというのはあだ名である。落ち着いた感じの大人な矢知、ストイックな森万、ハンサムでユーモアのあるヒトシ、クールなマコト、垢抜けたヒュージといったところだ。このヒュージという男、184センチの長身にロンゲでソバージュという、何だか今時のテレビドラマにでも出てきそうな風貌だ。そして、「テキトー」が口癖で軽いノリながらも要領の良さそうな奴だ。ヒュージの本当の名前は「修次」だったが、そのモノがデカいということから、シュウジと英単語のhuge（「非常に大きい」、「巨大な」の意味）とを掛けて、ヒュージというあだ名がついていた。ヒュージは、最初はこのあだ名を嫌がったが、そのうち気にしなくなったようだ。

僕の身長は171センチだが、他の5人は皆180センチ以上あり、デカい。この中で高校でのアメフト部出身者は矢知だけで、森万は陸上部、ヒトシは空手道場、マコトはバレーボール部、ヒュージはバスケ部、僕は水泳部の出身だった。

バイスの前田さんが言う。

「お前ら、よく生き残ったな」

ヒトシが返す。

「逃げ遅れただけですよ」

確かに大竹さんの強烈なキャラクターに曝されながらも、まるでホープレスな状況に好んで残る奴はいない気がする。しかし、皆、なまじ体力や義理人情があるものだから、辞めきれずに残ってしまったのだ。僕も一度辞めてから何故か戻ってきてしまったが、本当にこれでよかったのかと未だに悩むこともある。

普通の運動部では、大抵は上級生対下級生の構図となるが、我々の部では、完全に大竹さん対その他という構図となっていた。一方、2年生までしかいないというのもあるが、「その他」の者の間では、いわゆる上下関係の厳しさのようなものは皆無だった。先輩、同期の別なく、皆で飯を食べたり、麻雀をしたり、馬鹿話をしたりと、僕自身、精神的にはこういう仲間に随分と救われている。僕は、アダルトビデオに詳しい奴ということになっていたので、先輩におすすめを聞かれると、好みに合わせていくつか教えてあげた。

チームカラーはオレンジとネイビーブルーだった。ヘルメットがオレンジでユニフォームがネイビーブルーと白を基調としたものだ。もともとヘルメットの色やユニフォームのデザインにはいろいろな案が出ていたが、大竹さんが、全てを破り捨てて独断で決めたらしい。当然に、大学名に含まれる「緑」にちなんだ緑のユニフォームの案もあったらしいが、大竹さんがそんな暗い色はあり得ねぇといって却下したらしく、特に、ヘルメットのオレンジについては、我々の大学らしからぬ明るい色にしたかったということらしい。

そして、大竹さんの背番号は53だった。背番号とは不思議なものだ。ただの数字なのに、その背番号を着ける人のキャラクターがその数字に化体していき、その数字とその人とが一体不可分なものとなってくる。そんなわけで、部員達は皆、「53」という数字を忌み嫌い、避けるようになっていた。僕も、電車の切符を買って末尾が53だと、不吉な予感がして切符を買い替えたくなるし、無事に目的地について切符を捨てるとホッとする。

それでも、部員達の間では大竹語が定着しつつあった。誰かがチャリンと釣銭を落とすと、「てめぇの釣銭はてめぇで守らねぇと、瞬間にすられるから、確実に受け取れや」となり、焼き肉を焼いていると、「てめぇの肉はてめぇで焼かねぇと、瞬間に腹壊すから、確実に焼けや」となり、試験前には「とにかく、てめぇの単位はてめぇで守らねぇと、瞬間に留年するから、確実に取れや」となる。この主語の「てめぇ」とは「お前」ではなく「自分」のことである。程度を表す副詞は「死ぬほど」となり、時間的要素を表す副詞は「瞬間に」となる。そして、何かに失敗すると「アゲインだゃッ！」となり、結果が芳しくないと、「話にならねぇ」という結論になる。こういうのを真似し始めるのはだいたいヒトシだった。

いずれにしても、うるさいＯＢもいなければ、くだらないシキタリや伝統もない。ただし、金もステータスもない。良くも悪くも今の我々が全てなのだ。

6月に、練習試合が組まれた。相手は、その大学の体育会の正式な部ではなく、サークルのようなプライベートチームだった。

アメフトは、11人対11人でやるスポーツである。したがって、我々のチームは、1年生が入ったことによって初めて試合が組めるようになったということだ。そして、アメフトでは普通は、オフェンスの選手とディフェンスの選手とは別ユニットで構成され、攻守ごとに選手が入れ替わるものだ。ただ、我々はフルメンバーでも15人程しかいないから、ほとんどのメンバーが……入ったばかりの1年生でさえも……オフェンスとディフェンスを兼ねる「両面（りゃんめん）」状態となる。通常は、ラインという最前列で当たるポジション、つまりパワーが要求されるポジションに両面が多く、オフェンスでパスを取ったりディフェンスでパスを防いだりするようなスピードが要求されるポジションの選手は両面を外れることが多い。そして、オフェンスの司令塔であり、チームの要ともなるクオーターバック（ＱＢ）は、最重要ポジションとして最優先で片面となる。ＱＢは、ワイドレシーバーにパスを投げたり、ランニングバックにボールをハンドオフしたりするので、試合を通じて、できるだけダメージの少ない状態で正確にプレーする必要があるからだ。一般には、アメフトではクオーターバックが最も花形なポジションとなる。我々のようなチームでは花形も何もない気がするが。

初代ＱＢは、阿蒙さんだった。しかし、5月の練習で怪我をしてしまい、しばらく戦列を離れることになった。アメフトのヘルメットには、顔面を覆うフェイスマスクという金属製の格子が固定される。このフェイスマスクには、幾つかの種類があり、最前列で当たるライン用のフェイスマスクは、堅牢性や保護性を高めるために、より格子の本数が多いものとなる。これに対して、ＱＢ用のフェイスマスクは、良好な視界を確保するために、より格子の本数が少ないスカスカなものとなる。そして、不幸なことに、阿蒙さんは、ディフェンダーとコンタクトした時にその相手の肘がスカスカのフェイスマスクに入ってしまい、鼻を骨折してしまったのだ。これぱかりは、大竹さんでさえも「ケガはてめぇの責任だ」とは言えなかったらしい。

6月の試合では、1年の森万がＱＢをやることになった。森万は、身長182センチのストイックなアスリートだ。高校時代に陸上の跳躍種目でインターハイに出場したことがあるらしい。森万は、その運動能力と集中力の高さから、すぐにＱＢとしての動きになじんだ。そのストイックな性質は、アメフトだけでなく、彼の生活の随所に現れていた。森万は僕と同じ電気系の学科にいたが、僕と違って真面目に勉強して成績も優秀だったし、その後に連れてくる彼女も、そういうストイックなタイプの男にお似合いの美人だった。

はっきり言って僕は、自分にも他人にも甘い。ストイックとは程遠い僕は、森万と正反対の場所にいるように思えたし、どうみても森万の行動規範の圏外にいるような気がしたが、それでも僕を仲間と思ってくれたことはありがたいことだ。同じ釜の飯を食っていなかったら、森万と僕とは永遠に友人同士ではなかったに違いない。

その森万がQBとなった6月の試合で、我々は創部初勝利を挙げた。オフェンスでは、詳しい戦術はともかくとして、ショットガンという本来パスを多用するフォーメーションからランプレーを多用する攻撃……ワイルドキャットフォーメーションともいう……を使った。といっても、大竹さんがいろいろと戦術を立てるにしても、我々は発展途上過ぎて普通のランプレーやパスプレーができないから、単純なフォーメーションを使って、足の速い森万や、本来は球をとるポジションであるワイドレシーバーの2年の佐古田さんや幹さんに球を持たせてその走力に依存するというシンプルな策をとるしかなかったということだ。それでも、勝ったんだからいいじゃないかと思うが、大竹さんは、試合後のハドルで、

「喜んでんじゃねぇよ、ボケッ。全然だよ、こんなんじゃねーだろ？」

と言う。こんなフォーメーションでこの程度のチームに勝ってもしようがない、と言いたいのだろう。確かに目指すべきものはこんなものではないはずだ。

ところで、昼のクオーターバックは森万だったが、夜のクオーターバックは前田さんだった。前田さんは身長が１８１センチのライン（最前列で当たるポジション）であり、特にオフェンスではセンターというラインの中心となる強さと正確さが求められるポジションを張っている。一方で、夜は結構「活躍」しているらしい。しかし、前田さんは徹底した秘密主義者で、その夜の生態は全く謎に包まれていた。

練習中、一人の女性がグラウンド脇に立ってこっちを見ている。皆が異変に気付く。誰だ？　あの女、どう見てもウチの学生じゃないだろ。その女性は、練習後もまだいる。そして、ハドルが解けると、前田さんが、その女性の方に向かって渋々歩いていく。うつむき加減の彼女に前田さんが話しかける。我々の場所からはやや離れていて何をしゃべっているのかはわからないので、我々は勝手にアフレコを付けることになる。

「お、ここには来るなって言っただろ」

「あなたひどいわ」

「仕方ないだろう、忘れてくれ」

「実は、私のお腹には、あなたの……」

そして、その女性は足早に去ってしまった。前田さんがきまり悪そうに戻ってくる。

「前田さん、だめですよ。ちゃんとヘルメット着用しなきゃ」

「お前って奴は……そんなんじゃねんだよ」

と言って前田さんはシャワー室に消えていった。結局その女性の正体はわからなかった。

前田さんは、そういう意味で百戦錬磨だったということもあり、僕にとっては良き相談相手でもあった。その手のことを相談するたびに、「その女は一度冷たくあしらった方がいい」とか、「ゾッコンなところを見せるな。つけ入られるぞ」とか、いろいろと有用なアドバイスをくれた。またある日、前田さんが聞いてきた。

「お、山田、最近調子はどうなんだ？」

「もうロクなことないっすよ」

「アダルトビデオだけじゃつまんないだろう。なんだったら、その道の女を紹介してやってもいいぞ」

と言ってくれたこともあった。

その道がどの道かわからなかったが、それはやめておいた。


6月に怪我人が続出した。もともと満身創痍だった矢知と森万は、古傷の悪化のために、6月の試合を最後に、しばらく戦列を離れることになる。そして、ヒュージも後天性脊椎遊離症候群とかいう病気で休むようになる。

2年生の湯江野さんは足を骨折するという重症を負った。手術でボルトを入れる必要があるほどのひどい状態だったらしく、１年間は復帰できないらしい。湯江野さんの離脱はとても痛かった。戦力を失うという意味でも痛かったが、それ以上に、大竹さんが怒鳴り散らすピリピリした雰囲気にあっても湯江野さんは明るく、最大のムードメーカー的な存在だったからだ。湯江野さんは、身長１８５センチとチーム一の巨漢で、馬系の顔つきをしていた。人をおちょくったり、モノマネしたり、逆にいじられたり、その馬系の顔で変顔が得意だったり、根本的に悲壮感というものがなく、あったとしてもそれが自虐ネタとなってしまう。僕も湯江野さんにはいろいろとモノマネされた。

湯江野さんは、骨折してもただでは起きずで、入院生活をある意味謳歌していた。昼のクオーターバックが森万で、夜のクオーターバックが前田さんなら、病棟のクオーターバックはこの湯江野さんだろう。手術では脊椎注射で麻酔を打つことになったらしい。一般にこの脊椎注射は死ぬほど痛く、何人かの看護師で患者を押さえつけての注射となるらしく……湯江野さんのような巨漢を押さえつけるのは看護師どころかアメフト部員が何人かかっても足りないような気がするが……湯江野さんは、痛みに耐えながらも朦朧とする意識の中で、目の前にいた看護師を鷲掴みにしたり押さえにかかる看護師を突き飛ばしたりと、かなり暴れたらしい。病棟のクオーターバックというよりは、ただの暴れ馬と言った方がいいかもしれない。そして、体がデカいものだから手術中に麻酔が切れてきて目が覚めてしまい、再び看護師にちょっかいを出していると、「麻酔をもっと打て」という声が聞こえてきて、その後の記憶はないとのことだった。麻酔がやっと効いたということだろう。普通は嫌われると思うのだが、そこはさすが湯江野さんで、その後その看護師と付き合っているらしい。

夜のクオーターバックだのなんだのとは対照的に、一本気な男がいた。合格発表の日に僕を勧誘してくれたバイスの奈豪さんだ。奈豪さんは、中学時代には大阪で番長をやっていたらしく、一見優しげだが、キレるとヤバそうな感じがする。そして、「男たるものはな」と言って話し始めて懇々と語ることが多い。練習後のハドルでも「今日はナンモないけど」と言って話し始めてからが結構長い。奈豪さんの話は確かに長かったが、それぞれに魂が入っていて、僕的には結構興味深いものが多かった。

そして、奈豪さんの言う「男たるもの」とは、こういうことらしい。例えば、グラウンドにいて、野球の外野フライが飛んできて「危なーい!」と誰かが叫んでも、奈豪さんは直立不動の姿勢を崩さない。奈豪さん曰く、ボールが当たるか当たらないかもわからないのに、いちいちビビッてかがんだり、頭を抱えたりするのは、男として恥ずべき行為なのらしい。そして、奈豪さんは、鞄のショルダーを絶対に肩に掛けずに、どんなに重くてもその鞄のショルダーを必ず手で握って持っていた。奈豪さん曰く、鞄を肩に掛けるのは女の持ち方なのだそうだ。そのため、若干ヤジロベーみたいなシルエットで鞄を手に提げて歩く人を見かけると、それは奈豪さんである。

そうかと思うと、奈豪さんはあるアイドルのファンクラブに入っていた。ちょっと軟派な感じがするので、それは男道に反しないのかと尋ねると、いろいろと理由を教えてくれたが、要は、一人の女を一途に愛するのが「男たるもの」ということらしい。

奈豪さんは、この男道を実戦に移す段階に来ているという。ただ残念ながら、奈豪さんは、女の子ではなく、何故か男からモテてしまう。街中で知り合った得体の知れぬ男と飲みに行ったらしい……その時点で何かおかしいことに気付くべきと思うが……。

「俺は酒を飲まへんから素面なんやけどな、その男な、酒が回るとだんだん俺にタッチしてくるようになるんや。なんとなしにな、手に触ってくると思ってたら、だんだん肩とか背中とかに触ってくるんや」

奈豪さんが続ける。

「その男が会計払ってくれて店出たんやけど、まだついてくるんや。でな、『アメフトの押すときの恰好ってどんな感じですか』とか言ってきて、電柱に向かってそのポーズをやってくれ言うんや。ほんでな、仕方なしに電柱に向かって当たる時の恰好したら、危うく後ろから突かれそうになったで。周りの人も見てるし、もういい加減にせい言うて、とにかく帰ったよ」

「もっと早く振り切ってもよかったんじゃないですか」

「でもな、飲んでる時に電話番号教えてもうたんよ」

幸い、その数日後にその男から謝罪の電話が入ったらしく、その後の誘いはなかったらしい。

「奈豪さん、ガード甘くないですか。大丈夫っすか」

「確かに俺は、ガードは甘いかもしれんけどな、信念があるから一線は越えへんで」

そして、奈豪さんは、ある願掛けのために自身に禁酒を課していて、どんな飲み会でもそれを貫き通していた。何の願掛けかは明かされていなかったが、奈豪さんの「男たるもの」という言葉やその一本気な性格から、皆は、薄々察しが付いていた。


7月～8月にかけての1カ月程は、夏のオフとなる。大学も夏休みになり、僕は暇になってしまった。本来、学生は勉学に忙しいはずだが、僕は到底そういう気分になれずに、ひたすらトレーニングセンターに通うことになる。トレセンの居心地は良かった。トレセンでアメフト部員に会わない日は孤独だったが、それでもウェイトトレーニングをやっている時間だけは心の安住が得られた。気付くと、僕はトレセンの住民のようになっていた。

僕はひたすら、ベンチプレス（台の上に仰向けになって胸の上でバーベルを上下させるトレーニング）、スクワット（バーベルを担いでしゃがんだり立ったりするトレーニング）、腹筋や首のトレーニングに打ち込んだ。ベンチプレスなど、トレーニング種目によっては安全のため補助の人が必要な場合もある。アメフト部員がいないときは、トレセンの職員にその補助をお願いした。トレセンの事務室を覗くと、いつもの職員がいた。

「すいませ〜ん、補助お願いできますか」

「おう、お前、毎日いるな」

「これしかすることないんですよ」

「デートは？」

「彼女いないっす」

「友達は？」

「バーベルです」

「しけてんな、お前。まぁいいよ、強くなれ」

Ⅳ

8月に夏の練習が再開された。午前中はグラウンドで練習し、午後にはトレセンでトレーニングをする。

怪我人を除くと、フルメンバーでも2年生の10人と、1年のヒトシ、マコト、僕の3人の計13人しか揃わない。そして、さらに怪我人なども出ると、結局10人弱での練習となる。アメフトといえば、組織的なプレー、華麗なパスやランのイメージがあるが、我々の練習にそのような要素はない。

グラウンドの練習では、ウォーミングアップの後、1時間程度、ダッシュをやる。アメフトの練習のダッシュは、短い距離のダッシュを多く反復するものとなる。例えば、まず、片手をついてスタートしての5ヤード（約4・5メートル）を100本近くやり、10ヤード（約9メートル）を数十本やる。これらはスタートからの数歩を速くすることを主眼としたダッシュである。その後に40ヤードを何本かやる。

ダッシュが終わると、スタイルしてから、つまり、メットとショルダーを着けてからワンノンワン（one on one）をやることになる。

ワンノンワンとは、一言で言うと、相撲の立ち合いのような距離感で一対一で当たる練習だ。ただ、相撲と違うのは、防具の有無はもちろんのこと、原則として、一方がオフェンスの動きとなり、他方がディフェンスの動きとなることだ。これは実際の試合でのルールとも概ね一致するが、スタートするタイミングを知っているのはオフェンス側のみであり、ディフェンス側はオフェンス側が動き出したのに反応して動き出す。そして、オフェンス側は相手を掴んではいけないが、ディフェンス側は相手を掴んでもよい。つまり、ワンノンワンのシチュエーションでも、オフェンス側は先にスタートを切れるというアドバンテージがあり、ディフェンス側は相手を掴んでコントロールできるというアドバンテージがあり、一概にどちらが有利か不利かということはない。ワンノンワンは、このスポーツの基本だということは何となくわかるが、我々は、これでもかと言うほど、ワンノンワンをやり続けることになる。

ワンノンワンにはいくつか種類がある。強度の低い順から、「受け」、「一歩」、「当たり」、「勝つまでワンノンワン」というものだ。

「受け」と「一歩」はウォームアップのようなものだ。「受け」ではディフェンス側は一歩も踏み出さず、「一歩」ではディフェンス側は最初の一歩だけ踏み出す。そして、いずれも、ディフェンス側は、単にオフェンス側の台となって押されるだけだ。

「当たり」では、オフェンス側とディフェンス側で勝負をつけるように本気で当たる。オフェンス側がディフェンス側を押し切ればオフェンス側の勝ちであり、ディフェンス側が押されずに踏みとどまればディフェンス側の勝ちである。そして、この「当たり」では、オフェンス側がディフェンス側に勝つまで終わらない。つまり、何度でもアゲインとなる。この「当たり」で、ディフェンス側が大竹さんとなる場合のオフェンス側は悲劇だ。大竹さんがいい加減面倒臭いと思うようになるまで、20回でも30回でもアゲインが続くことになる。

そして「勝つまでワンノンワン」は、現実のプレーからはかなり離れた動きとなる。対峙する双方がオフェンスとというあり得ない設定となるからだ。双方がオフェンスであるから、何らかの合図で両方が同時にスタートを切り、どちらか押し切った方が勝ちとなる。そして、この双方オフェンスのシチュエーションで勝つには、姿勢を低くして相手の下に入った方が俄然有利なため、双方とも実際のプレーではあり得ないほどの低さでぶつかり合って押し合う。アメフトというよりは、角と角でぶつかり合う動物の喧嘩のようだ。

実際の試合で、オフェンスライン（オフェンスの最前列の選手）とディフェンスライン（ディフェンスの最前列の選手）とが、正面から一対一で当たるシチュエーションは意外と少ない。オフェンスラインが斜め前のディフェンダーをブロックするアングルブロックもあれば、ブロックするディフェンダーを決めずにスタートを切って自分の移動経路に入るディフェンダーをブロックするゾーンブロックなどもあるし、あるいはオフェンスラインが、離れた位置にいるディフェンダーまで走って行ってそれをブロックする状況もある。そもそもディフェンスラインがオフェンスラインの真正面にセットするとも限らない。ディフェンスラインにしても、オフェンスラインの動きをみて自分の動きを決める状況だけでなく、オフェンスラインの動きにかかわらず、オフェンスが動き出した瞬間に、予め決められた方向に動く状況もある。したがって、オフェンスラインとディフェンスラインとが一対一で正面から当たる状況は一試合を通じて数えるほどしかないだろう。

それでも、我々は、来る日も来る日も、炎天下の練習時間の大半をこの「当たり」か「勝つまでワンノンワン」に費やすことになる。当然に、こんなことをやって何になるのか、という疑問も生じてくる。ヒトシが、「俺、もう辞めるから」と言って帰っていった。

僕がヒトシだったとしたら、とっくに辞めていると思った。森万がハードな万能タイプなら、ヒトシはソフトな万能タイプだった。だから、こんなことをやらなくても、ヒトシなら他のことでも充分に何かを掴むことができるだろう。ヒトシは甘いマスクで芸達者で、たまに合コンをやっても、モテる順に、

ヒトシ………マコト・森万……矢知・僕

という感じだった。いや、矢知……僕、かもしれない。僕の身長は171センチしかないが、他の4人は180センチ以上ある。賢い幹事であれば自分がナンバー2になるようなメンバーを組むのだろうけど、僕はやはり全員で勝ちに行きたいと思ってしまう。だから、自分が一番下でも皆と行きたいのだ。それはともかく、それでもヒトシは、決してチャラチャラした方向ではなく、我々のアメフト部のような泥臭い方向に向かっていく、骨のあるいい奴だと思った。同じモテそうなタイプでも、ちゃらちゃらした方向に向かうヒュージとは逆だった。

ヒュージは、合コンなど浪人中に卒業したとかで乗ってくることはなく、女の子に関し

ては個人プレーを好むようだ。こういう合コンの話を持ってくるのはだいたい僕だったが、それにしても合コンはヒトシのためにあるようなものだ。逆に言うと、幹事としてはある意味、楽だった。とりあえずヒトシを連れて行って座の中心にしていれば、女の子達は皆一様にニコニコで、僕も最低限の責任を果たしたことになる。これに、マコトや森万を加えれば、まず文句は言われまい。そして、合コンでは、何となく各々の性格が出る。自分にも他人にも厳しい森万は、一番可愛い女の子としか話さない。そして、ヒトシにもついていけず、森万の眼中にも入らない女の子を、優しいマコトや矢知がフォローする。そうかと思うと、森万が、いきなり「こいつ、ベンチプレス何キロ上がるから」とかいう話題を僕に振ってくるので、ここで筋トレの話はないだろう、皆リアクションに困ってるじゃないかと焦ってしまう。後でマコトも言う。

「ベンチプレスの話が出た瞬間に、オレ帰ろうかと思ったよ」

大学生になってやってみて、こんなつまらぬものはもうやらぬ、と思ったものがいくつかある。自分で話を持ってきておいて言うのも何だが、合コンがその一つだった。そういう意味ではヒュージは、我々の一歩先を行っているのかもしれない。

翌日の練習、ヒトシは来た。

「おう、辞めなかったか。よかった」

「昨日、大竹さんに電話したんだよ、辞めますって言おうと思って。でも大竹さんいなくてさ。それで他の奴と電話してたら夜遅くなっちゃって、結局、辞めそびれたよ」

こんな炎天下のワンノンワンが延々と続く状況にも、まったく悲壮感のない先輩がいる。鍋田（なべた）さんだ。鍋田さんは、喜怒哀楽の「怒」と「哀」が抜け落ちたような人だ。そして、高い潜在能力を持ちながらも危機感というものが皆無であり、その性格のために身を滅ぼしていく。

鍋田さんは、高校時代には有名なスイミングスクールに通い、オリンピックのメダリストとともに練習していたらしい。そして、そのスイミングスクールのメドレーリレーのチームを、そのメダリストと組んでいたという。運動神経も抜群で、我々の中で最も俊足だった。鍋田さんは二浪していたので、我々の中では最年長なはずなのだが、全然、偉そうな感じがしないし、あるいは偉い感じがしない。

鍋田さんの口癖は、「大丈夫、大丈夫」とか「何とかなるから」だったが、大丈夫だったり、何とかなっていたりすることがない。実際に、既に留年している今でも、ほとんど授業を受けていないようだ。他の先輩が、実験くらい出た方がいいとか、語学には出席だけはしておけとか言っても、「ヤッベ」と言うだけで何も変わらない。

そして、下宿先では常に素っ裸で生活しているらしい。

「ウチの下宿、トイレ共同なんだけどさ、そのまんまの恰好でトイレ行ったら他の部屋の人に会っちゃってさ。ヤッベ」

と言いつつ、全然ヤバいと思っていないようだ。

そして最近では、鍋田さんは、よく手ぶらで練習に来る。

「鍋田さん、練習着は？」

「ヤッベ、ちょっと探してくる」

手ぶらで来ておいて「ヤッベ」もないと思うが、鍋田さんはそう言って練習着を探しに、というか漁りに行く。しばらくすると、

「大丈夫、あった、あった」

と言って、部活棟倉庫の片隅に捨てられて放置されていたような埃だらけのTシャツやソックスを拾って帰ってくる。汚ねぇと皆が言うと、「ヤッベ」と言いながらそのTシャツなどを水道で洗い、濡れたままのTシャツを着て、

「大丈夫、大丈夫、そのうち乾くよ」

と言う。そんなこんなで、鍋田さんのソックスが左右で揃っていることはない。ある日のこと、一方の足に緑色のソックス……おそらくは、チームカラーが緑のラグビー部の落とし物……を履き、他方の足に赤色系のソックス……おそらくは、チームカラーが赤のサッカー部の落とし物……を履いている。何だか豆電球が走っているようだ。

僕は、ある意味、鍋田さんを尊敬している。どういう状況でも生きていけそうな、自分にはない楽天性と環境適合性があるように見える。それでも、前田さんからは、「鍋田を尊敬するのはいいが、真似だけはするな」と忠告されていた。

8月も終わろうとしている。僕は、いつものように早めに来て下半身スタイル、つまり、ショルダーとヘルメットを着ける前の状態となってストレッチをしていた。大竹さんが来て言う。

「今日、河川敷で合同練習するから、みんな、荷物持って行くぞ」

大竹さんの母校の高校のアメフト部と合同練習するらしく、その河川敷の練習場は、我々の大学の最寄り駅から5駅ほど行ったところにあるとのことだ。

大学最寄り駅のホームに着くと、既に下半身スタイルとなっている僕を見て、大竹さんが言う。

「山田、お前、スタイルして電車乗れ」

「はぁ?」

「その恰好にショルダーとメット着けるだけだろ」

「マジっすか」

「お前、死ぬほど期待させて、ここでみんなの期待を裏切るのか」

『みんな』と言うなって、死ぬほど期待してるのはアンタだけだよ、と思いつつもこれを断るのは難しいだろうと思い、僕は取引に転じた。

「タダですか?」

「じゃあみんな、山田が最後の駅までスタイルして乗ったら、ジュース一本ずつだ」

それだけかよ、と思ったが、あまり皆を巻き込むのも悪いと思い、

「じゃあそれでいいですよ。やりゃいいんでしょ、やりゃ」

「そうだ」

別に僕に失うものなど何もない。要求に応じることにした。電車が来たので、スタイルして、つまりはショルダーとメットを着ける。すると、皆は僕と違う車両にばらけた。幸い、電車はすいていた。座席がおおむね埋まり、立っている人はほとんどいない。僕は「変な人」になるとはどういうことかが、よくわかったような気がした。それは、冷たい視線を感じながらも誰とも目が合わないということだ。僕の付近の乗客は皆、下を向いているか、寝たふりをしている。

5駅ほど乗ったところで我々は電車を降りた。大竹さんが開口一番に僕に向かって言う。

「よし、よくやった。お前いいぞ!『プルプルカップル』に出ろ。俺がハガキ出しといてやるから。お前ならぜってー行ける。それに出る時は死ぬほど練習休んでいいから」

「プルプルカップル」とは、人気の素人お見合い番組である。素人の男女が各10名程集ま

り、タレントが司会進行し、登場タイムとか、ゲームの時間とか、自由時間とかを経て、最後に交際申し出のためのアタックチャンスなるものがあり、最終的にカップルが誕生したりしなかったり、という番組だ。葉書でも何でも勝手に送ればいい。

「どうでもいいっすけど、約束は守ってもらいますよ」

「よしわかった。みんな、山田にジュース一本ずつだ」

「じゃ、練習後にお願いしますね」

というと、皆は、わかったわかったという感じだった。

別にスタイルして電車に乗ることくらいどうってことはない。もちろん、鉄道会社の人には謝りたいし、良い子のみんなはマネしないでくださいと言いたいが、それにしても、失うものがない自分がいたり、10人いるかいないかのホープレスなアメフト部の練習に明け暮れたり、自分は一体何をやっているんだろうと、暗澹(あんたん)たる気持ちになる。

ちょうどその頃、珍しく手紙が来た。高校時代の部活の後輩からの葉書だ。とても嬉しい。その後輩と僕とは、ともにプロレス好きだったり、同じアイドルのファンだったり、無類の餃子好きで、どちらかが餃子店のクーポン券を手に入れると一緒に食べに行ったりと、何かと気が合った。僕にしてみれば、弟のような存在だった。

お久しぶりです。その後お元気ですか？

ところで、山田さんは大学でアメフトをやっているそうですね。ポジションはどこですか？　僕も最近ＮＦＬとかに興味があって、大学に入ったらアメフトやろうと思っています。大学のアメフト部はどんな感じですか？　今度話を聞かせてください。でもその前に受験勉強がんばります。

また餃子を食いに行きましょう！


さらに葉書には、ＮＦＬのスター選手、ジョン・エルウェイのイラストが描かれていた。

僕は、すぐに返事を書こうとしたが、なかなか前向きな文面にならない。下書きをしても、いざ葉書を前にすると筆が止まってしまう。……ダメだ、書けない。後輩に夢を与えてあげられるような楽しい返事が書けない自分がいる。そもそも、後輩の知っている僕は、部活でいい記録を残し、学業の成績もまずまずの幾らか輝かしい先輩だったはずだ。今の僕を見てきっと失望するだろう。

後輩は、もしかしたらアメフトのこと以外にも何か僕に話したいことがあったのかもしれない。でも、結局、僕は返事を書くことができず、本当に悪いことをしたと思う。

V

10月に入る。10～11月にかけて、3試合が組まれた。1試合目の対戦相手は山梨文化大だ。はるばる山梨まで試合をしに行くことになる。

この8月の練習から、2年の幹さんがQBをやっている。幹さんは高校時代にはバスケットをやっていたアスリートだ。大学に入学して、最初は茶道部に入ったらしいが、じっとしていられなかったらしい。ただこの試合、QBがどうという問題以前に、オフェンス全体として機能していない。結局オフェンスで有効なプレーは、幹さんのQBドロー……パスと見せかけてQBがボールを持って走る個人技プレー……、スクランブル……パスを投げようと思ってもフリーになっているレシーバーが見つからずに結局QBがボールを持って走る個人技プレー……くらいしかない。幹さんは表に出さないが、かなり困っていたに違いない。それに、幹さんが怪我したら、我々にQBをできる者はもういない。

そして、試合は、0対39で負けた。39対0というのは、野球でいうところの10対0、サッカーでいうところの4対0くらいだろうか。

「てめぇの仕事を全うして初めて信頼関係ができるから。だから、てめぇのポジションは確実に張らねぇと、瞬間に信用なくすから」

と大竹さんは言うけど、そもそも、何とか11人を並べておくだけで精一杯のチームにおいて、アメフト云々、ポジション云々というレベルではないような気もする。

試合には、選手以外にスタッフが必要だ。ベンチでドリンクを作ったり、ビデオ撮影をしたり、怪我人の対応をしたりと。強いチームではこのスタッフだけでも数十人いる……我々の選手数よりもはるかに多い。ただ、我々は、最小限のスタッフで試合をするしかない。女子マネージャーとして、近所の大学の人が来て手伝ってくれた。その人達は、例の幻の代と同期になる。つまり、その代では、選手は皆辞めてしまい、女子マネだけが残った形となる。そして、撮影スタッフとして、阿蒙さんのカメラ好きの友人が手伝ってくれた。その阿蒙さんの友人は、ビデオを回さないハーフタイムや試合終了後には、選手達の写真を撮っていた。

後日、山梨文化大との試合の写真が出来上がってくると、その中に、ハーフタイムの写真があった。その写真では、負けている状況で大竹さんがハドルで指示を出し、皆、厳しい顔をしている。しかし、一人だけカメラ目線でニッコリ笑ってピースをしている人がいる。鍋田さんだ。この写真について大竹さんが激怒していたことを伝えても、鍋田さんは例によって「ヤッベ」と言うが、何も気にしていないようだ。その深刻になることのない超楽天的な性格がうらやましい。

鍋田さんのようなテキトーで楽天的な人もいる一方で、学業優秀で真剣な先輩もいる。でも、その先輩は辞めてしまうという。その先輩と帰りの電車が一緒になった。

「先輩、辞めちゃうんですか？」

「俺、1年の時、前田と実験のグループが一緒だったんだよ。それで、前田が、『アメフトは科学的なスポーツだから、本人の体力を考慮して無理はしないし、根性練習はない』とか言ってたから入ったんだよ。どうして、そんなあり得ない嘘がつけるんだよ」

「僕ら『全然』科学的じゃないし、根性練習『しか』ないですよね」

「まったくだよ。冗談じゃねーよ」

「僕も悩みますよ。今後を」

「山田は辞めるな。お前は、いた方がいい気がする」

「え？」

「何となく、そんな気がする」

　それと前後して、ちょっと変わった同期が入って来た。その男を中眞という。中眞は、身長が187センチもあり、ラクダ系の顔をしていた。中眞と歩いていると、中眞は僕の頭の上から覆いかぶさるようにしてコテコテの大阪弁で話しかけてくる。僕が、その「頭の上から」を嫌って中眞から距離を取ると、また寄ってきて覆いかぶさって話してくる。

「頼むから、寄ってきて頭の上から話すのやめてくれよ。普通に話せばわかるから」

「俺な、中学ん時、サッカー部でゴールキーパーやっとってよ、ゴールポストに頭ぶつけへんようにしてたら猫背になってもうたんよ」

「サッカーのゴールポストって2メートル以上あるだろ。普通に真っすぐ立っててもぶつからないだろ」

「そやけどな。……山田はベンチプレス何キロ上がるん?」

「120キロ」

「スクワットは? 俺な、脚太くしたいんよ。スクワットやらなアカンな」

中眞のウェイトトレーニングはいつもうるさい。呼吸が激しいからだ。もちろん、トレーニングにおいて、正しく呼吸をしながらの動作は重要であるが、中眞の場合、その呼吸が「ショアァーッ、ングァ、ショアァーッ、ングァ、ショアァーッ……」とか、「イッシ、イッシ、イッシ……カー」とか、調子の出ない機関車のようにうるさい。おかげで、トレセンのどこからでも、中眞の在・不在が確認できる。

中眞は、我々の学年で唯一の現役合格者だったが、頭は今一つ緩かった。まず、中眞は言葉を知らない。我々は理系だし、人のことは言えない部分もあるが、それにしてもだ。

「山田な、『トウダイモトクラシ』ってどういう意味や?」

「そんなの小学生でも知ってるぞ。東大生は元は暗い受験生だったっていう意味だよ。覚えとけよ」

当然に、「山田ヒドイんちゃう、嘘つかんといてや」という反応を期待したが。

「そうやったんか。俺な、東大に入ればもっと暮らしが楽になる、っちゅう意味かと思っとったんよ。でも、ようわかったわ」

と納得してしまった。

また、聞いてくる。

「山田な、ウィンナーコーヒーってどんなコーヒーなん？」

「お前、まさかウインナが入ってるコーヒーとか思ってないよな？」

「んなわけないやん。そやなくてな、ちょっと苦いコーヒーかと思っとるんやけど」

「何で？　クリーミーなコーヒーなんじゃないの」

「ウイナーって勝者のことやろ、だから気合い入れるためにウインナのしぼり汁が入っとる苦いコーヒーとちゃうんか？」

「お前、そのウインナのしぼり汁って何だよ。ウインナがそのまま入ってる方がまだいいよ。だいたい何でウイナーとウインナを掛けたようなダジャレみたいなコーヒーが世界的に存在するんだよって」

「コーヒーはもうええわ。重箱を叩くってなんや」

「重箱の隅をつつく、だっての。辞書引けって」

「ほな、暖簾に釘ってなんや」

「はぁ？　それは暖簾に腕押しと、糠に釘とをごっちゃにしてないか？」

「なんやて？　暖簾に腕押し？　それは鴨居に頭ぶつけるっちゅうことやん」

「お前だけだよ、そんなの」

中眞はさらに、ファッションにも難があった……我々も人のことは言えないが……中眞はよくスウェットやジャージで通学していた。ここまでは問題のないことだ。スウェットやジャージも着こなせば充分に恰好いいはずだ。ただ、黒い革のハーフコートの下が毛玉の着いた寝間着みたいな緑色のスウェットだったり、フォーマルでもいけそうなロングコートの足元にジャージが見えていたりする。

「お前、寝間着で電車乗ってくるか？」

「みんなジャージ着て電車乗っとるよ」

「『みんな』と言うなって。なんで、そこで普通にジーパンとかにしないんだよ」

「ジーパン持っとるで」

と言って、中眞はバッグの中からジーパンを取り出して見せた。

「だったら着替えてから家出て来いよ。10秒あれば穿き替えられるだろ」

「急いどったんよ」

中眞は、そんなこんなで考える力にも問題がありそうだったので、オフェンスとディフェンスの両方をやらせるのは難しいだろう、ということになり、ラインとしては珍しく、両面ではなく、オフェンス専用要員となった。

しかし、中眞はよく辞めなかったと思う。練習では、相変わらずほとんどの時間がワンノンワンに費やされる。ワンノンワンをやっても、新参者の中眞は、最初のうちは勝てないし、大竹さんにも怒鳴られるし。皆も必死だから、中眞をフォローする余裕もないし、そうする気にもなれない。中眞は、ある意味孤独だし、何も面白くないに違いない……何も面白くないのは皆同じだが。


現実問題として、少ない人数で、狭い練習場所で、照明のない暗い状態で他に何ができるかというと、組織的な練習といえば、フォーメーションの左右どちらか半分での、つまりは、オフェンス5人対ディフェンス4人程度のランプレー限定での対戦形式の練習くらいしかできない。そして、全員でプレーを確認しようとすると、敵のいない空の状態でフォーメーションを流すしかない。

最近では、一対一のタックル練習もよく行われた。これは、3ヤード（約2・7メートル）四方の制限エリア内で一方側から他方側に走り抜けようとするボールキャリア（ボールを持った人）を、ディフェンダーが他方側から一方側に向かってタックルするというものだ。ボールキャリアが他方側に走り抜ければボールキャリアの勝ちであり、それをタックルして阻止すればディフェンダーの勝ちである。当然にスピードとパワーで相手を上回るべく、双方ともフルスピードでコンタクトすることになる。この練習は、俗に「生タックル」といわれ、ある意味ワンノンワンよりもきつい。とにかく、可能な練習をひたすら詰めていくしかないということだ。

このアメフト部に関しては、いろいろな人が様々な忠告や意見をくれた。ある人は、

「そういうレベルの高い理系の大学で、未だ組織立っていない体育会系の部に入るなんて自殺行為だ。留年するぞ」

と言い、またある人は、

「まぁ最初は大変だと思うよ。五年後か十年後にはちょっとは形になっているかもしれないけどね」

と言い、またある人は、この人をアメフト部に勧誘した時のこと、

「弱いチームになんて入りたくねーよ」

と言った。コイツ何様だ。

そして、高校時代の友人と久しぶりに話した。その友人は他大学に通い、そこのテニスサークルに入っていて何とも楽しそうだった。もちろん、彼なりの努力があってのことだと思うが。

「この前、そのテニスサークルの合宿があってさ。泊まったところにプールがあったんだよ。もう秋なのにまだ水が張ってあってさ。そこでふざけて、先輩に突き落とされる振りしてバック宙して飛び込んでやったんだよ。そしたらウケてさ。でもスゲー寒いの。で、プールから上がって『さみ〜』って言ってたら、ピンクのタオル持った女の子が後ろから俺に抱きついてくんの、寒いでしょって言ってタオル掛けてきてさ。んで、抱きつかれたままベンチに座ったら、今度はミッキーマウスのタオル持った女の子が前から来てさ、俺の頭にそのタオル掛けてきて、俺の顔に胸押し付けてくんの。みんな見てるし、どうしようかと思ったよ」

「いいな、ナイスガイは。両手に花じゃん」

「いや、最近はもう両手両足に花なんだけどさ。いやそんでさ、そのミッキーマウスのタオルの娘さ、胸デカいのよ。ある意味、抑えるのが大変だったよ」

「俺も巨乳で窒息したいものだよ」

「山田のアメフト部の話だけどさ。そういうハングリーなの山田らしいし、俺は応援したいよ。でもいま時、流行らないよね。いま世の中、景気いいって知ってる？」

それはどれも冷静な意見であり、的確な指摘だった。なぜなら、確かにチームは弱いし、確かに僕は単位を落としまくっている。それに、泥臭い。つまり、この景気のいい世の中をスマートに穏便に切り抜けるのが良しとされる時代に逆行するような流行らない話だ。

こんなことをせずに、ほどほどに単位を取って適当に遊んでいれば充分に楽しい学生生活がそこにあるはずだ。

でも、最初に大竹さんが言っていた「ウチの大学にも一つくらい強い運動部があってもいいだろう。どんなに強いチームにも必ず最初ってものがあるから」という言葉を、忘れられなかった。対戦相手が文系だろうが、私立だろうが、授業にでなくても卒業できる大学だろうが何だろうが、互いに同じフィールドで対等に戦えるチームになりたい。部員達も皆、言葉にはしないけれど同じ思いがあるはずだ。だからこそ、皆こんなことをやっていられるのだ。そして、五年後とか十年後とかではなくて、今、自分達の手で、ウチの大学にもそこそこ強い運動部を形にしたい。ただ、もちろん、現実は厳しい。

11月に入り、2試合目、甲府国際大学との試合となった。この試合も山梨の甲府国際大グラウンドで行われた。

しかし、この試合も、我々は全然機能しない。しかも、前半途中で大竹さんはサイドラインに下がってしまった。見るとメットを外して突っ立っている。もう試合に戻る気はないのか？

通常、オフェンスもディフェンスもプレー前にハドルを組み、その中で、オフェンスであればQBが、ディフェンスであればディフェンスキャプテン（コーラーともいう）が、次に実行すべきフォーメーションやプレーの指示を出す。当初大竹さんがディフェンスのコーラーだったが、大竹さんが抜けてからは奈豪さんがコーラーとなった。ところが、昔番長だった奈豪さんは、それに戻ってしまうのか、頭に血が上ってしまう。

甲府国際大のオフェンスがセットする。奈豪さんが、喉を詰めた声で、

「来いよ～！」

と言うと、甲府国際大オフェンスの一人が、

「行くぞ、コラ」

と言ってくるので、奈豪さんが再び、

「来いよ、オラ～」

と言い返している。このプレーが終わり、ディフェンスのハドルが組まれる。皆が奈豪さんのコールを待つが、奈豪さんは、

「クッソ～、ゥエイー……」

とまだ唸っている。相手オフェンスはセットしようとしているので誰かが焦って言う。

「奈豪、コールは？」

「え？」

「次のコールだよ！」

「あ、じゃ、ノーマルで」

本当にノーマルディフェンスでいいんですか？　と思いつつ。

次のプレーが終わり、ハドルが組まれる。皆が奈豪さんのコールを待つが、奈豪さんは、

「オイオイ！　なんじゃボケ！　クッソエ～ォイイ……」

と自分に対しても相手に対してもキレている。もう相手オフェンスがセットしかかっている。

「奈豪、コールを！」

「ウイ～エイイィィィ」

とまだ唸っている。

「コール！　Ｈｕｒｒｙで！」

「ノーマル、ノーマルで」

といった感じで、作戦という感じではない。ただ、それ以前に、作戦がどうというよりは、我々は機能する感じがしないのだが。

前半が終了し、ハーフタイムのハドルの中で、大竹さんは、

「俺、何でここにいるのかわからなくなったから。悪いけど外させてもらう」

と言って下がってしまう。皆のプレーがあまりにも不甲斐ないのでいい加減嫌になったのか？　オフェンスは大竹さんがいてもいなくてもどうせ機能していないのでいいとして、ディフェンスは、ただでさえスカスカなのに大竹さんが抜けたら悲惨な状態となってしま

う。ディフェンスだけでも戻ってきてくれよと思うが。

　そして後半、やはりオフェンスが機能しないばかりか、ディフェンスも機能しなくなり、結局、0対45でボロ負けした。

　試合後にわかったことだが、大竹さんの「わからなくなった」というのは、文字通りの意味だった。つまり、大竹さんは脳震盪を起こして記憶喪失になっていたのだ。大竹さんの話によると、ある瞬間に、ふと我に返り、今自分がどこにいるのか、そもそも今がいつなのかがわからなくなったらしい。一瞬グラウンドが母校の高校のグラウンドだと思ったらしいが、景色が全然違うのでそうでないとわかったらしい。確かに、大竹さんの母校は都会にあるのに対して、ここは山梨の山に囲まれている。そして、サイドラインのマネージャーに年月日を確認してなんとなく状況がつかめたらしい。

　いずれにしても、まるで勝てる感じがしないホープレスな状況だ。

　帰り道でマコトが言う。

「やる気ねーな。試合に勝てるならワンノンワンだろうが生タックルだろうが、いくらやってもいいんだけどよ。強いチームの厳しい練習ならいいけど、俺たち弱いんだぜ」

　ヒトシが言う。

「俺、あの時、もう一度大竹さんに電話してちゃんと辞めておけばよかったよ」

　僕も言う。

「俺も、一度辞めてから何で戻ってきちゃったんだかな」

「ヒトシも山田も、学生生活は楽しいか？」

「全然。人生誤ったな」

と僕。

「浪人中が最低だと思ってたけど、さらに最低があったとはな」

とヒトシ。

「で、ヒトシと山田はいつまでやるよ」

「全員で辞めるか」

「森万と矢知はどうするかな。ヒュージはテキトーだからわからないけど、中眞は何も考えずに続けそうだな」

Ⅵ

ある日、テレビ局からハガキが来た。そうだ、大竹さんが勝手に葉書を出した「プルプルカップル」の件だ。その関係者からの招集状のようなものだった。無視してもよかったが、少なくともこの段階までは、大竹さんに付き合うことにした。これも話のネタにはなるだろう。

　その招集は、オーディションとかいうのではなく、雑居ビルの事務所で行う「登録」という感じの事務的なものだった。その登録では、連絡先や簡単なプロフィールを用紙に記入させられる。そして、その用紙には「どんなデートがしたいか」のような欄があったが、こんなの真面目に答えてどうすると思い、「一緒にアダルトビデオを観よう！　イイの知ってるぜ」と書いておいた。

　僕は自宅生だが、アダルトビデオを観る環境には恵まれていた。居間のテレビとは別に、ビデオデッキとテレビのセットが自室の隣の部屋にあったからだ。そして、浪人中はそれで我慢していたが、大学生になってからは、いつのまにかそのテレビとビデオデッキのセットを自室のものとしている。レンタルビデオ屋は、駅と自宅の中間点付近にあり、道のコーナーの外側に位置していた。そのため、駅から自宅に帰る時、そのコーナーを曲がり切れないとレンタルビデオ屋に吸い込まれることになる。疲れていると、曲がり切れないのだ。しかし、アダルトビデオといえども、なかなかためになるものもあった。白人のバイリンガル男優と、日本人の女優とがいちゃつきながら、

「ねぇ、ビリーの会社に電話したいんだけど、なんて言えばいいの？」

「Can I talk to Billy, Please?　って言えばいいんだよ」

「速すぎてわからないわ」

「OK、キャナイ、トーク、トゥ……」

その後、女優が何度かこのフレーズをリピートしてそれをマスターしていく、というシーンがあった。こんな英語教材があればなぁと思いつつ……ただし、このビデオ、肝心のシーンはというと、この男優が連発する「オーマイガッ！」がうるさくて観ていられないという代物でもあった。それでも僕はこういうストーリー性のある内容が好きだった。例えば、「君の手、綺麗だね」、「え？」みたいなシーンから入っていくのがいい。ただ、ビデオのパッケージからそれを見分けるのが難しく、結果として随分と借りることになってしまった。アダルトビデオを観たことのない男などいないはずだ。いたとしたら、それはただの嘘つきだろう。ただ、そんなこんなで、僕は人より若干多い、いや結構多い作品を鑑賞し続けている。

登録用紙の記入が終わった人から担当者と簡単に面接するらしい。記入が終わると、何となく隣の男と会話した。その男は、どちらかというとスポーツで有名な大学のサッカー部に属しているという。彼も1年生で、そのサッカー部は全寮制で練習は結構きついらしい。

「俺、サッカー部の先輩に出ろって言われてさ」

「俺も、先輩が勝手にハガキ出しちゃってさ」

「どこもそうなんだな。俺、あんまり出る気ないんだけど、これに出る時だけは練習休んでいいって言われてさ。練習サボれるならいいかなと思ってね」

「こっちも似たようなもんだな」

そして、その男が面接に呼ばれる。互いに、出ることになったらよろしくな、と言って別れた。すぐ後に僕も呼ばれた。面接といっても連絡先の確認やプロフィールに対する補足的な質疑応答がある程度だ。そして最後に担当者が聞いてきた。

「何か恋愛経験のエピソードとかある？」

「ちょっと前に、デートの帰りに雨が降ってきたんで、その娘に僕の傘を貸してあげたんですよ、家まで送る感じでもなかったんで。その傘、次に会う機会に返してって言ってあったんですけど、翌日に宅急便で速攻送り返されました。メッセージも何も付いていませんでしたね。傘開いて確認したんですけど」

と事実を話すと、担当者は苦笑しながらも、すかさずそれをメモしていた。

「その娘とはもう会ってないの？」

「はい、それが最後でした」

この手のロクでもない話はいくらでもあったが……ある女の子が言ってきた。

「緑南工大でアメフトとかやってて、モテるでしょ」

「ブホッ、さぁね」

思わず吹き出してしまった。我々のアメフト部なんて地味～な大学の泥臭～い活動だというのに、文武両道とでも言いたいのか？　いや程遠い。それでも、大学受験にほとんど関係なさそうな女の子がウチの大学を知っていてくれたのは感激ものだった。社交辞令もあるのだろうけど、あまりにも的を射ない発想は、それはそれで新鮮でさえもあった。

11月後半になると、さらに怪我人も出て11人が揃わない状態となってしまい、予定されていた三試合目を辞退することとなった。結局、山梨での大竹さん記憶喪失試合が、このシーズンの最終戦となってしまった。

試合ができないチーム状況であっても練習は続く。大学のグラウンドには照明施設がないため、11月下旬ともなると、練習開始の午後5時には真っ暗になる。そして、学生実験などの都合もあり、練習開始時の5時に集まるのは数名となる。理系の学生にとって学生実験は必須中の必須であり、これをサボるのは鍋田さんくらいだろう。ただ、僕も実験で遅れたいところだったが、実験パートナーの手際が良く、練習に間に合ってしまう。真っ暗な中で星空を見上げながら、その数名でストレッチを始め、ウォームアップを行い、ダッシュを開始する。その後、いつものようにワンノンワンに入る。ダッシュにしてもワンノンワンにしても、人数が少ないので順番待ちのインターバルが短く、結構きつい。

12月に入り、今シーズンの練習が突然終わる。冬のオフになるということだ。本能的に、しばらくは痛くない生活ができるという解放感を喜んだ。しかし、今日が今シーズン最後の練習だと宣言して終わるわけでもなければ、シーズン終了の打上げがあるわけでもない。まるで、ろうそくが消えていくような終わり方だ。

そして、マコトが辞めていった……やってられないと……。これは決してマコトに根性がないとかいうわけではなく、それが人として普通なのだと思う。僕自身も、ウチの大学にも強い運動部を作りたいという思いはあっても、現実とのギャップが大きすぎて自分がバカなのではないかと思う時もある。いや、きっとバカなのだろう、僕だけでなく皆も。ただ、僕はそういう同じバカな意志を持つ仲間を裏切りたくはない。

Ⅶ

その12月、久しぶりにデートをした。もっとも、向こうはデートと思っていたかどうかはわからないが……。

メイと僕とは小学校の同級生だった。僕らは同じクラスになったことはない。6年生の時、僕は学級委員を押し付けられていて、メイも他のクラスの学級委員をやらされていた。そして、6年生と5年生の各クラスの学級委員によって代表委員会なるものが構成され、委員たちは学校の種々の行事の運営をやらされることになる。こんな代表委員会なんて面倒くさいものをやりたがる生徒はいないし、実際に最悪に面倒くさかった。この委員会は、一応、全校生徒の最高機関という位置づけだったが、ただの雑用係という感じでもあった。その面倒くさい委員会で、僕らは顔を合わせていた。

その委員会は、6年生の4クラスと5年生の4クラスの各々から選出された8名の学級委員で構成されていた。6年生の4名の学級委員のうち、男子は僕だけだったということもあり、なし崩し的に僕が委員長をやる羽目になった。しかし、委員会のメンバーは、ひどいメンバーだった。まるで無関心な者もいれば、無駄口が多すぎる者もいれば、時間を守ることを知らない者もいた。

その委員会のメンバーの中で唯一協力的だったのがメイだった。メイも僕も中学受験を控えていたものだから、この大事な時期に何でこんなものをやらされるんだろうねと、互いに愚痴りながら仕事をした。やるべきことをメイと僕と、時々協力してくれる5年生の数名とでさっさと片づけるという流れに自然となっていった。きっと、メイは、別に僕に協力したかったというわけではなく、早く帰りたかったのだろう。逆に、委員長である僕がもう少し皆をまとめてくれれば自分の仕事が減ったのにと思っていたかもしれない。それでも、メイは嫌な顔をしなかった。そして、学校行事には、全校生徒の前でしゃべる始めの言葉と終わりの言葉がつきものだが、いつも始めの言葉を僕が担当し、終わりの言葉をメイが担当した。メイの成績はすばらしかったらしく、主要科目に関しては、ほぼオール5だったらしい。僕らは、小学校卒業後の数年は年賀状をやり取りしていたが、いつの間にかフェードアウトした。

そして、浪人中の模擬試験会場で僕らは会った。メイが浪人していることは少し意外だったが、連れの友達としゃべっている時のその優し気な表情から、メイだとすぐにわかった。メイも僕がそうだとすぐにわかったようだ。そして、受験が終わったら連絡を取ろうかということになり、連絡先を交換しておき、そして互いに大学生となった。

大学生になったばかりの5月に、僕はメイに連絡を取り、とりあえず駅前のファミレスで会った。僕らは、それぞれの大学の様子はどんな感じか、高校時代に何をしていたか、予備校はどうだったかなどを話した。結構話が合った。

メイの家と僕の家とは、最寄り駅の三軒茶屋に対して国道246号線を挟んでほぼ反対側にある。それ以来、時々、三軒茶屋駅で待ち合わせてはCDの貸し借りをしたり、お互いのおすすめ曲を編集したカセットテープを交換したりした。メイはポップス系を聴き、僕はロック系に凝っていた。ポップス系の比較的アップテンポなものと、ロック系で比較的ソフトなものとが、僕らの共通ゾーンだった。そして、時間があるときは近くで一緒に夕飯をとった。こうして、時々連絡を取り合っては、三軒茶屋駅の改札でCDやカセットを物々交換した。

最後に駅で物々交換したのは、9月のことだった。その後、何となくメイのことが気になりながらも、たまに電話をする程度で、会う機会を逸していた。メイとの電話は、僕からすることがほとんどだった。メイは優しいから、僕からの働きかけには快く応じてくれるものの、メイから積極的に僕に接してくることはない。

そして、この12月に渋谷に巨大CDショップがオープンしたので、一緒に行こうと、僕は久しぶりにメイを誘った。いや、三軒茶屋以外で会うのは、これが初めてだ。

12月半ばの水曜日の午後、僕らは渋谷駅で待ち合わせてから、そのCDショップに行った。二人でCDを物色しながら、メイの横顔を見ると、大きめのイヤリングが似合っている。銀色で中を抜いた縦長の菱形のイヤリングだ。メイが顔を動かすたびに、そのイヤリングで光が反射し、それがとても気になる。何だかメイのことが気になってCD選びに集中できなかったというのもあり、僕らは結局何も買わずにCDショップを出た。そもそもCDなんてどうでもよかったのかもしれない。

12月としては暖かく、僕が歩きたいと言うと、メイも賛同してくれた。僕らは青山通りを上っていくことにした。

メイは、9月に会った時よりも大学生らしくなっていた。ついこの間まで、お互いに冴えない浪人生だったのに、メイと僕とで明暗を分けているようにも思える。そして、メイは相変わらず優しい。僕の言うことを丁寧に解釈しつつ何かと同調してくれるし、僕が以前に放った何気ない言葉をしっかり覚えていてくれることもある。

僕らは歩きながら、近況などを話した。メイは、最近はグルメ雑誌のレポーターのようなバイトを始めたらしく、それが趣味でもあり、生活の中心的な部分となりつつあるようだ。そして、メイは、レポートした店をいくつか僕に紹介してくれた。僕は、最近のアメフト部の悲惨な状況を自虐しながらも、大竹さんネタや中眞ネタでメイを笑わせた。もちろん、大竹さんネタは僕にとっては笑い事ではないのだが。

メイは、その屈託のない笑顔を惜しみなく僕に向けてくれる。素敵な笑顔だ。その笑顔に「冬の微笑み」とかいうタイトルを付けて額縁に入れて飾っておきたいくらいだ。その笑顔は、最近ロクなことがない僕にとっては、至福の瞬間と化していたが、同時に、それは僕をどこかに導いてくれるものでもないことも、何となく悟りつつあった。

表参道駅を通過して、さらに歩く。

「こっちの方に俺のお気に入りの雑貨屋があってさ」

僕らは脇道に入る。

「ここら辺詳しいの？」

「いや、そうでもないけど。独り者は一人でたくさん歩くから、いろいろと発見するんだな。『てめぇの店はてめぇで見つけないと、瞬間に迷子になるから、確実に歩けや』って感じかな」

「山田くん、その大竹さんて人と結構仲いいのね」

「御冗談を。勘弁してくれ」

その雑貨屋は、主に絵葉書を扱っている店だった。面白い絵葉書を見つけた。銀色単色の葉書にハート形のパンチが微妙な位置に開いている。僕は、隣で一緒に絵葉書を物色するメイに見せて言った。

「この葉書、面白いけど、誰が使うのかな？」

「シブいのか可愛いのかわからないわね。外国人が使いそう」

「確かに。フランス人のジェジェーヌが寒い国のジャジャーノに出しそうだよね」

「アハハ、何それ」

メイは、壁一面のラックからお気に入りの絵葉書を探そうとしている。穏やかながらも聡明な感じの横顔だ。メイがこっちを向く。

「どうしたの？」

「その大きいイヤリング、似合うよね」

「そう？　これ、もらったの」

「彼氏から？」

「そんなのいないわ。親からよ」

　メイは笑って答えた。僕は少しホッとする。こうして雑貨屋に寄り道したり、喫茶店で一休みしたりしていると、すっかり陽が傾いてきた。

「もう少し歩きたいところがあるんだけど、いい？」

　僕らは青山二丁目の交差点を曲がってイチョウ並木を通る。イチョウは完全に黄色に色づいていた。手をつなぎたかったが、メイは僕に対してそんな気分じゃないだろうし、やめておいた。

　絵画館付近に着くと、落葉したケヤキやメタセコイアの木立が夕焼けに映えていて、僕は感動した。

「あのケヤキとかメタセコイアのシルエット、夕焼けバックで、しびれなくない？」

「う～ん、私はあまりしびれないけど、夕焼けの中にケヤキのシルエットを見かけたら、しびれている山田くんを思い出すようにするわ」

「ありがとう。それじゃ俺は、しびれている俺を思い浮かべてくれているメイを思い出してもっとしびれるようにするよ」

「…………」

僕はメイを抱きしめてしまいたかったが、とてもそんな自信はなかった。

その後、僕らは外苑前付近に戻り、イタリアンレストランで夕飯をとることにした。

「何だか随分歩かせちゃったけど、大丈夫？」

「大丈夫よ。私達まだハタチじゃない」

「ついフィジカルな方向にいっちゃうんだよ、俺」

「久しぶりに街らしい街を歩いて、楽しかったわ」

「それならよかった」

僕らは、音楽の話、映画の話、旅行の話、最近読んだ本の話、どの季節が好きか、占いを信じるかなどで盛り上がった。話は尽きないが、あまり遅くなってもと思い、ぼちぼち帰途に就いた。


さすがに12月なので外はすっかり寒くなっていた。外苑前駅から銀座線に乗り、表参道駅で半蔵門線に乗り換える。三軒茶屋駅に永久に着かないでほしいと思う……メイが僕のすぐ隣に立っていてニコニコしていてくれるのだ。でも、あっという間に三軒茶屋駅に着いてしまう。

この駅で何度も「物々交換」のために会っているのに、今日だけ送るのも変な感じがしたが、言ってみた。

「今日ぐらい、送らせてもらうよ」

「ありがとう。来年引っ越すかもしれないし、記念に送ってもらうわ」

「引っ越すって、どこに？」

「笹塚の方になると思うの」

「笹塚って京王線の？」

「そう。今の家は売ってしまうみたい」

　メイの自宅は、駅から10分程のところにあった。メイがこっちを向く。

「今日はありがとう。あの白い家がウチなの」

「じゃ、俺ここで。あと20ヤードくらいだけど、気を付けて帰って」

「アハハ、20ヤードって何？」

「あぁ、英文和訳すると約18メートルってこと」

「9掛けすればいいのね。それじゃ、山田くんは、あと１５００ヤードくらいだけど、それと、『てめぇのコートはてめぇで守らねぇと、瞬間に凍死するから、確実に着ろや』って感じ？」

「いいね、でもやめてくれ～。じゃあまた」

　こんなに可愛い「てめぇ」を聞いたのは初めてだった。

僕は家に帰ると、冷蔵庫の前で、納豆と豆腐を食べ始める。納豆をいくつか食べ、三丁目の豆腐に差しかかったところで、姉が台所に入って来た。

「何でそんなに食べてるの？」

「デートで食べるパスタとか何とかなんて、お子様ランチみたいなもんだろ。飢え死にするかと思ったよ。だいたいタンパク質が少なすぎるね」

「デートなのに微妙な時間に帰ってくるのね」

「悪かったな」

「なんか、恋しちゃっているのね」

「しかし、しょぼいな。明日に潰れるともわからないアメフト部と、ちゃらちゃらテニスサークルと、どっちがいいのかな」

「それはテニスサークルに決まってるじゃない」

「え？」

「目先のことだけを考えればね。でも大学って4年間あるのよ。一本筋を通した方が恰好いいわ」

「5年間になるかもしれないけどな」

「まだ下積みなのよ、1年生でしょ。せっかくここまでやってきたんだし。ここで辞めたらもったいないわ」

「そういう問題じゃないんだよ」

その夜、床に就くと考えた。

いつからだろう、メイはとても眩しかった。それによって、しがない自分がクッキリと見える。今の自分に一体何があるというのだ、何ができるというのだ。悶々とする。

そして、いつからだろう、正直、メイのことが好きだ。あの屈託のない笑顔が忘れられない。でも、何か遠いものを感じる。メイが僕のことを求めていないことくらいわかる。

メイがくれた冬の微笑みは、手が届くほどに近いようでも、永遠に触れることができないと思えるほどに、とても遠いものだった。

2. 1989

I

元号が昭和から平成となり、その春が来た。春……嫌な季節だ。折角綺麗な桜の花が咲いているというのに、その下で騒いでいるゴミどもが景色を汚す。

ここ半年というもの、僕は、まったく文字を読む気になれず、筆記用具を手に取る気にもなれなかった。僕は、本能的に体を動かすことしかできなかったため、空いた時間には、ひたすらトレセンに通った。お陰で、トレセンに通うようになって1年も経たないが、ベンチプレスでは130キロ、スクワットで210キロまで上がるようになった。そして、ウェイトトレーニング部の友人に教えてもらったデッドリフト（床に置いてあるバーベルを持って直立したりしゃがんだりするトレーニング）も200キロが上がるようになった。これがどういうレベルのものかはよくわからないが、この筋トレは、唯一僕が大竹さんに対抗できるものとなっていた。トレセンでいつも顔を合わせるウェイトトレーニング部の友人からは、真剣に勧誘された。

「この先どうなるかわからないアメフト部なんて辞めて、ウチの部に来いよ。お前、素質あるって。アメフト部の我流なトレーニングでそこまで上がるんだから。体重何キロ？」

「80キロ」

「今のお前なら、76キロ級で結構いいとこ行けるぜ。俺マジで言ってるんだよ」

真剣に誘ってくれた友人に感謝しつつも、別の展開を考える気になれなかった。


メイとは、何となく距離を置くようになる。そして、メイが話していた通り、その一家は笹塚に引っ越し、僕らはもう三軒茶屋駅で会う可能性はなくなった。自分には、もう少し分相応な彼女ができればと思う。

そして、誰かさんが忠告してくれた通り、僕は留年した。これは2年生になれないというよりは、卒業までに5年かかることが確定的になったということだ。やる気がまったくないし、脳みそが全然機能していないのだから、当然の成り行きだろう。それに、僕は、二期作はできても二毛作はできない。つまり、僕には文武両道など無理だということだ。今更だが、自分が決して頭が良いわけでもないこともよくわかった。しかし、一浪してまで得た生活がこんなものとは悲しいことだ。

例の「プルプルカップル」に関する帰趨はこんな感じだった。忘れた頃にテレビ局の人から電話がかかってきて、何月何日の都合はどうか、都合よければ出ないかと問合せが入る。……やばい、「一緒にアダルトビデオを観よう！　イイの知ってるぜ」がウケてしまったか……番組に出る気はなかったので、テレビ局の人には申し訳ないけど、都合が悪いと言って断った。大竹さんのいいなりになる必要もないだろう。この出演の問合せがその後2回あったが、さすがにテレビ局の人に申し訳なく、もう彼女ができたと嘘をついて、その後の出演依頼不要の旨を伝えた。

アメフト部は次のシーズンを迎える。3月の合格発表から4月の部活紹介あたりまでは、練習の傍らで新入部員の勧誘にも力を入れる。ただ、金がない我々の新歓は実質的に費用ゼロで行われる。それでも一応ビラは作った。そのビラは、アメフト選手の絵とともに、「え、アメフト部？　何でアメフト部？　やっぱりアメフト部！　結局アメフト部!!」という、ヒトシが考えついた勧誘文句と連絡先を記載しただけの簡単なものだ。そして、せいぜい、部活説明会などに来た新入生にユニフォームつきのショルダーを着せてあげては、「お、恰好いいじゃん、お前似合うよ！」とか言ってやるくらいしかできない。部活によっては、金をかけて新歓コンパなどをやるところもあるが……いや、それが普通だろう……我々はそんなことはしない、いや、できない。

強がりを一つ言うとしたら、そういう金になびくような奴は我々の部になんて来なくていい。やる気や意志のある奴だけ集まればいいと思う。

新入部員が20人以上入った。何人残るかはわからないが、新入部員には、インパクトのある面白いのもいた。

不二川は、よくしゃべる。現役合格で若いくせに何浪もしたかのような人生経験があり、何だか会話の守備範囲が異常に広いというか、およそついて来られない話題というものがない。ギャンブル、ファッション……紳士服売り場でのバイト経験があるらしい……、グルメ、アイドル、人気スポットと、何でも知っていたし、カラオケはプロ級らしいし、何でも語らせると長かった。一つの話に必ずと言っていいほど因果関係や起承転結が含まれ、それに加えて何かしらのこだわりポイントの詳述が入る。ただ、練習中も若干言葉が多く、大竹さんからは、「御託（ごたく）はいいからヤレ！」と怒鳴られることになる。

他にも個性的なメンバーが揃っていた。そして、嬉しいことに、新入部員のおかげで練習後の麻雀のメンツが組みやすくなった。僕、ヒトシ、不二川を中心として、矢知、中眞、新入部員の竜宮城あたりが中心メンツとなっていく。

飯どころかジュースの一本もおごっていないのに来てくれた新入部員達に感謝しつつ、早く一員となってほしいと思う。

今年はメットなしのダミーチャージを少な目にしたので、新入部員は15人残った。部としては、総勢30名弱となったわけで、やっとオフェンスとディフェンスが分かれた状態で練習や試合ができるようになるかもしれない。

我々の代でも、矢知、森万、ヒュージが怪我から復帰し、この3人と、ヒトシ、中眞、僕の6人がやっと揃った。

Ⅱ

その頃、大竹さんと矢知は、監督を探していた。確かに普通のチームには監督がいるものだし、監督なしでは学生リーグに加盟もできない。そして、矢知の伝の伝をたどって、ある人物にたどり着いた。まず、その人の経歴を聞いて我々は驚いた。高校、大学、社会人と、アメフトの最高峰のチーム、つまりは日本一を争うようなチームで、ディフェンスの要であるラインバッカーとしてプレーしてきたらしい。そんな凄いプレイヤーだった人が我々に取り合ってくれるのか？　いやそれとも大竹さんが二人いるような状況となってしまうのか？　我々は気をもんだ。

その人の名前を谷口さんという。会社を経営しているらしい。谷口さんが初めて練習を見に来てくれたのは、5月のことだった。とても紳士的な雰囲気で、少なくとも大竹さん×2という状態にはならなさそうだ。皆、一様に安心する。谷口さんは、練習を一通り見ると、その日は挨拶だけして、次の試合を見に来ると言って帰っていった。

そして、その試合の日が来た。

相手は、その大学の体育会ではないプライベートチームだ。何とも変なチームで、オフェンスのプレイヤー各々が、プレーごとに「ヨロシク〜！」と言いながら、いや、どちらかというと「夜露死苦〜！」という感じでセットしてくる。普通は無言でセットするものだ。そうかと思うと、QBが、歌でも歌い出したかのような美声で意味不明なタイミングコールを発する。

しかし、そんなチームに対してさえも、我々はまったく機能せず、見る見る点差が開いていく。僕は、谷口さんは呆れて帰ってしまうのではないかと心配した。

結局、0対38で負けた。しかし、サイドラインに戻ると、谷口さんはまだ帰っていなかった。ハドルで、コメントを求められた谷口さんは、

「これから一つ一つやっていこうよ」

と言ってくれた。一つ一つやっていくということは、監督になってくれるということか？　それはありがたい。

こうして谷口さんは、我々の初代監督を引き受けてくれることになった。

谷口監督が来てくれるようになってから、いろいろなことが好転し始める。まず、間違っているプレーが一つずつ修正されていく。対戦形式の練習中に、おかしなプレーがあると、谷口さんは皆を止めて、スローでもう一度やってみろと言う。そして、プレーの核心部分に差し掛かると停止させ、キーとなっているプレイヤーに向かって、「今、お前は横方向見てるだろ？ そうじゃないんだよ。この時点でこっちの角度を見て動いてかなきゃだめだよ」とか、「このプレーで相手が二人来たら、どっちか迷ってちゃだめだよ。まずこっちの方をバチンと潰して、あっちの方を早く単騎にしないとだめだよ」とかアドバイスしてくれる。いずれも、目から鱗が落ちる。

「拾う神あり」とはこのことなのだろう。そして、何といっても我々は学生リーグに加盟することができる。

また、この頃、我々にも部室というものができた。顧問を引き受けてくれていた教授が、ありがたいことに、グラウンド脇の校舎1階の倉庫をアメフト部に開放してくれたのだ。我々は、倉庫を掃除して、ラックや机を適宜配置して、それを部室とした。しかも、部室の外には4基の水道蛇口とそれを受ける大きな排水部があり、水場の確保はできている。やっとホームレス状態から脱した。部活棟の廊下に比べれば、我々にはぜいたくすぎる部室だ。

そして、仲間が一人増えた。これもありがたいことに、同期の女子がマネージャーをやってくれるようになったのだ。ただ、彼女は、1年契約という約束だった。昔から、こういうマネージャーのようなものをやってみたかったらしいが、彼氏の手前、やりにくかったらしい。そこへ来て、その彼氏が1年間だけ海外留学をすることになり、その間だけマネージャーをやるということだった。マイペースで奔放気味な性格で、大竹さんのような強面にも臆することのないような大胆さもあり、それでいて愛嬌があることから、「姫」というあだ名がついた。1年後には誰かのところに帰ってしまうというのも、物語に出てくる何とか姫のようだ。

6月のある日、練習の帰りに姫と一緒になった。

「山田くんて、彼女いないの?」

「いないけど」

「私の高校時代の後輩が女子大の1年生なんだけど。紹介して下さいよって言われてて」

「それは願ってもない。あ、でも、もう一人必要ってことか。ヒトシを誘うか」

「ウソ、ヒトシくんって彼女いないの?」

「あいつとしたことが、今はいないはずだよ」

2. 1989

「それじゃ、今度、四人でどう?」

「いいね。飲みに行こう」

「彼女、飲めないのよ」


日曜日の午後2時、遊園地の入口で僕らは待ち合わせた。僕とヒトシが先に着き、姫たち二人を待つ。ヒトシが言う。

「どんな娘が来るのかな」

「姫が連れてくる娘だから、大きく外すことはないだろ」

「確かに。よく女の子の言う、いい娘、って全然違うことが多いけど、男心をわかっている姫なら大丈夫な気がするな」

「ヒトシはどんな娘を期待するよ?」

「美人よりも可愛い娘だな。山田は?」

「俺は知的な娘がいいな。自分と逆を求めてしまうのかな」

しばらくして、姫が、ロングヘアにパッチリした顔つきの女の子を連れてやってきた。

「お待たせ、彼女が小百合ちゃん」

「小百合です。よろしく」

「こんにちは、俺、山田です。よろしく」

「俺、ヒトシ」

　一言、可愛い。ヒトシもきっとそう思っているはずだ。

「アメフトっていうから、もっとゴリラみたいな人達だと思っていました。先輩がおどかすから、とても不安だったんです〜」

「いや、みんなもっとゴリラやチンパンジーなんだけど、俺とヒトシはその中でも人間らしい方かな」

「でも、この人達、いざとなったら野獣になるから、気を付けるのよ」

「なんと申すか、姫」

「あ、やっぱり。先輩、本当に姫って呼ばれているんですね」

「ふふ、そうよ」

　僕らは、園内に入ると早速、乗り放題チケットを買い、乗り物に乗り始めた。そして、姫が高校時代にどんな生徒だったのかという話で盛り上がった。

　だいぶ慣れてくるとアメフトネタになってきた。

「山田さんは、ポジションどこなんですか？」

「俺は、ラインっていって最前列でガシャガシャ当たってる人だよ」

「オフェンスですか、ディフェンスですか？」

「両方。オフェンスの時なんてさ、俺が必死こいて相手をブロックしている脇を、このヒトシが涼しい顔してボールを持って走り抜けていくんだな、これが」

「え、ヒトシさんは、ランニングバックなんですか？」

「そうだよ」

「キャー、カッコイイ！」

この小百合という娘、清楚でいい感じの女の子だ。しかし、まずは取っつきやすい、というか敷居の低い僕を足掛かりにしつつ、確実にヒトシを見据えているようなしたたかさもあるようだ。

そして、乗り物を幾つか乗るうちに、暗黙のうちに小百合とヒトシがペアとなり、姫と僕がペアとなって座席に着くようになってきた。

それでも、男女4人で遊園地に来て遊ぶなんて今までなかったことだし、それはそれで楽しい。普通の学生は、きっとこうなのだろう、悪くない。


乗り物を一通り乗ると、既に午後4時を回っていた。僕らはフードコートで一休みすることにした。小百合は、もはやヒトシしか眼中にないようだし、ヒトシもまんざらではないようだ。

フードコートを出ると、僕らはゲームセンターに入った。僕は、モグラ叩きゲームを見つけた。9個の穴からモグラが次々に頭を出しては引っ込み、それをハンマーで叩く、ちょっとレトロなあれだ。現ハイスコアは45点と出ている。このモグラ叩きゲームに、僕はすかさず反応した。

「俺、これ超得意なんだよ。ハイスコアが45点なんて甘いな。全部潰せるぜ」

「それはモグラが可哀そうだろ」

「ここは1分間だけ、俺に時間をくれ」

「おう、何分でもやるよ。どうしたんだよ、急にマジになって」

モグラ叩きのコツは、第一に、ハンマーを大振りせずにモグラの頭を撥ねるようにかすめることだ。第二に、同時に頭を出すモグラを手前から最短経路で叩くことだ。例えば、プッシュホンのボタンの位置でいう2、5、9の位置のモグラが同時に出たら、間違っても2→9→5などと叩いてはいけない。確実に、手前から最短経路で、つまり9→5→2の順序で叩くのだ。コツはともかくとしても、僕は、この手の反射神経なら負けない自信がある。

そして、百円硬貨を入れる時、僕はヒトシにアイコンタクトした。ヒトシには、僕の言わんとしていることがわかるはずだ。

百円硬貨を入れると、ゲームが始まる。僕は右手にハンマーを持ち、右足を一歩引いて体勢を低くして身構える。

最初のうちは、モグラは1匹ずつしか出てこない。ここはウォームアップだ。モグラを叩くのに合わせて、ヒトシが「痛っ」、「うえ～」、「やめてくれ～」、「ッポー」とかモグラごとに違う声で効果音をつけてくる。笑わせるなって。

そのうち、モグラは2匹ずつ、そして3匹ずつ出るようになる。まだまだ楽勝だ。後ろでヒトシが「おいおい、あんまりモグラをいじめるなよ」とか言っている。

そして、モグラは、4匹ずつ、5匹ずつと出てくるようになる。まだまだ余裕だ。何だか背後の方で人だかりができてくるのがわかる。「お～コイツすげえ」、「やだ～本気になってる～」とか聞こえてくる。本気になって悪いか。

モグラが6匹、7匹ずつと出てくるようになってもパニックになってはいけない。冷静になり、それぞれのモグラに対して手前から最短経路でハンマーを移動させながらそれらを確実に撥ねていく。幾らか危ういが、今のところ完璧だ。

そして最後に、9匹のモグラが同時に頭を出した。ここで、ハンマーを持っていない左手で左手前角のモグラを素手で叩くという裏技を使いつつ、右手のハンマーで残りの8匹のモグラを一気に撥ねた。完璧だ。フルスコア「60」の文字が、アンティークなデジタル表示上に点滅している。「ウソ～」、「お～マジかよ」、背後にいたオーディエンスから喝采を浴びた。僕は振り返り、オーディエンスに軽くガッツポーズをして応えた。

そのオーディエンスの端で、姫が半分呆れたような顔をしている。

「どう？　俺もちょっとはやるでしょ」

「それはいいんだけど。あの二人、消えちゃったわよ」

オーディエンスが去ると、姫と僕しか残らなかった。

「30点くらいまではいたと思うんだけど、気付いたらいなくなってたわ」

「別に驚かないね。それで、俺らどうするかな」

「そうね」

「せっかく姫と二人きりになれて、この続きをデートにして観覧車とか乗っちゃってムムム～とかいっちゃいたいのはヤマヤマなんだけど、今日のところは、お役御免というところで帰るか」

「そうね。夜の観覧車で、キャー山田くん、こんなところでヤメテ～なんてのもいいかと思うんだけど。あの二人の邪魔しちゃいけないしね」

姫と僕は、遊園地を出て帰途に就いた。

「しかし、俺は不毛ながらも結構楽しかったけど、姫にとっては、俺以上に不毛な一日だったような気がするな。何だか悪いね」

「そんなことないわ。山田くんとヒトシくんを観察しているのも楽しかったわ」

「そう？」

「最初の5分くらいは、山田くんの方が勝ってたのに」

「よくマラソン大会とかで、最初の100メートルだけダッシュする奴みたいだな」

「っていうか山田くんは押しが弱いのよ」

「ヒトシと女を争って勝てるわけないだろ」

「そこが違うのよ。男はハートよ」

「そうか、男はハートか」


翌日、学食で昼食をとっていると、ヒトシがやってきた。

「いや〜昨日悪かったな」

「別にいいって。俺のアイコンタクト、わかっただろ？　小百合ちゃんを連れてけっての」

「わかったさ。あのモグラ叩きの40点くらいの時かな、姫の一瞬の隙をついて小百合ちゃんの腕を引っ張ってダッシュしたよ。そしたら小百合ちゃんも一緒にダッシュしてくれてさ」

「小百合ちゃんも反応がいいな。で、その後、どうだったんだよ」

「二人で観覧車に乗ったんだよ。閉所恐怖症で観覧車嫌いの俺が、無理してさ」

「ほう」

「そしたら小百合ちゃんは高所恐怖症でさ。乗らなきゃよかったねって二人で言っててさ。でも閉所恐怖症と高所恐怖症とで観覧車に乗るのも悪くなかったぜ。観覧車が一番上に来た時なんて二人で抱きしめ合って怯えちゃってさ。故障して止まってほしいんだかほしくないんだかだったよ」

「いい話じゃないか」


練習は続く。そして、幾つかの練習試合では……相手はやはりその大学の体育会ではないチームや聞いたことのない大学のチームではあるが……一応、試合らしくはなってきたし、勝てるようになってきた。相手が何であれ、勝ち方を知るのはいいことだ。それもこれも谷口監督のおかげでもある。


７月上旬、土曜日の練習が終わる。明日から数週間のオフになる。部室脇の水道で防具を洗っていると、谷口監督と大竹さんが何やらしゃべっているのが聞こえてくる。

「ところで、お前らお金ってどうしてるんだ？　ＯＢもいないし、大学が出してくれるわけでもないいんだろ？」

「てめぇらの月々の部費で何とかやってます」

「でもさ、今年は学生リーグの加盟費もかかるし、それによ、あのボロいボール、あれはないだろ。ボールを見ればそのチームがわかる。逆に言うとさ、その程度のボールで練習しているチームなんてその程度だってことだよ」

「確かに、その通りです」

「それでよ、俺の会社でやってる運動施設で肉体労働のバイトしないかと思ってよ。ちょうどプール開きの仕事があるんだよ。一通りやって10万円かな」

「やります」

大竹さんが僕の方に歩いてくる。

「おい山田、明日の日曜、暇だろ」

「ええ、まぁ」

「話、聞こえただろ。バイトするぞ。集合時間とかは後で連絡する。矢知たちにも連絡しとけ」

「わかりました。しかし、何で僕はいつも日曜日フリーなんですかねぇ」

「知るかよ!」


その日曜日、大竹さん、湯江野さんをはじめとする3年生達と、矢知、中眞、僕で、谷口監督の関連の運動施設で屋外プールの掃除やセッティングの肉体労働をした。

まず、倉庫から機材を運ぶために、谷口監督の運転するトラックでプールから倉庫に向かう。晴天の下、海パン一丁となった我々はトラックの空の荷台に乗る。梅雨の晴れ間の初夏の太陽を浴びながら風を切る。

「なんかカリフォルニアっぽくないですか」

と僕が言うと、湯江野さんがすかさずホテル・カリフォルニアを歌い出す。

倉庫に着き、機材を荷台に積んでいくと、矢知が不安げに言う。

「俺ら乗る場所あるのか？」

「引っ張ってもらえばええんちゃう」と中眞。

「アホかお前、マッドマックスじゃねぇっての」

機材は満載された。

「よし、みんなしがみつけ」

「マジっすか」

皆が荷台の機材にしがみつくと、トラックは出発する。僕がトラックの右側部からさらによじ登ると、反対側からよじ登ってきた湯江野さんの顔が見えた。湯江野さんが、しかめ面をしながら「ファイトー！」と叫んでくるので、「イッパーツ！」と返す。

プールに戻ると、谷口監督の指示の下、水を張っていないプールの床をモップで掃除し、水を張りつつ、浅瀬を作るための数十台のプールフロアをプール外から運んできてプールの床に積んでいく。プールに水が満ちてくると、プールサイドに積まれていたコースロープを取り出してきてはそれを張る。僕は水泳部出身だから、こういうのは慣れたものだ。

昼飯は、その施設の食堂でとる。寿司でも出るのかと思いきや、メニューは何だか大味な黄色っぽいカレーライスだ。そして、夕方に作業が終わり、そのプールで少し泳がせてもらった。

このバイト、千円は各自もらえると聞いていたが、結局我々の報酬はゼロだった。まぁいい。昼飯はタダだったし、そして何よりも、仲間との労働は楽しい。仲間は大切なものだ。そして僕は、皆で食べたあの黄色っぽいカレーライスの味を忘れることはないだろう。

Ⅲ

その7月のオフに、僕にとって、これも拾う神のような友人ができた。

僕は、とりあえず体だけは授業に持っていくことにしている。隣の学科にいたその女の子は、身長が175センチほどあり、スタイルが良く、可愛くはあるがきりっとした顔つきで、バイクに乗り、たまに外車に乗ってくることもあった。そして噂では結構な酒豪らしい。女子率が3％未満のこの大学で、彼女は思いっきり目立っていた。決して派手ではないが独特な雰囲気があり、多くの男子は、最初は一歩引いたところから彼女に接することになる。一度接すれば、そういう女の子ではないことはわかるし、実際に友達は多くいるようだ。

少し観察していると、彼女はそこらへんの浮ついた学生と違って、何か世間を斜めから見つつも既定路線を進むことを拒否しているような、それでも確たる答えがなくて暗中模索しているような空気を持っている。わかる気がする。いずれにしても話せそうなタイプだと思い、僕は、機をみて彼女に話しかけた。

彼女は快く会話に応じてくれた。僕の普通に接する態度、つまり最初から一歩引かない態度が新鮮だったようだ。僕らはすぐに打ち解けることができた。

彼女の名前を桜竹寧々(おうたけねね)という。僕は最初に彼女にお願いした。

「いきなりちょっとお願いがあるんだけど。その苗字のオウタケっていうの、俺的にちょっと抵抗あってさ。名前かあだ名で呼びたいんだけど」

「いいわ、名前で、寧々って呼んで」

「サンキュー」

「でも、どうして?」

僕は、大竹さんの話とアメフト部の話をした。結局、寧々を苗字で呼んだのは、最初の一回だけで済んだ。

寧々の身長は正確には173センチで、ちゃんと彼女よりも背の高い彼氏がいた。そして、一度、BMWからミニタイトの女の子が降りてきた! と思ったら寧々だったなんてこともあった。

「なんだ桜竹寧々か〜って顔しないでよ」

「いやそんな顔してないよ。いきなりバリッと決めた女の子が目の前に降りてくるもんだから『あなたの落としたのは、金色の斧ですか、銀色の斧ですか』とか言ってくるのかと思って身構えたんだよ」

「今、バイト先が納期前とかで超忙しくて、徹夜してバイト先から直で来たの。この社用車で」

寧々がたまに乗ってくるベンツ、ＢＭＷなどの外車はバイト先の社用車で、その会社から借りてくるらしい。寧々のファッションは変幻自在な感じだ。こうしてキャリアウーマンみたいな日もあれば、ライダーらしくジーパンに革ジャンで恰好良く決めてくることもあれば、ワンピースとかでフェミニンな感じのときもある。そして、会う度に髪型や髪の色が変わっている。美容院に行ったら必ずイメチェンするのが主義らしい。どの服装も髪型も似合っているが、金髪よりも黒髪の方が似合うと思う。

寧々と飲みに行った。

「山田くん、彼女は？」

「自由電子状態ってやつかな」

「もしかして勉強好き？」

「まさか。でも最近授業を真面目に受けすぎてるかな」

「好きな人はいないの？」

「いない。乾いてるな、まったく」

「ウソついてるでしょ」

「え？」

「冗談だってば。気になってる人は？」

「それならたくさんいるかな。俺は、来る者拒まず去る者追わずだから、って言うと恰好いいんだけど、来る者ゼロで去る者多数って感じかな」

「そんな悲しいこと言わないでよ。その気になれば彼女くらいできそうなのに」

「俺、第一印象は悪くないみたいなんだけど、中身が空っぽなんだよ。だから続かないいんだな。で、女子マネの姫に言わせると、俺は押しが弱いらしく……何だか悶々としてくるよ。寧々を見ていて何となく思うんだけど、寧々にも悶々とした空気を感じるなぁ、どうなんだろう」

「よく聞いてくれたわ。もう彼とは喧嘩ばかりで、まだ付き合って1年も経っていないのに三回別れたのよ」

「でも三回縒りを戻したってことでしょ？」

「結局はね。私が尽くしてあげているのに、彼はわがままで大人気なくてホントにイライラするわ。そのこともあるんだけど、もっと漠然としたものもあって。浪人してまでこの大学に入ったのはいいけど、この先どうしようかなと思って。普通に会社に就職してサラリーマンみたいなのは興味ないし。もう、いろいろとどうしようって感じ」

その後、寧々とは、度々飲みに行くようになる。

Ⅳ

8月になり、夏の練習が開始された。もちろん、7月のバイト代で買った新しいボールでだ。今年も午前中にグラウンドで練習し、午後にトレセンに通う。

結局、怪我人を除くと、全員集まっても20名弱なので、グラウンドでの練習ではやはりダッシュとワンノンワンが中心となるが、いくらか組織的な練習もできるようになってきた。

一応、ポジションに関しても、オフェンスライン、ディフェンスライン、ラインバッカーなどの当たる系のポジションと、QB、ランニングバック、ワイドレシーバー、ディフェンスバックなどのボール系のポジションとに分かれて練習することができるようになった。

また、オフェンスとディフェンスを兼ねる両面のプレイヤーもいるために11人対11人の対戦形式はできないものの、8人対8人のランプレー限定の対戦形式の練習や、7人対7人のパスプレー限定の対戦形式の練習もできる。

谷口監督が来てくれるようになったとはいえ、大竹さんは多くの時間をコーチングに費やすことになる。だから、練習後に大竹さんとのワンノンワンに付き合わされることもある。練習後にグラウンドからフェードアウトしてシャワー室にたどり着き、今日は捕まらなかったと安心していると後輩がやって来て、「山田さん、大竹さんが呼んでいます」と言ってくることもある。練習で消耗しているのに勘弁という気もしたが、僕はオフェンス・ディフェンス両面で試合に出る以上、相手よりも消耗している状況でそういう相手に勝たなければならないから、これも一つの訓練と思って割り切るしかない。大竹さんと僕は、オフェンス側とディフェンス側とを交代しながら何十発か当たった。

チームの中で、171センチの僕はラインとしては最も小さいし、試合でも僕よりも小さいラインと対峙することはあまりない。ただ、物理の運動方程式的には、mを質量、aを加速度、Fを力とすると、F＝m×aであるから、人間の体を質点と定義することはできないものの、質量（体重）mの小ささは加速度（瞬発力）aで充分にカバーできるはずだ。また、当たる瞬間だけでなく、その後の数秒間にわたって相手をコントロールするには全身のパワーが必要となる。トレセンに通ってウェイトトレーニングをやる主たる目的は、その瞬発力やパワーを向上させることにある。つまり、トレーニングすることによって、サイズのある選手にも充分に対抗できるはずだ。だから僕は、必死にトレセンに通っているのだ。

大竹さんの身長は176センチで、身長・体重とも僕よりも一回り大きいが、当たる以上、負けていい相手というのはない。疲れていても大竹さんのような相手に勝たなければならないから、一本一本、加速度をMAXにすることに意識を集中して出足を最大限鋭くして当たる。それでも、僕がオフェンス側となると結構アゲインを食らう。大竹さんからは「お前の当たり、インパクトはあるが淡白だ」と言われる。逆に僕がディフェンス側の場合、さすがに大竹さんの当たりには、当たる瞬間のインパクトも当たった後の安定感もあるが、たまに相手をかち上げる腕の動作が甘くなる時もある。そういう時には、幾らかアゲインを食らわせることになる。いずれにしても、いつまでも大竹さんに負けているわけにはいかないのだ。

V

そして秋の公式戦が始まった。学生リーグは、強い方から1部（全2ブロック）、2部（全4ブロック）、3部（全4ブロック）、4部（全2ブロック）で構成されていた。我々は、当然に4部リーグからスタートすることになる。公式戦は9月から11月にかけて行われる。3部リーグへの昇格の条件ははっきりしなかったが、戦績が良ければ昇格できるとのことだった。ということは、少なくとも全勝すれば昇格できるということだ。

　対戦校のスカウティング（試合の偵察）の結果、大竹さんは、ほとんど基本的なプレーだけで勝つことができると判断した。このスカウティングは、実際にその対戦校の試合を観に行くこともあるが、多くの場合はその試合のビデオを誰かが撮ってきてそれを観ながら行うことになる。ビデオを観てゲームプラン（作戦）を練るのは大竹さんであり、その後に全員でビデオを観てのミーティングを行い、大竹さんが大まかなゲームプランを伝える。そして、講義室のホワイトボードを使って細かいアサイメントが伝えられる。

　全員でビデオを観てのミーティングの多くは、3年の護摩野（ごまの）さんの下宿先で行われる。護摩野さんの部屋は1階にあり、同じ下宿の2階に奈豪さんが住んでいた。護摩野さんがパチスロで金を使い果たすと、奈豪さんが養い、護摩野さんが炊事することになっているらしい。

　護摩野さんの下宿先は大学近くにあったこともあり、皆はそれをゴマハウスと呼んで入り浸った。この「ゴマ」というのは、苗字に由来しているというよりは、護摩野さんがゴマフアザラシに似ているからということに専ら由来していた。このゴマハウスは、こうしてミーティング場所として使われることもあるが、ただ暇な人が寄っていく場所でもあった。そんなわけで、ゴマハウスに電話をすると、護摩野さん以外の誰かが電話に出ることの方が多い。僕は、麻雀のメンツが足りないときには、まずゴマハウスに電話をする。

「もしもし、護摩野です」

「その声はミツオだよね。山田だけど、そっちに不二川いる？」

「あ、代わりますね」……フジちゃん、山田さんから……と聞こえる。

「電話代わりました不二川ですけど、メンツですよね。今ちょうど飯食い終わったところなんですぐ行けますよ。いつもの雀荘ですよね。ここに竜宮城もいますけど、足りてます？」

とかいう感じになる。

護摩野さんは、あまり気にしない性格に起因してか、イマイチ清潔感がない。そして、正月休みに実家に帰省した際に頭を坊主にしてそれを翌年の正月休みまで切らないため、秋が深まってくる頃にはロンゲ状態となる。欠けた前歯を治療する前は、ホームレスみたいな雰囲気だった。たまにソックスを履かずにスパイクを履いていたこともあり、谷口監督が「あんなの見たことねぇ」と驚いていた。

そして、このゴマハウスでは消臭スプレーが必需品だった。この部屋、皆がいろいろなニオイを残していくせいか何か臭うのだ。護摩野さんの部屋には、誰かが買い置きしたと思われる消臭スプレーが常に置いてあり、それが切れると、誰かがまた買い足した。

それにしても、あまりに皆が入り浸るので、しまいには、おおらかな護摩野さんでさえ

２．１９８９

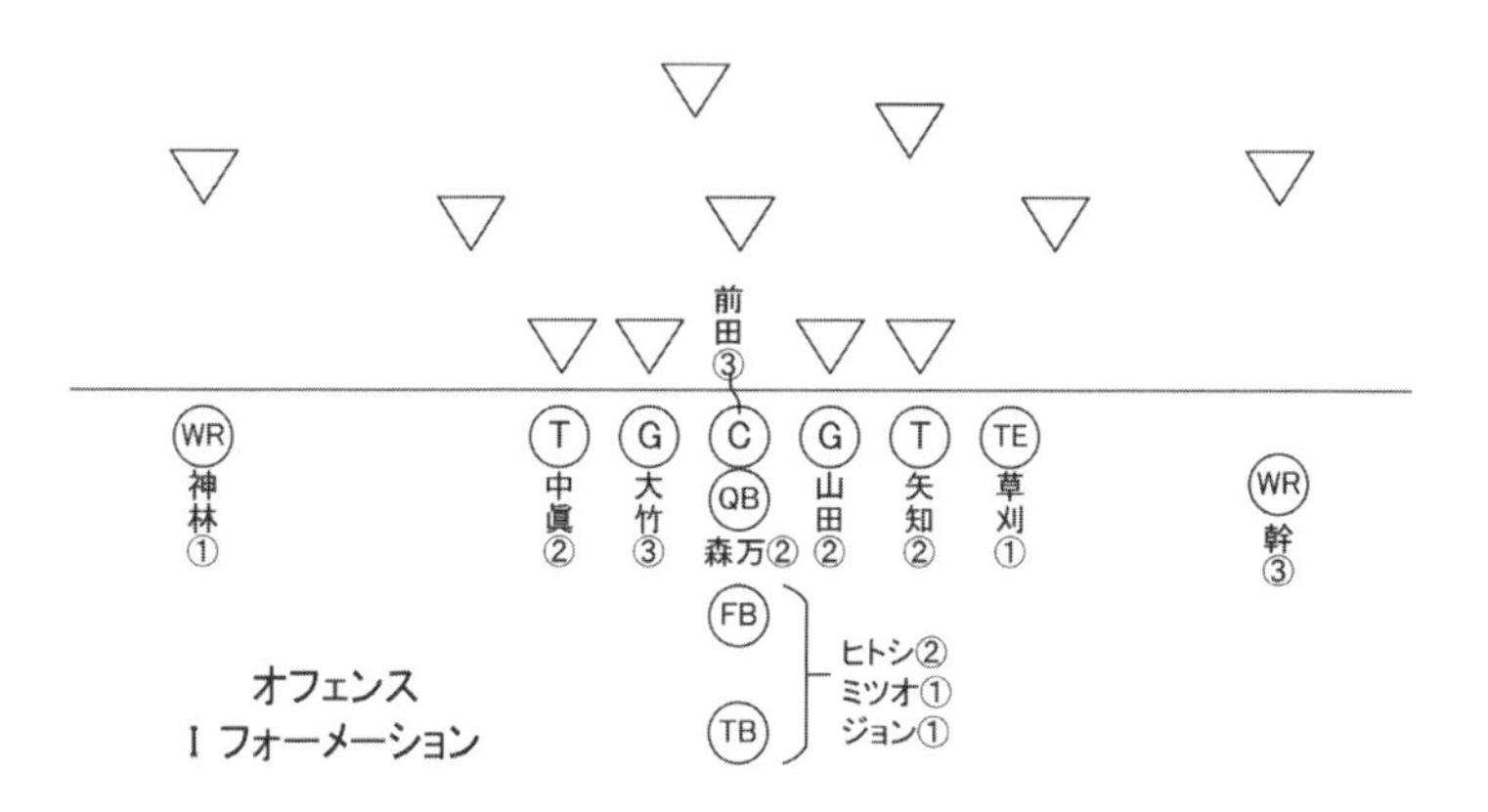
前田
③
WR
神林
①
T
中眞
②
G
大竹
③
C
QB
森万②
G
山田
②
T
矢知
②
TE
草刈
①
WR
幹
③
FB
TB
ヒトシ②
ミツオ①
ジョン①
オフェンス
Ｉフォーメーション

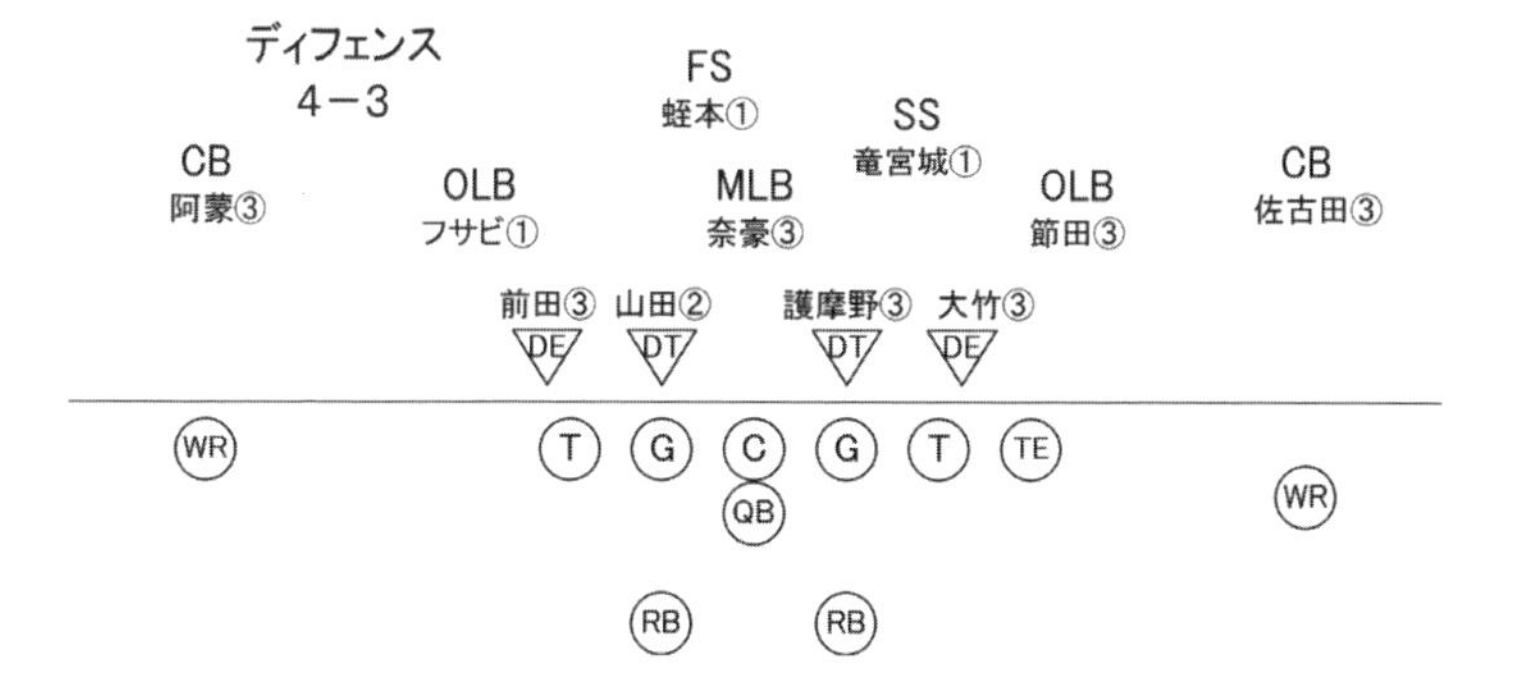
ディフェンス
4－3
FS
蛭本①
SS
竜宮城①
CB
阿蒙③
OLB
フサビ①
MLB
奈豪③
OLB
節田③
CB
佐古田③
前田③
DE
山田②
DT
護摩野③
DT
大竹③
DE
WR
T
G
C
QB
G
T
TE
WR
RB
RB

も、かなり参っていた。
このゴマハウスで、我々は秋のシーズンのスターティングメンバーを決めた。

オフェンスは、QBよりも後ろのランニングバック、つまりフルバックFBとテールバックTBを縦に配置する「Iフォーメーション」である。このIフォーメーションは、学生アメフトでは最もオーソドックスなフォーメーションである。基本的に、エースランニングバックのヒトシのランを中心に攻撃していく。

センターC、ガードG、タックルT、タイトエンドTEのライン系のポジションにはパワーが要求される。そして、クオーターバックQB、ランニングバック(フルバックFB、テールバックTB)、ワイドレシーバーWR、タイトエンドTEのボール系のポジションには、スピードと球感、つまりはボールのハンドリングの上手さが要求される。

ラインの中でも、センターCは全ての攻撃においてボールを最初にQBにスナップする(地面に置いてあるボールを股の下からQBに渡す)必要があるため、正確さが求められる。タックルTには最もパワーが要求されることから巨漢タイプが起用されることが多い。ガードGは前方だけでなく左右のプレーにも機動的に動く必要があることから、Gにはパワーとともに機動性やクイックネスが要求される。

タイトエンドTEは、ラインの役割とレシーバーの役割との双方を兼ねるので、QBとともにアスリート性が求められる。TEの草刈は、バレーボール出身でサイズもあるし、手首の使い方が非常に柔らかく、落球がほとんどない。

ディフェンスは、最前列に4人のラインとその後ろに3人のラインバッカーを配置する4―3（フォースリー）隊形である。ディフェンスキャプテン、つまりは作戦などを指示するコーラーは大竹さんが務めるが、ミドルラインバッカーMLBの奈豪さんを核としたディフェンスとなる。

ディフェンスラインであるディフェンスタックルDT、ディフェンスエンドDEには、最前列のディフェンダーとしてパワーが要求される。ディフェンスバックであるコーナーバックCB、ストロングセーフティSS、フリーセーフティFSの第一の仕事はパスカバーであり、これにはスピードが要求される。そして、ラインバッカーであるミドルラインバッカーMLB、アウトサイドラインバッカーOLBにはディフェンスラインとディフェンスバックの双方の性質が求められ、つまり、パワーとスピードの双方が要求される。

アウトサイドラインバッカーOLBのフサビというのはあだ名である。彼の名前は字比（アザビ）であるが、書類の手違いから、本名でも「アザビ」でもない「フサビ」として学生リーグに登録されてしまったことから、このあだ名で通っている。これは、しっかり者なはずの矢知が、学生リーグに片仮名の「アザビ」のまま書類を提出してしまい、さらにそれを学生リーグの人が「フサビ」と読み違えてしまったことによる。これは、矢知が悪筆だった

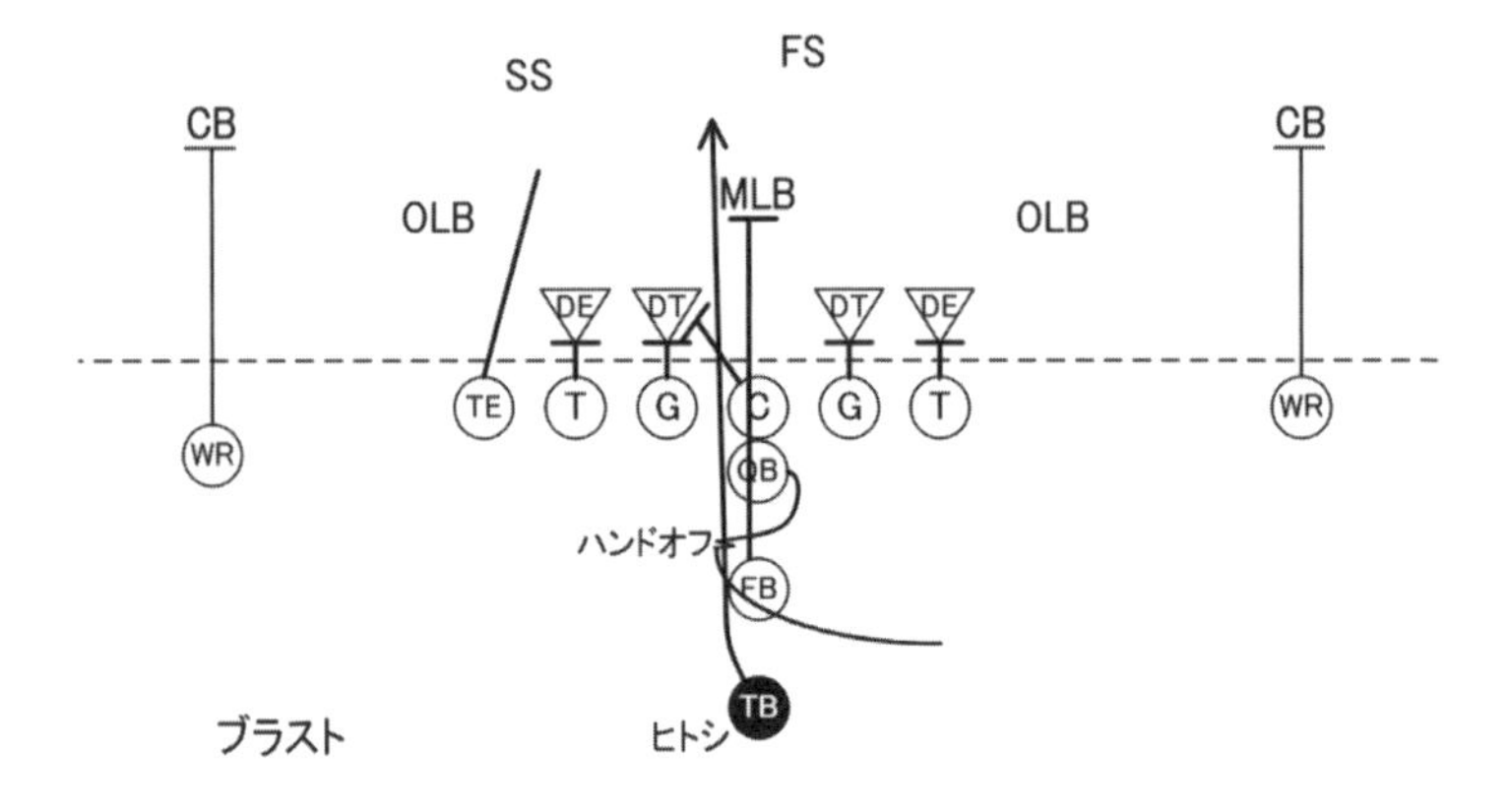
SS
FS
CB
CB
MLB
OLB
OLB
DE
DT
DT
DE
TE
T
G
C
G
T
WR
WR
QB
ハンドオフ
FB
TB
ヒトシ
ブラスト

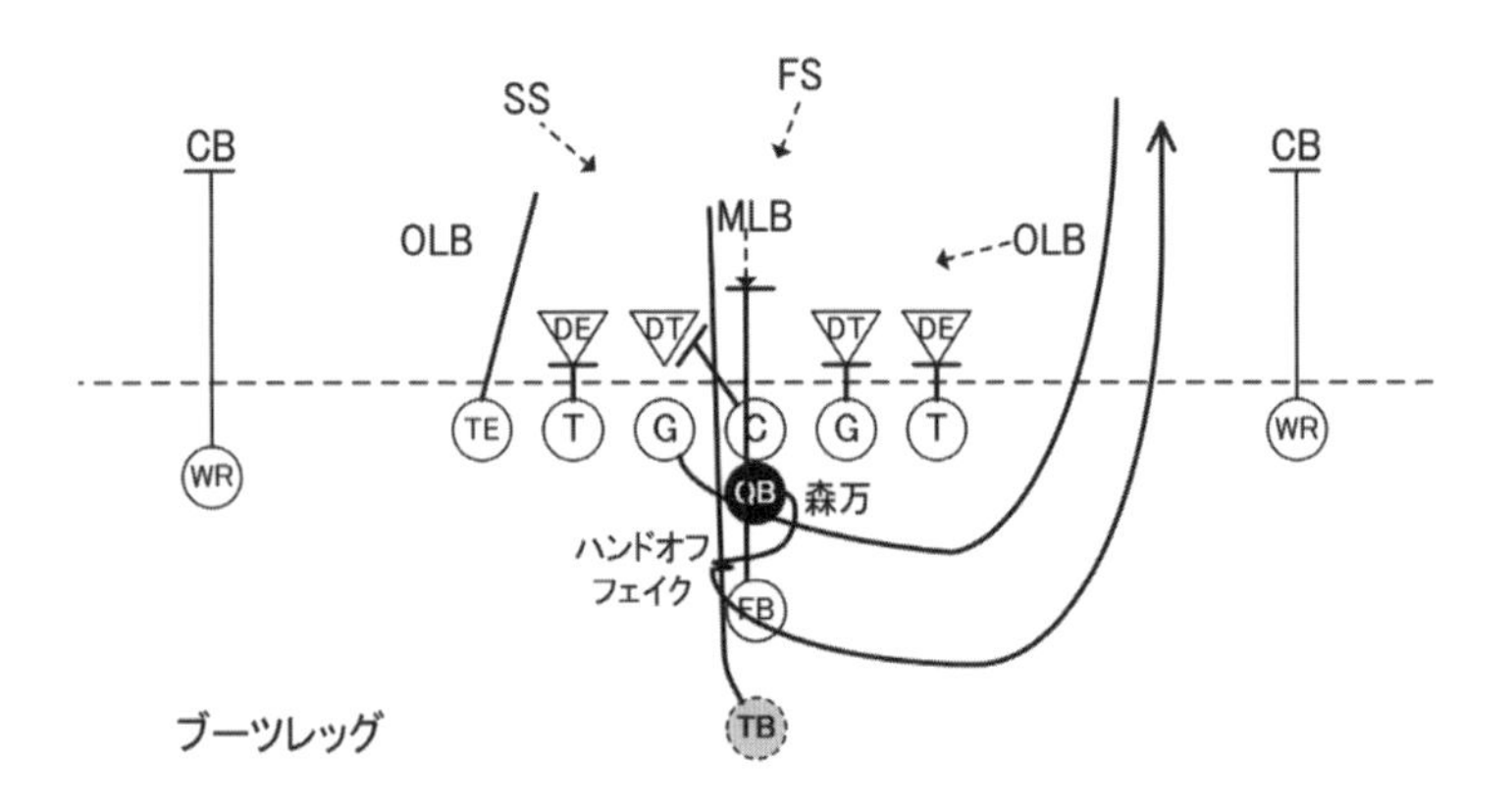
SS
FS
CB
CB
MLB
OLB
OLB
DE
DT
DT
DE
TE
T
G
C
G
T
WR
WR
QB
森万
ハンドオフ
フェイク
FB
TB
ブーツレッグ

のか、それとも単に学生リーグの人が読み間違えたのかはわからないが、フサビはアフリカ人留学生と思われるかもしれない。このアザビ、剣道部出身で最も声がデカいし、同じメットを着けていてもなぜか最も痛い当たりをする。

オフェンスの基本プレーの代表としては、例えば、ブラストと言われるものがある。もちろん、他のプレーも多数準備する。

ブラストでは、CとGがダブルでDTをブロックし、横穴を拡げ、QBがTBにボールをハンドオフする。FBがMLBをブロックし、FBの直後からその脇をTBが走り抜ける。コンスタントに4～5ヤードをゲインしたいプレーである。もちろん、この左右反転バージョンもある。

そして、ブラストに対してディフェンダーが過剰反応するようになると、ブーツレッグと言われるプレーが効果的となる。

ブーツレッグとは、ブーツに密造酒を隠してこっそり逃げる動作に由来するプレー名である。ブーツレッグでは、QBはTBにハンドオフするするフェイクをして、そのままボールをキープしてオープン（外側）を走り抜ける、左GはリードブロッカーとしてQBの前方を走る。これにも左右反転バージョンがある。プレーの頻度としては、ブラスト10回に対してブーツレッグ1回程度だろう。

初戦の2週間前に僕自身にアクシデントがあった。左外腹斜筋（左脇腹の腹筋）の肉離れをやってしまった。練習中に奈豪さんと交錯して、奈豪さんの膝が僕の左脇腹に思いっきり入ってしまったのだ。その瞬間、激痛とともに冷や汗が出た。自力で立ち上って歩くことはできたが、走ろうとしたら左足が全く上がらず、小走りさえもできなかった。左外腹斜筋が筋肉として機能していないからだ。その後しばらく、練習をすることはできず、くしゃみをしても左脇腹に激痛が走る状況だった。医者に行くと、なぜかレントゲンを撮られ、腰の骨には異常がないようだねとか言われ……そんなこと最初からわかっているんだっての、百歩譲ってレントゲンはいいとしても骨盤じゃなくて肋骨の方を見ろよ……と思いつつ、湿布をもらった……湿布くらいウチにもあるよって……。どうやったら肉離れが早く治るのかと聞きたかったのに、使えない医者だなと思う。ただ、一つだけ役に立ったことがあった。その医者に聞いてみた。

「後天性脊椎遊離症候群ってどういう病気なんですか？」

「はぁ？　そんな病気ないよ。医者を35年やってるけど、聞いたこともない」

やはり、ヒュージという奴は、そういうことだ。最近、ヒュージは、練習が少しきつくなると、その後天性脊椎遊離症候群で休むことが多い。だから、試合では当然に干されるようになっていたし、皆には「ポジション不定・無職」とか言われるようにもなっていた。そのため、ヒュージの立場も微妙なものとなっている。ヒュージは会話上手で、皆から嫌われているというわけではなく、ヒトシ、仲眞、僕などとは普通に話す。ただ、その軽いノリのために、ストイックな森万や落ち着いた雰囲気の矢知とはソリが合わない。もちろん、大竹さんとも。

試合の3日前になっても僕の脇腹は完治しなかった。それでも大竹さんが「お前、試合出るんだぞ、わかってんだろうな」と言ってくる。森万に相談すると、胴体にさらしを巻いて何とかやるしかないということになった。怪我の対処に関しては、森万が一番詳しかった。下手な医者よりもよっぽど頼りになる。試合当日、森万と姫にさらしをきつく巻いてもらうと、脇腹に違和感を伴いながらも何とか全力疾走できるようになっていた。脇腹に衝撃を受けたら終わるだろうと思ったが、幸いにして脇腹にはそれ以上のダメージを受けずに済んだ。

そして、シーズンは進む。4部リーグでは普通に戦えば勝てる。

結局、4試合には全勝することができた。

第1戦　○勝ち　20対0

第2戦　○勝ち　44対6

第3戦　○勝ち　20対18
第4戦　○勝ち　24対3

第3戦は唯一危なかった。この試合用に準備したプレーに固執した結果として前半を6対18のビハインドで折り返すことになるも、後半にこれまでの基本プレーに戻したら、結局、20対18に逆転することができた。

そして、我々を含め、4部リーグでの戦績上位校については、3部リーグとの入替戦なしでの3部リーグ昇格が決定した。

谷口監督という強力な協力者が現れ、3部リーグ昇格が決まり、これでやっとスタートラインに立てるということだ。「もう暗くて寒い時代は終わったよ」と矢知が言う。まったくだ。


この年は、さすがにシーズン終了の飲み会があった。

飲み会では、酒の無理強いも一気飲みも普通にある。ただ、我々の飲み会は、上級生が下級生を飲ますといった普通の部活の状況とは異なり、ここでもやはり大竹さん対その他という構図となる。大竹さんは、まったく飲めない人や、逆にヒトシなどの酒豪には飲ませないようだった。狙われるのは中間層の酒飲みである。

ただ、この日の飲み会には谷口監督も来てくれたということもあり、あまり荒れた飲み会にはならなかった。

「谷口さんのフットボール歴を聞いて、どんなに恐ろしい人が来るのかと思っていましたよ」

と誰かが言うと、谷口監督は言う。

「いや俺も、最初はどんなチームなのかなと思って来たんだけどよ。でも、お前らを見ていて、『やらされている』わけじゃなくて、お前らの意志でやってるってことがわかったんだよ。ただ、フットボールの知識とか何とかはやっぱりないからよ、そこらへんを俺が助けてやればいいかなと思ってな。お前ら偏差値だって高いんだし、自分達で考えてやっていけるはずだから、そこらへんは、お前らの考え方をできるだけ尊重していこうと思ってよ」

谷口監督は、割りばしをテーブルに立てながら続ける。

「何でもそうだけどよ。何かを始めようと思ったら、無の状態から最初の一本を立てる人が必要なわけだろ。それが大竹の代をはじめとして、お前達なんだろ？」

「その通りです」

ただ、良いことばかりではない。秋のシーズンに入る時点で12人いた1年生のうち、5

人が冬のオフに辞めていった。辞める理由の多くは、「大竹さんが怖いから」というようなものだった。大竹さんに劣らずイカつい雰囲気の部員もいたが、その彼にとっても怖かったらしい。また、ランニングバックのジョンも同じような理由で辞めた。彼は有能な選手だっただけに非常に惜しかったが、彼の人生を考えると致し方ない。結局、怒鳴られようが齧られようが気にしない感じの7人しか残らなかった。また、大竹さんとは関係のないところで、鍋田さんが消息不明な感じになってしまった。表向きには休学しているらしい。

　僕も大竹さんに怒鳴られていい気はしないが、これはこれで面白おかしく話のネタにすることができるのでまぁいいかと思っていた。僕は寧々に大竹さんネタを結構振っていたところ、大竹さんがどんな人か一度見てみたいと言ってきた。

　寧々と僕とで学食を物色していると、５００㎖サイズのヨーグルトをカレー用のスプーンで貪る大竹さんを見つけた。

「あのヨーグルト食ってるのが大竹さんだよ」

「なんかヨーグルトまで戦いながら食べているみたい」

「確かに。もっと接近して挨拶くらいしていこうか。良く言えばオーラというか、悪く言えば威圧感を味わえるよ」

「やめとくわ。私はここから見るだけでいいわ」

「何で？　大丈夫だよ。寧々を大竹さんと二人きりにするなんて危険極まりない真似はしないから」

「私、怖い人とか怒鳴る人とか苦手なの。私、背が高いせいか平気そうだって思われがちなんだけど、実はダメなのよ、そういうの」

「わかった。じゃあ別の所で昼飯食おうか。でもイメージつかめたでしょ？」

「うん」

寧々は一見気が強そうだが、こういう何とも気の優しいところがあり、好感が持てた。大事に対して気丈な割には小事にビビるような二面性が寧々にはある。


その頃、2年のフサビを中心とした大学側との交渉によって、アメフト部は正式な部として認められた。つまり、ホームレスだったような集団が正式な体育会の部として認められたということだ。

そして、我々の目標はより明確となった。学生リーグの2部リーグへの昇格が目標となる。2部リーグともなれば、一応の強い運動部ということもできるし、少なくとも強い運動部の礎を築くことができたと言える。これを、創成期のうちに成し遂げたいということだ。

3. 1990

I

　1990年が来た。最近、同じ学科の森万と昼食をとることが多い。これは僕が森万とともに真面目に2限目の講義を受けているということでもある。今日も講義の後に森万と飯を食べる。

「今年、勝負のシーズンだな」

「ああ、やるべきことは多いな」

「なぁ森万、ちょっと気になっていることがあるんだけど」

「何だろう。もしかして、ヒュージのこと？」

「そう。あの後天性脊椎遊離症候群って、医者に聞いたんだけど、ただのデタラメだな」

「俺は最初からそう思ってたよ。っていうか俺は最初からあいつのことが嫌いだった」

「あいつ、この冬も全然トレセンに来ないし、今後、後輩達も増えていくのに、あれじゃ示しが付かないだろ。辞めてもらいたいところだな」

「辞めさせよう」

「よし、そうと決まれば、探そう。今ならどこかの食堂にいるだろ」

森万と僕は、3分で食事を終わらせると、別の学食に向かった。

そして、その食堂で友人と談笑するヒュージを見つけた。僕らはヒュージのテーブルに向かう。

「ヒュージ、ちょっと外に出よう」

「何だよ、山田。せっかく楽しくやってるのに」

「いいから来いよ」

「何だよ、森万まで怖い顔して」

三人で食堂を出た。そして、僕が切り出した。

「単刀直入に言って、辞めてくれないか。アメフト部を」

「おいおい。何で山田にそんなこと言われなきゃいけないんだ？」

僕が言い返そうとするのを遮り、森万が畳みかける。

「お前はいらない、消えろ。わかってんだろ、いちいち説明させるな」

「いちいち説明してみろよ」

「お前が辞めないというのなら、俺が辞めさせてやろうか」

「しょうがねぇな。わかったよ、辞めてやるよ。いや実は俺、もうどうでもよくなっててさ。そもそもアメフトやってるっていうだけで女ウケけいいからやってたんだけど、『緑南工大のアメフトなんて弱いんでしょ？』で話が終わっちゃうんだよね。『あなた達お勉強できるんだからいいじゃない』って慰められちゃったりしてさ」

「お前、二度と、緑南工大アメフト部を口にするな」

「プッ、緑南工大アメフト部ってそんなにすげー存在なの？　逆だよ。そんなもん口にした瞬間に俺のステータス、ガタ落ちよ。だから安心しろって」

「お前のステータス？　知ったことか」

「あ、それと俺の防具、スクラップにして使ってくれよ。あんな忌々しいもの持って帰りたくねーし」

「何？」

「じゃあな」

ヒュージは森万の殺気を感じたのか、そそくさと立ち去っていった。

僕は、キレそうな森万を抑えた。

「いいじゃないか、言わせとけって。目的は達成した」

森万はヒュージの後ろ姿から視線を外した。

「山田」

「ん？」

「絶対に強くなろうな」
「おう、絶対にな」

Ⅱ

オフの日の午後、いつものように、トレセンでトレーニングをしてから、永福町に向かう。知り合いの設計事務所での建築模型作製手伝いのバイトだ。僕は永福町という街を妙に気に入っていた。駅前の庶民的であるが品のいい商店街から閑静な住宅街を下っていくと、谷底に神田川とそれに沿う遊歩道がある。ここは何故か落ち着く。その設計事務所は、神田川沿いのマンションの一室にあった。模型作製といっても、部材を所定の長さに切り揃えたり、それを電動ヤスリで加工したり、指定場所にホール盤で穴を開けたり、それを塗装したり、といった下ごしらえのような仕事だ。あまり金にはならなかったが、アメフトシーズン中は週1日で、シーズンオフはほとんど毎日といった具合にフレキシブルに仕事ができたし、体力も消耗しないし、所長ともう一人のバイトとでぼちぼち作業するという気楽な仕事だったので続けていた。

渋谷から井の頭線に乗ることになる。急行が発車間際だったので人の流れに逆行しながら急ぐと、何者かに上着を引っ張られた。振り返ると、女性のイヤホンのコードが僕の革ジャンのボタンに絡まっていた。女性がしきりに「ごめんなさいね」と言ってくるので、僕も「すみません、僕もちょっと抜け方が強引でした」と言った。僕は、鬼に対しては鬼になり、仏に対しては仏になって接することにしている。この人は仏のようだ。互いに恐縮しながら絡まったコードを解こうとしたが、どうしてそんなに複雑に絡まったのか、すぐには解けない。やっとコードが解けて再度互いに謝ってから振り返ると、急行が行ってしまった。仕方がないので各停に乗った。前方車両はすいてそうだったが、そこまで歩くのが面倒臭かったので後ろから2両目で立っていた。

2駅目の駒場東大前駅を列車が出発すると、最後部のドアから乗った何人かが前方車両に向かって歩いてくる。一人、二人と1両目に残り、最後の一人が、僕のいる車両に入って来た。メイだ。メイも僕に気付いて手を振る。

「山田くん、久しぶり！」

「そういえば、メイの大学ここだもんね」

「ここのキャンパスもあとひと月だけど。……最近全然連絡くれないじゃない」

「いや〜いろいろとゴタゴタしてて、もうガッタガタで、ギットギトでさ……わかるでしょ、こういう感じ」

「全然わからない」

「いや、ずっと会いたかったんだけど、今度連絡するね」

そして互いに多少の近況を話しているうちに明大前駅に着き、メイは京王線に乗り換えるためにそこで降りていった。

しかし、あの女性のイヤホンのコードが僕に引っかかっていなかったら、僕は急行に乗っていて、もしかしたらこの先もずっとメイには会わなかったかもしれないのに……忘れることに成功したはずだったのに、ウソはダメと誰かに言われているようだ。

こうして、メイと僕とは、再び会うようになる。

Ⅲ

4月が来た。今年の新勧もほとんど金をかけずに行う。去年と違うのは、合格発表での胴上げを始めたことだ。我々の胴上げは、高さ、安定感とも、他の部に負けるはずがない。

そして、新入部員に対して、今年はメットなしでのダミーチャージをやらずに別のメニューをやった結果、20人近くも残った。最初からそうしていればいいんだという話になる。

それにしても、今年も、ジュースの一杯もおごっていないのに入部してくれた新入部員を早く一員として認めたい。

綺麗事を一つ言うとしたら、人は意志で集まり、意志で動くものだと思う。だから、金をかけなければ来ないような奴はいらない。

そして、何よりも創部してから初めて1年生から4年生までが揃ったチームとなり、プレイヤーは40人程になった。

また、それまではスタッフといえば、他大学の女子マネに何とか時間を割いて試合や練習に来てもらうという体制をとっていたが、初の学内女子マネが新入生として入部した。厳密には、僕らの代にも1年契約の姫がいたが……その姫も約束通り、3年になる時に辞めていった。いずれにしても、今回の彼女の入部を機に、学内マネージャーの立場が確立されていく。

僕はそれまで、大竹さんは女・子供には手加減するのかと思っていたが、この学内女子マネに対しては容赦がなかった。「オイ、ジャーマネ！　ウォーター持ってこい！」と言ってマネージャーを呼びつけ、走ってボトルを届けるこのマネージャーに向かって「Ｈｕｒｒｙだよ、走れ、タコ！」と怒鳴っていた。……走ってるじゃん、と誰もが思う。

この時期の練習では基本的な練習が中心となる。個人のレベルアップなしにチームのレベルアップはないからだ。これだけ人数が増えてもラインは一日中ワンノンワンで終わる日もある。

練習は相変わらず、ラグビー部とサッカー部が二分して使用するグラウンドの外側のL字のスペースしか使えないが、その狭いスペースでも何とか工夫して組織的な練習もやる。この組織的なプレーの練習時間は以前よりも増えた。対戦形式の練習では、戦力にはならずともとりあえず体ができてきた1年生を仮想敵チームのメンバーに加えることができるからだ。

いずれにしても、だいぶチームらしくなってきた。チームには2年前のような悲壮感はなく、何と言っても練習に活気があるのが嬉しい。グラウンドの中央のスペースをいずれ奪い取ってやろうとも思う。

Ⅳ

4～6月にかけてオープン戦（練習試合）を5試合組んだ。冬に大竹さんから、「お前が対戦相手を選んで電話かけてオープン戦を組め」と言われたので、3部リーグ上位～2部リーグ下位のチームの担当者に電話をかけて試合を設定した。大竹さんから渡された名簿にある各チームの主将、主務などに電話するが、それらの情報は昨シーズンのものなので、新シーズンの担当者を聞いて改めてそちらに電話をすることになる。これは面倒臭いなぁと思いながらも電話をかけた。それでも、我々のような3部リーグに上がったばかりのチームからの試合の申し出を快くOKしてくれる他大学の人達には本当に感謝だった。また稀に、おそらく大竹さんから僕の電話番号を聞いたであろう他大学の担当者から、オープン戦の申し出のために僕に電話がかかってくることもあった。

その5試合とは別に、1試合だけ、顧問の教授がその伝で組んでくれた試合があった。何と、1部リーグの関東教育大との試合だ。その試合は、6月に関東教育大のグラウンドで行われた。当初、どうせ控え選手のための試合だろうと思っていたが、ちゃんと1本目の選手が出てきた。しかも、驚いたことに、彼らは、午前中の我々との試合の後に、午後に別の大学とも試合をするという。

アメフトの1試合は、概ね2時間である。具体的には、1試合は前半の第1及び第2クオータ並びに後半の第3及び第4クオータからなり、各クオータが12分である。したがって、1試合は正味48分である。ただし、ゲームクロックはゲームの進行や状況に応じて止められるので、実際の試合時間は、その正味48分の倍以上、概ね2時間弱となる。したがって、特に暑い季節は、この2時間近くは結構きつい。

我々のチームも人数が増えて、オフェンス・ディフェンス両面の選手が減ったが、僕を含めてラインの一部は両面のままだった。しかも、この日の僕は、オフェンスとディフェンスだけでなく、その攻守交替時の特殊ユニットとなるキッキングのユニットやパントのユニットの全てに入っていた。つまりは、ハーフタイム以外はサイドラインに戻れないという、かなりブラックなアサインである。こういうハーフタイムまで戻れないアサインを、「両面」を超える「オール面」などと呼んでいた。両面は何人かいたが、オール面は僕だけだろう。あらゆる局面でプレーできるのは自分の経験値を上げるためにも良いことだし、機会は最大限に活かしたいから、きつくても弱音を吐かずにやるしかないのだが。

オール面での試合となると、問題となるのは、水分補給というよりもヘルメット内の温度上昇だ。頭部が熱いというのは結構きついが、試合中にいちいちメットを脱いだり装着したりする時間はない。そこで、タイムアウト時に、氷の入ったドリンク（大抵はゲータレード）のボトルのストロー部分を、メット脳天部に設けられた通気孔に挿し、その冷えたドリンクを頭部に注入することを考え付いた。熱せられた髪の毛の間から冷え冷えのゲータレードが頭皮に浸透していく感じが、たまらなく気持ちいい。給水可能時には必ずこれをやるので頭がゲータレード塗（まみ）れになるが、気にしていられない。

しかし、6月の晴れの日は予想以上に暑く、気温がぐんぐん上がってくるし、相手は強いしで、後半にだんだん真っすぐ立っていられなくなってきた。しかも、これって目の焦点合っているのか？　ヤバくないか、という感じになってきた。完全に熱中症になってい た。大竹さんは「フラフラしてんじゃねーよ」と言いたげな目つきで僕を睨んでいる。僕は「俺はアンタのように記憶喪失で途中退場とかできねんだよ」と思いつつ、勝敗なんてどうでもいいから早く終わってくれと思うようになってくる。ここで倒れることができれば楽なのだが、僕が抜けると誰がやるのだろう？　と思うと倒れるわけにもいかなかったし、倒れる演技ができるほど器用じゃない。

タイムアウトは、各チームに対して前半に3回及び後半に3回だけ与えられる。タイムアウト時は、自チームがタイムアウトをとった場合も、相手チームがタイムアウトをとった場合もサイドラインからスタッフがドリンクを持ってくるのでドリンクを飲むことができるし、脳天に注入することもできる。このタイムアウトは、ゲームクロックを止めたい場合や、プレイヤーとサイドラインの監督・コーチとの意思疎通、つまり、プレーや作戦の確認などが必要な場合などに利用される。このうち、ゲームクロックを止めたい状況は、前半又は後半終了間際の負けている状態でのオフェンスにおいて、プレーの時間を確保するために発生することが多い。つまり、通常は競っている試合の終了間際や、判断が微妙な状況でタイムアウトがとられることになる。したがって、点差の開いた後半などは、どちらのチームにとってもタイムアウトの必要性がなく、タイムアウト回数がゼロの場合もある。

第4クオータに入る。すでに0対35と大差がついている。この点差の開いた後半にタイムアウトがとられることもないだろう。肉体的に絶望的な状況になってきた。ハーフタイム以降、給水していないし、休んでいない。水を飲めないことよりも、頭が熱いことがつらいし、とにかく一旦メットを脱いで座らせてくれよと思うが、そうはいかない。

そして、どちらのチームがとったのかわからないが、やっとタイムアウトがとられた。ドリンクを飲み、ヘルメットの脳天の孔からドリンクを注入するが、ほとんど焼け石に水だ。

相手が圧倒的に強い試合ということもあり、ディフェンスの時間がほとんどになる。幸いにして、ディフェンス時に僕が対峙する相手オフェンスラインは、後半には省エネモードに入っていたようで、あまり力を入れてこなくなった。それもあり、僕の不調で試合を壊すことにはならなかった。

それにしても、一刻も早く試合が終わってくれと耐えていると、やっと試合が終わった。スコアはどうなった？　まだ立ってるよ、俺、とか思いながら、試合後のハドルには加わらずに本能的に、見えていた木陰に向かい、その日陰に入るとぶっ倒れた。誰か水持って来いよ、ベンチの方を見たが誰も木陰の下で死んでいる僕に気付いていない。水だよ、水！

選手が一人ぶっ倒れているのに何で誰も気づかないいんだ？　何人もいるスタッフってのはどこ見てるんだ？　どこまで気が利かないんだよって……とイライラしてくると、いくらか症状も回復してきた。このイライラ感を試合中に持つべきだったかもしれない。ハドルが解けて皆がベンチを引き上げる際に、後輩部員達が「飲みます？」という感じで水を持ってきた。飲むに決まってんだろ！　遅いんだよって。本気でイラついた。

正確には0対56で我々が負けた。しかし、関東教育大の監督はこの結果にすら不満だったらしく、試合後にその選手達にダッシュのペナルティを課していた。

V

その後、メイとは数回会ったが、メイの表情が今ひとつ明るくないことに次第に気付く。以前のように、屈託のない笑顔という感じではない。最初はそれが年齢的なものだと思っていたが、どうもそうではないらしい。

そして、ますます放っておけなくなり、メイのことが好きだから付き合ってほしいと告げると、メイは、実は好きな人がいることを話してくれた。その人の存在は、僕のことをかわすための口実とかではなく、現実のものだった。その人も大学生らしい。

そして、僕は、それでもいいから会おうと言って、だましだましメイを誘うことになる。はっきり言って好ましい状況ではないが、そういうことを話せるだけ、少しは進歩したのかもしれない。

ただ、メイは何となく、いかにもというデートスポットには行きたがらない。僕がどうという問題よりも、その人のことをいろいろと気にしているようだ。

「OK、わかった。そういう遊園地とか、海を見に行っちゃうとか、王道的なデートはそちらの問題として、俺はニッチなデートに誘わせてもらうよ」

「ニッチなデート？」

「いかにもって感じのデートスポットじゃなければいいんだよね。一緒に出歩けばきっと楽しいこともあると思うし、一人で悶々とするのは良くないって」

僕はメイをそういうデートに誘っていくことになる。

6月の月曜日、ちょうど練習のない月曜日の夜に、社会人アメフトリーグの試合があったのでメイを誘った。春のリーグ戦の決勝が東京ドームで行われる。もちろんメイに会いたかったというのもあるが、こういう面白いスポーツもあるよというのを少しのぞかせてみたかった。メイに、アメフトのルールを教えながらの観戦となる。

アメフトのルールなど簡単だ。少なくとも野球のルールよりも簡単だ。アメフトは、一言で言うと、長さ100ヤード（約91メートル）の中での、ボールを使っての陣地の取り合いだ。

オフェンスは、自陣側から敵陣側に向かってランプレーやパスプレーをつないで攻撃する。攻撃開始の地点から、4回以内の攻撃で10ヤード以上進めば、次の攻撃権が与えられる。これを「ファーストダウン獲得」、「ファーストダウン更新」、「フレッシュ」などと言う。ファーストダウン獲得をつないでいって敵陣のゴールラインを越えたらタッチダウンであり、6点が入る。このタッチダウンに付随して1点又は2点を加点するトライフォーポイント（トラポン）の機会が与えられる。トラポンに失敗した場合には加点はない。したがって、1回のタッチダウンで6点、7点又は8点のいずれかが入る。

また、ファーストダウン獲得をつないでいってタッチダウンに至らなくても、どこかの地点からキックでゴールポスト間にボールを通すフィールドゴールに成功すれば3点が入る。

ここで問題となるのが、「4回以内の攻撃で10ヤード以上進めば」というところの4回目の攻撃（4thダウンの攻撃）である。4thダウンの攻撃でファーストダウンを獲得できない場合には、その最終攻撃到達点から、敵チームのオフェンスが逆方向に開始されることになる。しかし、これでは味方ディフェンスが背中側に背負う陣地が狭く、その後のディフェンスにかなり不利となる。したがって、4thダウンの攻撃では、オフェンスは、攻撃権を放棄する代わりに陣地的な不利を避けるべく、パントというキックを選択することができる。つまり、パントでボールを敵陣奥まで蹴り込み、敵チームの攻撃開始地点を下げさせ、その後にディフェンスが背負う陣地を拡げておくのだ。また、ゴール近くまで攻撃した状態で4thダウンの攻撃となった場合、前述のフィールドゴールが可能な圏内……キッカーの能力にもよるが、ゴールまで25ヤード以内程度……であれば、フィールドゴールの3点を狙うことが多い。

一方、4thダウンの攻撃で、パントを蹴らずにプレーをすることをギャンブルという。このギャンブルは、失敗時の陣地的なリスクが大きいため通常は選択しないが、試合の残り時間が少なく、かつ負けているなどの特殊な状況で選択する場合が多い。

また、競った試合で微妙に勝敗を分けるのが前述のトラポン（タッチダウンの後の1点又は2点の加点）である。トラポンでは、ゴール前3ヤードからの1回のみの攻撃権が与えられる。フィールドゴールと同じ要領でキックを成功させれば1点の加点が得られ、プレー（すなわち、ラン又はパス）でタッチダウンを狙うのと同じ要領でプレーを成功させれば、つまりプレーで3ヤードを獲得すれば2点の加点が得られる。この2点狙いを2ポイントコンバージョンという。一般に、1点狙いのキックの方が2ポイントコンバージョンよりも成功率が高いので、平時には1点狙いのキックを選択することがほとんどだが、試合終盤の得点差によっては2ポイントコンバージョンを選択する状況が生じ得る。

他にも細かいルールは多数あるが、とりあえずここらへんを押さえておけば試合観戦を楽しめる。

僕は、メイにルールを教えながら、見どころなども解説する。このフォーメーションは何を狙っているのか、どの選手が凄いのかなどを説明したり、次のプレーを予想したりした。この日の僕は冴えていて、次のプレーの予想がかなり当たった。メイは、試合観戦を結構楽しんでいるようだ。

その試合は終盤までもつれ、僕自身も結構楽しめた。そして、何よりもメイが、アメフトって面白い、と思ってくれたことが嬉しい。僕のことをそこまで好きになれなかったとしても、これでメイの世界を少しだけ拡げることができたのなら、僕もいくらか救われる。ただ、スポーツ観戦という状況だからというのもあるが、メイの核心には近づけなかった。

Ⅵ

6月が終わり、オープン戦の6試合が終わった。この一連のオープン戦は2勝4敗だったが、一定の成果を出すことができた。ボロ負けしたのは、1部リーグの関東教育大に対してだけであり、３部リーグ上位～２部リーグ下位のチームとは充分に戦えることもわかった。

そして、春シーズン終了の飲み会があった。相変わらず大竹さん対その他の構造となる。大竹さんはビール一杯でも顔が真っ赤になるが、その後が赤鬼状態となり、ほどほどに飲める者を恫喝しながら次々と潰していく。ただ、大竹さんは潰した者の吐いたものを掃除するし、飲み会の後にその潰れた者を一応雨風しのげるところまで担いで運んでいくので、それには若干の良心を感じた。

この日に限り、僕は大竹さんに反撃した。大竹さんと僕とは、何故か同じ銘柄のスニーカーを履いていた。次々と仲間が潰されていく修羅場の中で、僕は、その飲み屋の下駄箱から大竹さんのスニーカーを見つけ、そのスニーカーと自分のスニーカーを持って大竹さんの所に行く。

「あれ、大竹さんの靴ここにありますよ。しかも僕とお揃いじゃないですか。乾杯しましょうよ、コレで」

「ざけんな、おめー！」

僕は構わず、大竹さんのスニーカーと僕のスニーカーにビールを注ぐ。

「ほらほら、穴からビールがこぼれちゃいますよ、Ｈｕｒｒｙで飲まないと！」

と言い、部員達が「一気！　一気！」とはやし立てる中で、大竹さんと僕はそれぞれスニーカーの踵からビールを一気飲みした。大竹さんはそれを飲み干すと、「オエ〜」と言ってどこかに口をすすぎに行ってしまった。

「山田さん、大丈夫っすか？」

「コップも靴も同じだろ」

「いや全然違いますよ」

「胃から見れば似たようなもんだよ」

僕はバケツから直接水を飲むこともあるし、こういうのは結構平気だ。というか、最近、この手の感覚が麻痺してきたのかもしれない。戻ってきた大竹さんが、「オイ、みんな脱げ！」と言うので、皆、上半身裸になってその後飲んだ。

後日、改めて同期の5人、ヒトシ、矢知、森万、中眞、僕で、静かに飲んだ。

矢知が言う。

「このメンツで飲むのが一番落ち着くな」

「まったくだよ。あの修羅場な飲み会にはうんざりだな」と僕。

「あれ無茶苦茶だよな。誰だったか、大竹さんにビールでシャンプーされてから、マヨネーズでトリートメントされてたぞ」とヒトシ。

ふりがな お名前		明治 大正 昭和 平成 年生 歳	
ふりがな ご住所	□□□-□□□□		性別 男・女
お電話 番 号	(書籍ご注文の際に必要です)	ご職業	
E-mail			
ご購読雑誌(複数可)		ご購読新聞 新聞	

最近読んでおもしろかった本や今後、とりあげてほしいテーマをお教えください。

ご自分の研究成果や経験、お考え等を出版してみたいというお気持ちはありますか。

ある　　ない　　内容・テーマ(　　　　　　　　)

現在完成した作品をお持ちですか。

ある　　ない　　ジャンル・原稿量(　　　　　　　　)

書　名				
お買上 書　店	都道 府県	市区 郡	書店名	書店
			ご購入日	年　月　日

本書をどこでお知りになりましたか?

1.書店店頭　2.知人にすすめられて　3.インターネット(サイト名　　　)

4.DMハガキ　5.広告、記事を見て(新聞、雑誌名　　　)

上の質問に関連して、ご購入の決め手となったのは?

1.タイトル　2.著者　3.内容　4.カバーデザイン　5.帯

その他ご自由にお書きください。

(　　　　)

本書についてのご意見、ご感想をお聞かせください。

①内容について

②カバー、タイトル、帯について

弊社Webサイトからもご意見、ご感想をお寄せいただけます。

ご協力ありがとうございました。

※お寄せいただいたご意見、ご感想は新聞広告等で匿名にて使わせていただくことがあります。

※お客様の個人情報は、小社からの連絡のみに使用します。社外に提供することは一切ありません。

「意外と髪にはいいんじゃね」

「地肌に栄養ってやつか」

そして森万が言う。

「しかし、人が増えたよな」

ヒトシも言う。

「こういうチームらしい姿になることを誰が想像できたよ」

そして矢知が言う。

「一つだけ変わってないのが、大竹さんの恐怖政治ってところか」

「初代キャプテンというのは、あれくらいじゃなきゃ務まらないんだろうけどな」と僕。

「でも何が彼をああさせているんだ?」とヒトシ。

「過酷な生い立ちでもあるんちゃう」と中眞。

「お前が『過酷な生い立ち』という言葉を知っていたか」と矢知。

「知っとるよ、それくらい」

「今年、2部に行かなきゃな。今年が勝負だろ」と森万。

その通りだ。

「確かに。いまの4年の10人がいるうちに何とかしたいな。まぁ、消息不明の鍋田さんを除くと9人だけどな」

この5人の中で、ヒトシ、森万、矢知には彼女がいた。そして、そういう話になってきた。中眞が聞いてきた。

「山田な、女の子と何しゃべるん?」

「俺に聞くなよって」

「みんなどこで彼女作るんや。ヒトシは合コンか?」

「合コンはもういい」

「ところで、山田の話を最近聞かないけど」

と矢知が振ってきた。

「それが、俺としたことが、一人の女の子を好きになっている」

「おお、平均以上の女の子をみんな好きになってしまう山田が、一人に絞ったか」

とヒトシが言ってくる。

「絞ったとかいうわけでもないんだけど。だいたい俺は、そこまで無節操じゃないぞ。一度に好きになれるのはせいぜい十人くらいだろ」

「充分だよ」

「何人好きになるのも勝手だけど、それで一人でも振り向いてくれたのか?」と矢知。

「いや、残念ながら」

「それで、どうなんよ？」

僕は軽くメイの話をした。1年生の頃時々会っていた話、今年に入って偶然に再会してしまった話、メイには好きな男がいる話など。森万が聞いてきた。

「そのメイちゃんてのさ、俺ら誰も会ったことないからどういう人かわかんないんだけど、何をそんなに惹かれてるわけ？」

「メイは、誰もが振り返るほど可愛いとか、美人だとかいうことはない」

「ええやんか。美人は3日で飽きるけど、ブスは3日で慣れるって言うで」

「別にブスではないよ。可愛いよ。俺から見れば、ということだけどな」

「せっかくだから、結構可愛いってことでいいだろ」とヒトシ。

「メイは、笑顔が可愛くて、一見すると優し気で女の子らしいんだけど、なんというか中身はサバサバしているというか、男に対する依存心みたいなものがあまりないんだな。それでも、ふとした瞬間に見せる弱い表情とか、誰かに寄りかかりたそうな感じとかが気になってさ。そんなメイに、好きな男がいるとはなぁ」

「その男、一度締めあげておけよ。山田なら勝てるだろ」と森万。

「ハハ、俺も、勝てると思う」

「で、山田に対する脈は？」

「全然ない。もともと完全に友達として接してたっていうのもあって、メイは俺を男としては見ていないんだな。『俺はニュー山田だ！』とか言っても、ダメだな」

そして矢知が言う。

「何となく話が見えてきたよ。そのメイちゃんには、確かに弱い部分もあって誰かを求める気持ちもあるんだけど、それは最初から最後まで山田ではないわけだな」

「そういうことだな。その誰かというのが俺である必要は全然ないな。ただ、ここまでは理屈の話で、その先は感情の問題だから」

「人を好きになるってのは、理屈じゃなくて感情や気持ちが全てだろ」とヒトシ。

「そうだよな。しかし、なんだか自陣5ヤードからの攻撃って感じだよ」

「残り95ヤードか」と矢知。

「ロングゲインが欲しいところだな」と森万。

「残念ながら、その可能性はほとんどない」

結局、終電近くまで飲んだ。

その後、居酒屋から最も近い矢知の家に皆で泊まって雑魚寝した。僕以外、皆、異常に寝つきが良く、速攻で寝付いたのに、僕だけは何時間も眠れなかった。そのうち、森万が「いろいろ試してみりゃいいじゃん」と寝言を言った。きっと寝ても覚めても練習や試合なのだろう。その後、また森万が「あいつ、やっぱビビってたよ」と寝言を言った。それはお前が脅したからだろうと思った。

4．真夏の太陽と冬の砂漠

I

9月～11月に行われる公式戦（リーグ戦）の対戦相手や日程が発表された。3部リーグは全4ブロックからなり、各ブロックが六チームからなる。各ブロックで1位となれば12月の2部リーグとの入替戦に出場できる。

第1戦：序列1位・修明院大学
第2戦：序列2位・北星工業大学
第3戦：序列3位・ICBU（インターコンチネンタル・ブリッジ・ユニバーシティ）
第4戦：序列4位・嶺上大学
第5戦：序列5位・志当館大学

我々は3部に上がりたてなので序列6位となり、序列1位のチームとの対戦から始まる。

そして、8月に夏の練習が開始される。

午前中はグラウンドでの練習となる。ストレッチやウォームアップの後に、1時間ほどダッシュをする。5ヤードを何十本か、10ヤードを数十本、40ヤードを何本かやる。既に炎天下、このダッシュが終わると、グラウンドの隅で吐く部員も出る。その後に、ポジションごとに分かれて1時間程度の練習をする。オフェンスライン、ディフェンスラインなどの当たる系のポジション練習のほとんどはワンノンワンとなる。そして、最後の1時間が対戦形式での練習だ。この対戦形式の練習では、オフェンス、ディフェンスとも、スターティングメンバーを決めて今後の基軸となるプレーを練習していく。

オフェンスは、「Iフォーメーション」である。2人のランニングバック、つまり、フルバックFBとテールバックTBを縦に配置する。このIフォーメーションでは、ランプレーに関しては、テールバックTBが主役であり、TBからディフェンダーまでの距離が長い分、オフェンスラインのセンターC、ガードG、タックルT、タイトエンドTEの粘り強いブロックが必要となる。

そして、このIフォーメーションにおいて、フルバックFBのブロックを強化しつつヒトシのランを基軸としてオフェンスを組み立てることにした。フルバックFBには、より

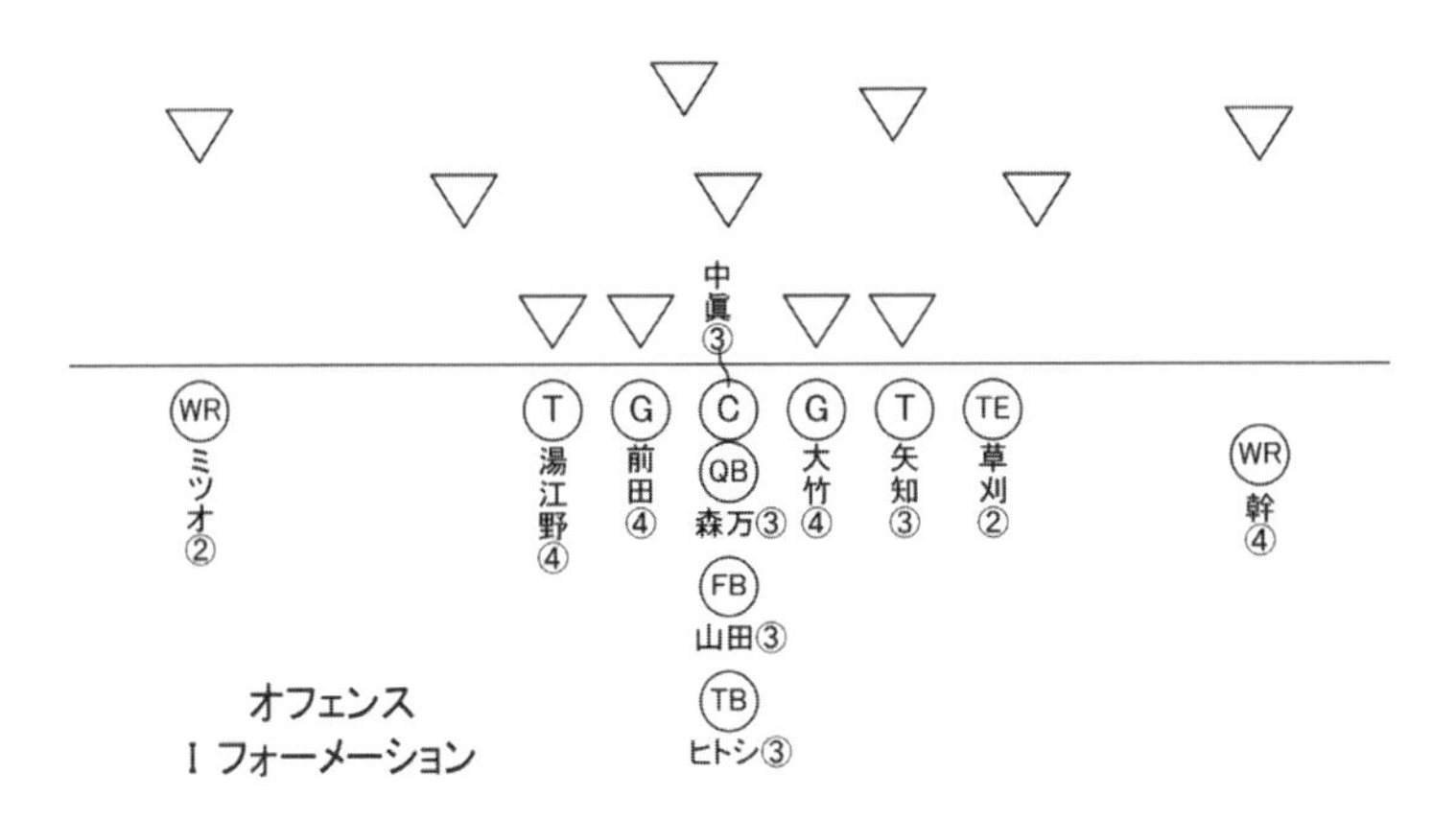
中眞③
WR
ミツオ②
T
湯江野④
G
前田④
C
QB
森万③
G
大竹④
T
矢知③
TE
草刈②
WR
幹④
FB
山田③
TB
ヒトシ③
オフェンス
I フォーメーション

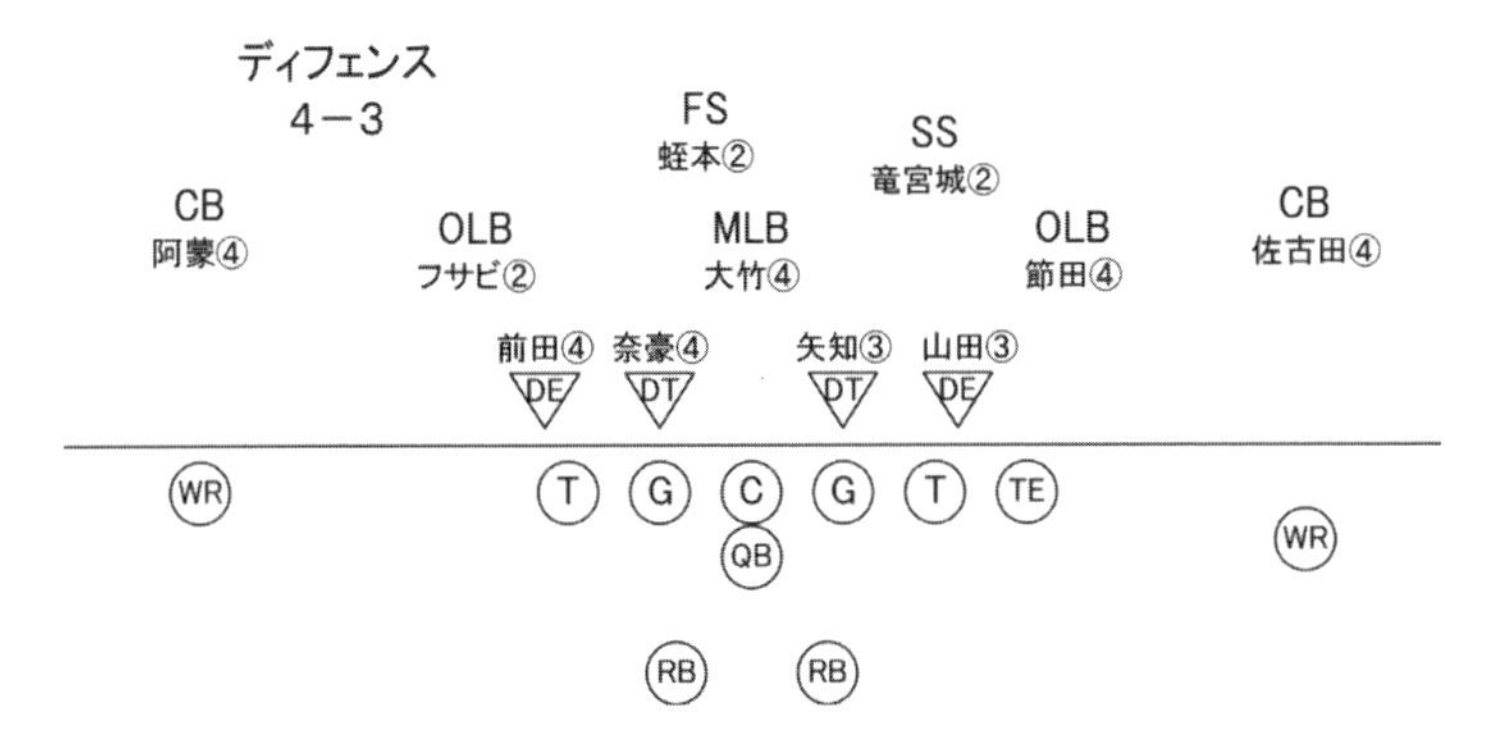
ディフェンス
4－3
FS
蛭本②
SS
竜宮城②
CB
阿蒙④
OLB
フサビ②
MLB
大竹④
OLB
節田④
CB
佐古田④
前田④
DE
奈豪④
DT
矢知③
DT
山田③
DE
WR
T
G
C
G
T
TE
WR
QB
RB
RB

パワーが求められることになるため、ラインの中で最も足の速い僕がガードGからフルバックFBにコンバートされた。

最近では、中眞が強力なラインとなっていた。中眞は、コツをつかむと意外と器用で、正面からのワンノンワン的なブロックだけでなく、ゾーンブロック、アングルブロック、カットブロックなどもマスターしていた。187センチの長身で正確かつ速く動いてくるので、ディフェンスには非常に脅威となる。そして、湯江野さんが骨折のリハビリから完全復帰していた。これらを考えて、復帰した湯江野さんをタックルTに、中眞をセンターCに、機動力のある前田さんをガードGに配置することとした。

全体として、重厚なメンバーとなっている。左T湯江野さん185センチ、左G前田さん181センチ、TE草刈177センチ、C中眞187センチ、右G大竹さん176センチ、右T矢知182センチ、TE草刈177センチ、QB森万182センチ、TBヒトシ180センチと、3部リーグでここまでデカいのを並べられるチームはないだろう。また、QB森万、FB僕、TBヒトシの各々が体重80キロであり、これも3部リーグにしてはヘビーなバックス陣となる。基本的に、パワーでゴリゴリ押していくようなオフェンススタイルだ。

ディフェンスは、4―3隊形である。最前列から4人のディフェンスライン（ディフェンスタックルDT、ディフェンスエンドDE）と3人のラインバッカー（ミドルラインバッカーMLB、アウトサイドラインバッカーOLB）を配置する。MLBの大竹さんを中心とするディフェンスとなり、コーラーを大竹さんが務める。オフェンスのプレー開始と同時にMLBやOLBを、DTとDEの間、又はDEの外側から突っ込ませるブリッツを多用する、攻撃的なディフェンスを行うことになる。ラインバッカーLBは前後左右と全方向に動く必要があるが、ディフェンスラインDT、DEはほぼ前方向だけを気にしていればよい。一本気な奈豪さんは、そういう直線的なポジションの方が力を発揮するのでは、ということからLBからDTにコンバートされた。

そして、8月の練習が始まった時点から、第1戦の修明院戦に焦点が当てられている。我々は3部リーグの最下位の位置付けとなるので、対戦は最上位のチームから順に対戦する。言い換えると、第1戦に最も強いチームと当たることになり、これに勝利すると、一気に道が開けることになる。だから、我々は、早くからこの第1戦に集中した。

修明院大のディフェンスは、最前列に5人のラインNT、DT、DEと、その後ろに2人のラインバッカーLBを配置する5—2（ファイブツー）隊形である。これに対するランプレーとパスプレーの数十種類程のプレーを準備するが、基軸となるのは次のようなプレーとなる。各プレーには、左右反転バージョンがある。

ダイブは、QBがフルバックFBにボールをハンドオフして中央を走らせる基本的なプ

●ダイブ、フリーズオプション

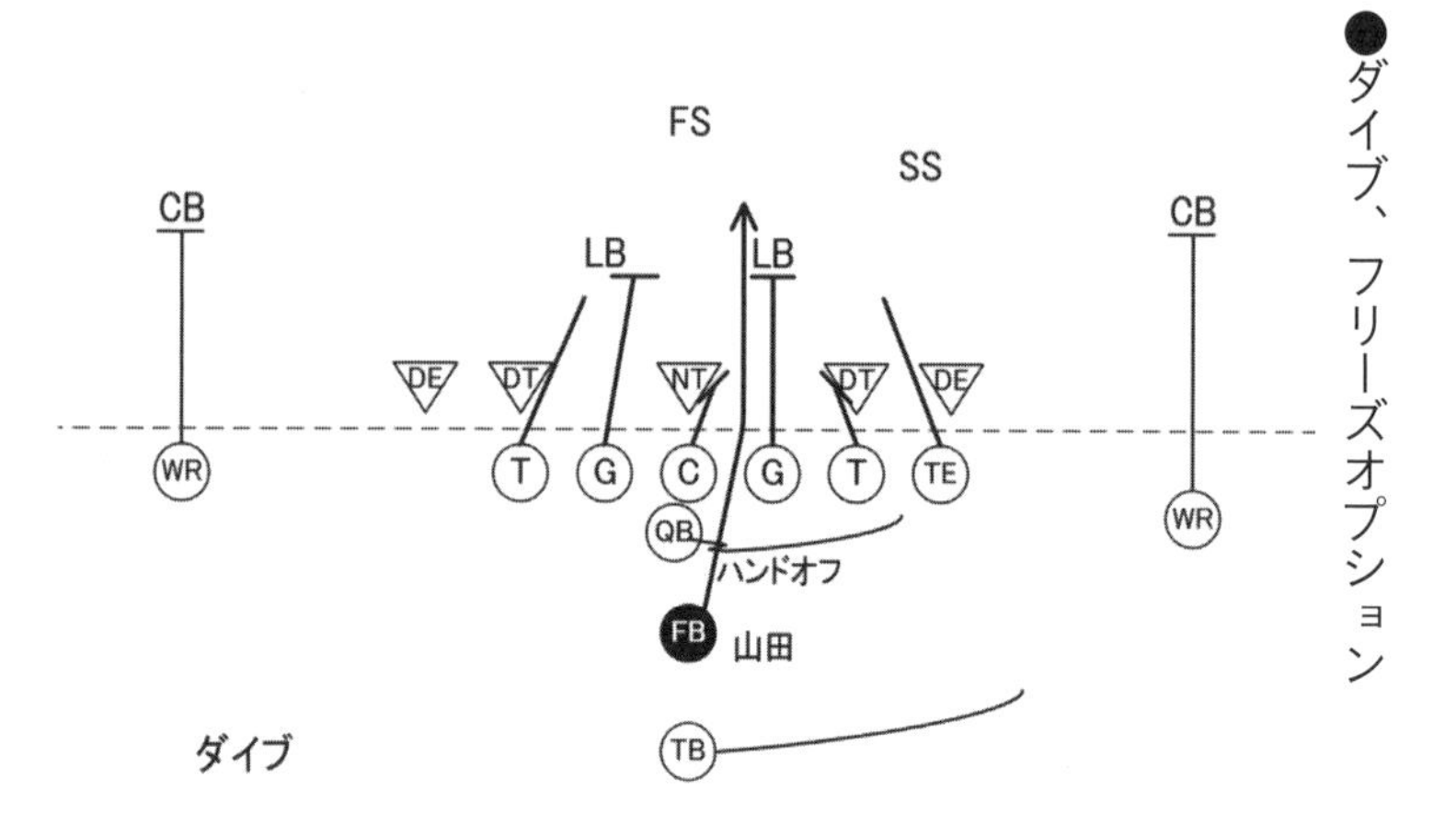

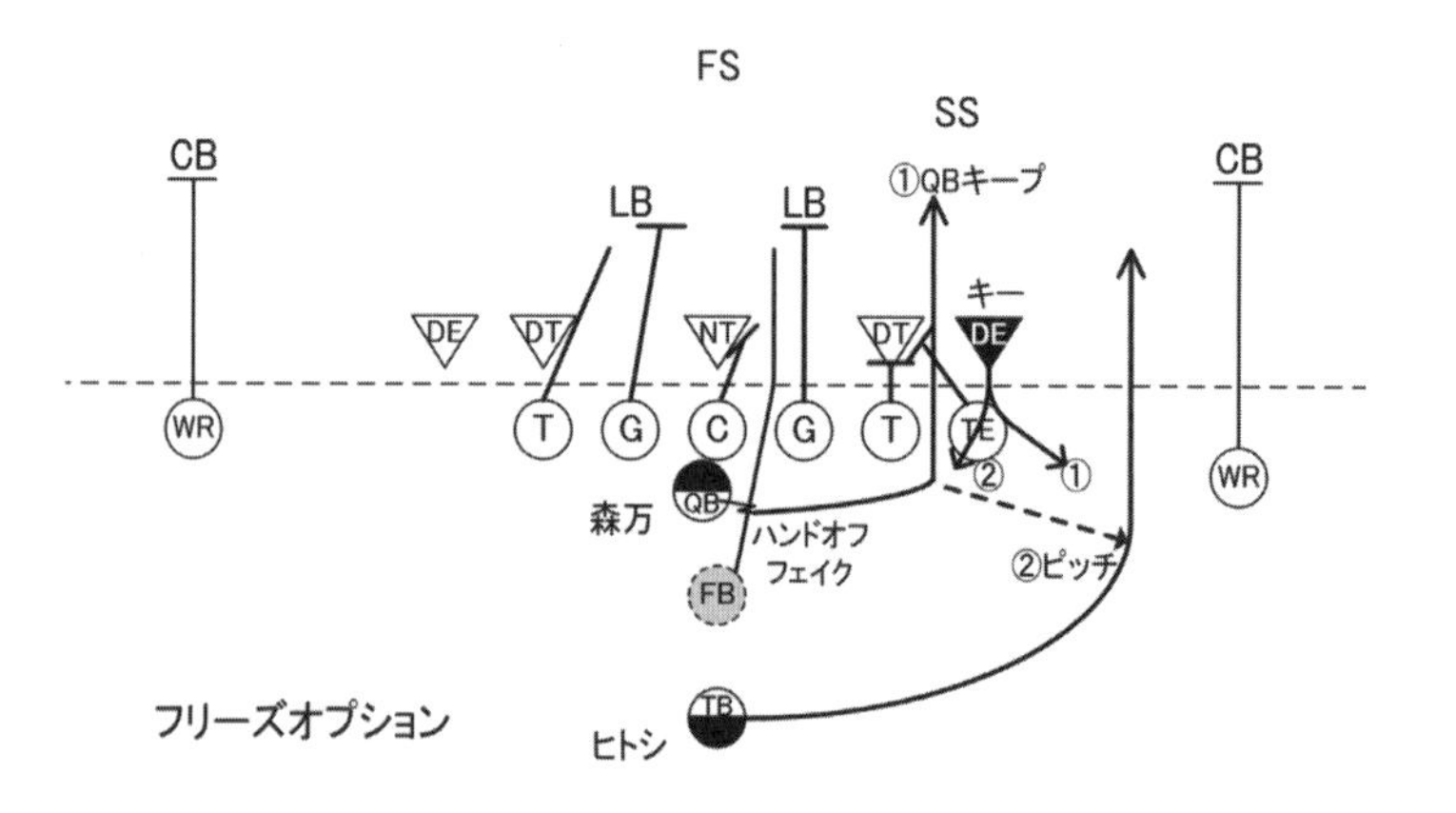

レーである。コンスタントに3〜4ヤードをゲインできればよい。次のフリーズオプションを効果的にするためのボディブローのようなプレーだ。

ノーズタックルNTやディフェンスタックルDTを的確にブロックすることが重要となる。ディフェンス視点では、NTがセンターCのブロックをさばいて、イニシャルタックラー、つまり、最初にFBを止めるディフェンダーとなるべきだろう。

フリーズオプションは、FBのダイブと見せかけて、オープン（外側）に展開するプレーである。ダイブに対するディフェンダー、特にラインバッカーLBの過剰な反応を利用するプレーということだ。

QBが、まずフルバックFBにボールをハンドオフするフェイクをしてから、そのままボールを持って横方向に走る。右タックルTとタイトエンドTEが右ディフェンスタックルDTをダブルで確実に押す一方で、右ディフェンスエンドDEをブロックせずに浮かせる。この状態をDEキー、エンドキーなどという。キーとなったDEがテールバック側に反応する場合（①の場合）、QBがボールをキープして走り抜ける。一方、キーとなったDEがQBを潰しに来る場（②の場合）、QBはテールバックTBにボールをピッチし、テールバックTBがボールキャリアとなって走り抜ける。ここでいうピッチとは、片手でボールをトスするように投げる動作であり、バスケットボールでよく見るような前進しながらの横へのパスを片手でやるようなものだ。このプレーでは、ＦＢへのフェイクとともにＴＢがワンテンポおいてから横に動き出すため、ディフェンスのＬＢも一瞬止まる。このＬＢを一瞬凍りつかせるようなムーブから、フリーズオプションという名前がついている。

このフリーズオプションは、ラインバッカーＬＢがＱＢ又はＴＢの走路に迅速に入れば容易に止められてしまうが、ＦＢのダイブが機能していると、ＬＢがＦＢのフェイクに振られて反応が遅れ、さらにはガードＧがＬＢをブロックしやすくなるので、有効なプレーとなる。ディフェンス視点では、一般的には、キーとなったＤＥが早めに②のようにＱＢを潰してＴＢにピッチさせ、ＬＢが早めにこのプレーを見切ってＴＢに対してイニシャルタックラーとなるべきだろう。

パワーオフタックルは、ＱＢがテールバックＴＢにボールをハンドオフして前進させる力業のプレーである。

右タックルＴとタイトエンドＴＥがまずダブルで右ディフェンスタックルＤＴを内向きにブロックし、ＴＥがすぐに外れて右ラインバッカーＬＢをブロックする。フルバックＦＢは右ディフェンスエンドＤＥを外向きにブロックする。そして、ＱＢからハンドオフを受けたテールバックＴＢが、ＤＴとＤＥの間の穴を走り抜ける。また、左ガードＧはＴＢ

●パワーオフタックル、パワーオフタックルフェイク・パス

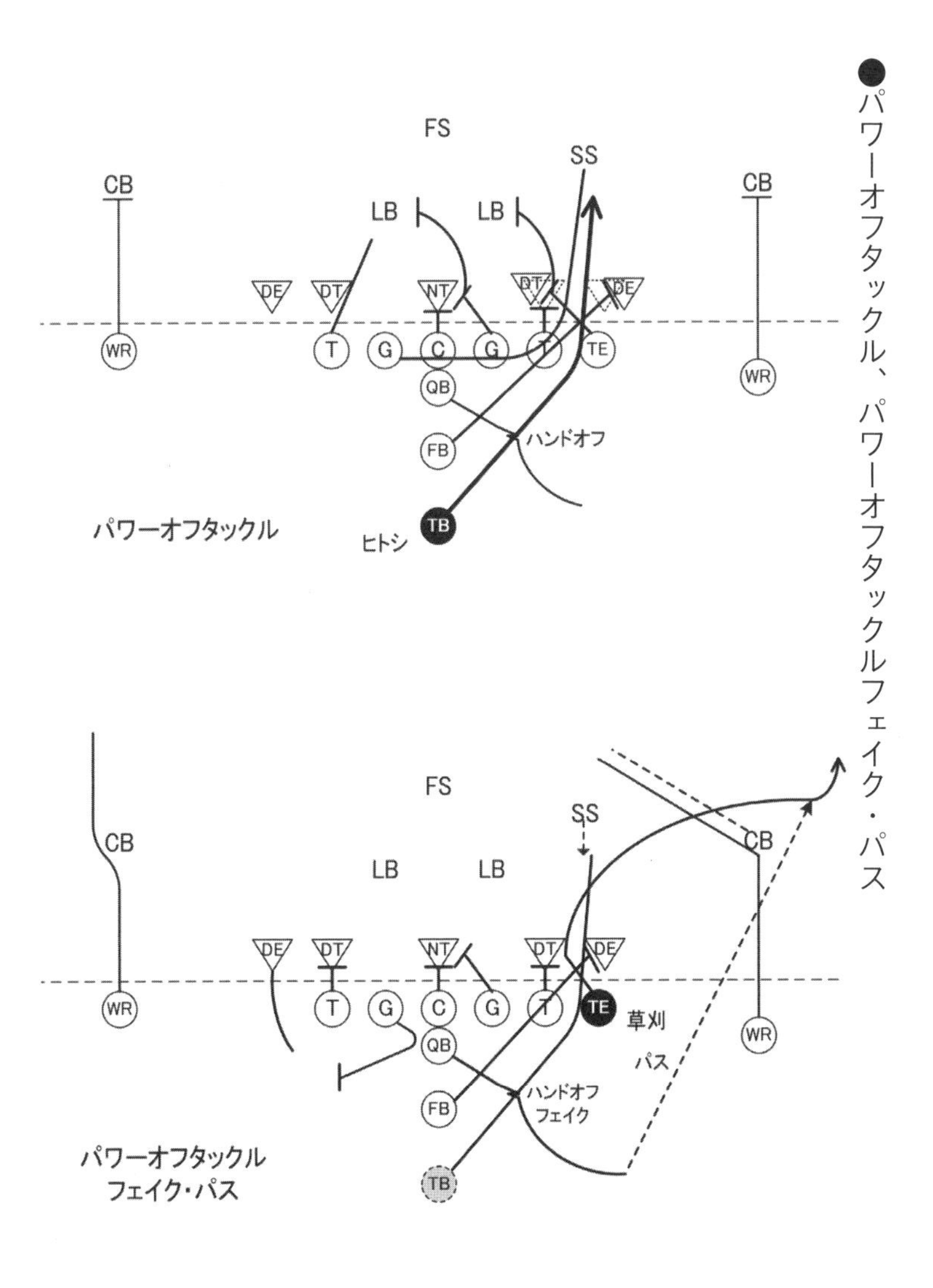

の前をリードブロッカーとして走り、例えばストロングセーフティSSなどをブロックする。

このプレーでは、まずはDTとDEの間に大きな横穴を開けることが重要となる。そのうえで、TEと左GでLBやSSを臨機応変にブロックすることが求められる。ディフェンス視点では、右LBがTEのブロックをさばいて早めにTBの走路に入ってイニシャルタックラーとなるべきだろう。また、SSがプレーを早めに判断して上がってくるのが理想的だ。

フルバックFBの僕はこのプレーが最も好きだった。DEをトップスピードでブロックすることができ、ヒットポイントが嵌ればDEを青天させる、つまりひっくり返らせることができてスカッとするからだ。

パワーオフタックルフェイク・パスは、パワーオフタックルへのディフェンダーの過剰反応を利用して、そのフェイクをしてタイトエンドTEにパスを通すプレーである。このように、ランプレーのフェイクを入れてからのパスを一般にプレーアクションパスという。コーナーバックCBがワイドレシーバーWRをマンツーマンカバーしている場合で、ストロングセーフティSSがTBのランフェイクに引っかかるとTEがフリーとなる。

ディフェンス視点では、パスカバーがマンツーマンカバーの場合にSSがTBのランフェイクに引っかからずにTEにつかなければならない。パスカバーがゾーンカバーの場合には、CBがTEをカバーすることになる。プレーサイドとは逆の、つまりTEがいない側のDT、DEがQBに背後から早めにプレッシャーをかけて投げ急がせるべきだろう。

Ⅱ

9月、公式戦が始まる。ブロック内で1位となるためには星取状況によっては全勝であることは必須ではないこともあるが、当然に全勝を目指して臨むことになる。

そして、更なるスカウティング（試合の偵察）の結果、第1戦の修明院大のオフェンス対策も定まってきた。

修明院オフェンスは、ランニングバックを横に並べたTフォーメーションである。

そして、ハーフバックHBのダイブと、ダイブフェイクしてからオープンに展開するダイブオプションとを基軸のプレーとしている。このダイブオプションは、我々のIフォーメーションからのフリーズオプションと違って、オープンへの展開が速く、後手後手に回るとズルズルとゲインされてしまう。したがって、まず、他のプレーでゲインされるリス

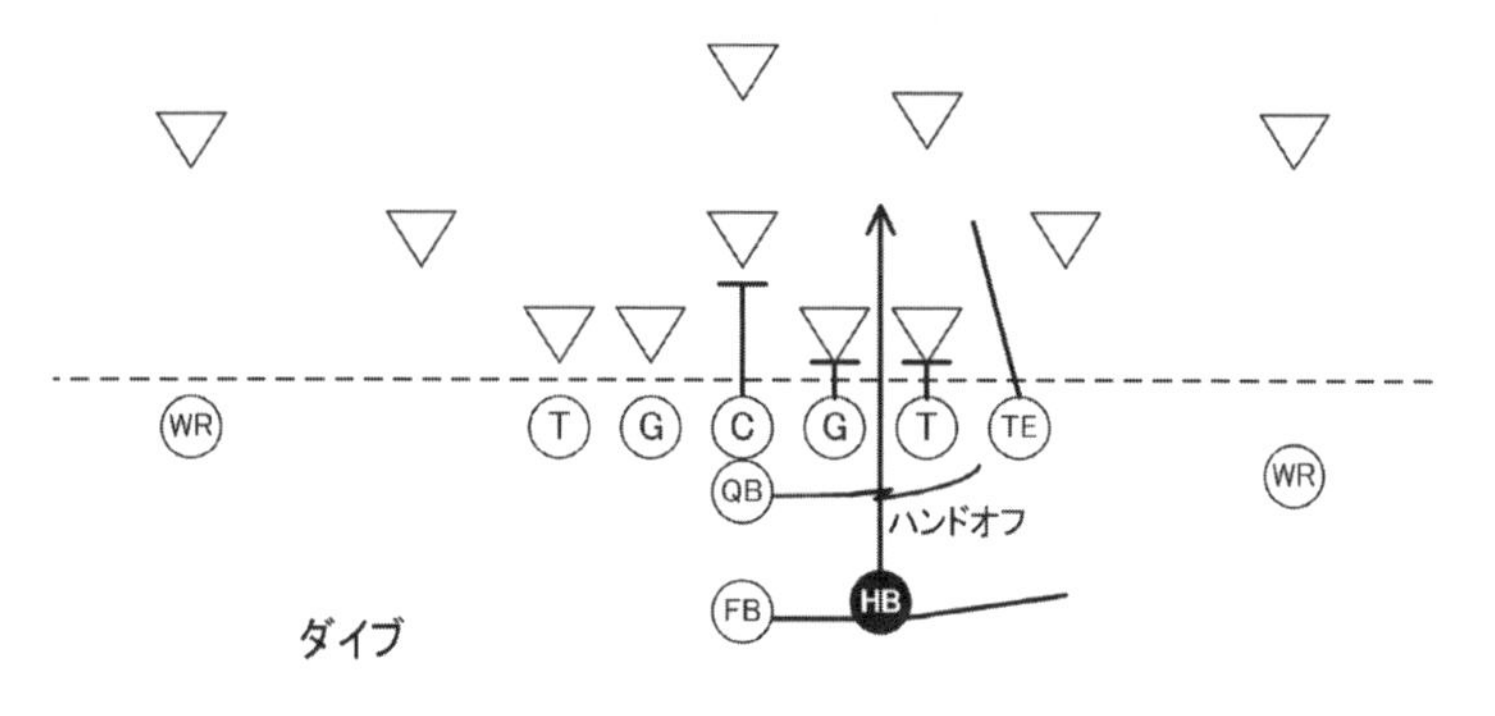
WR
T
G
C
G
T
TE
WR
QB
ハンドオフ
FB
HB
ダイブ

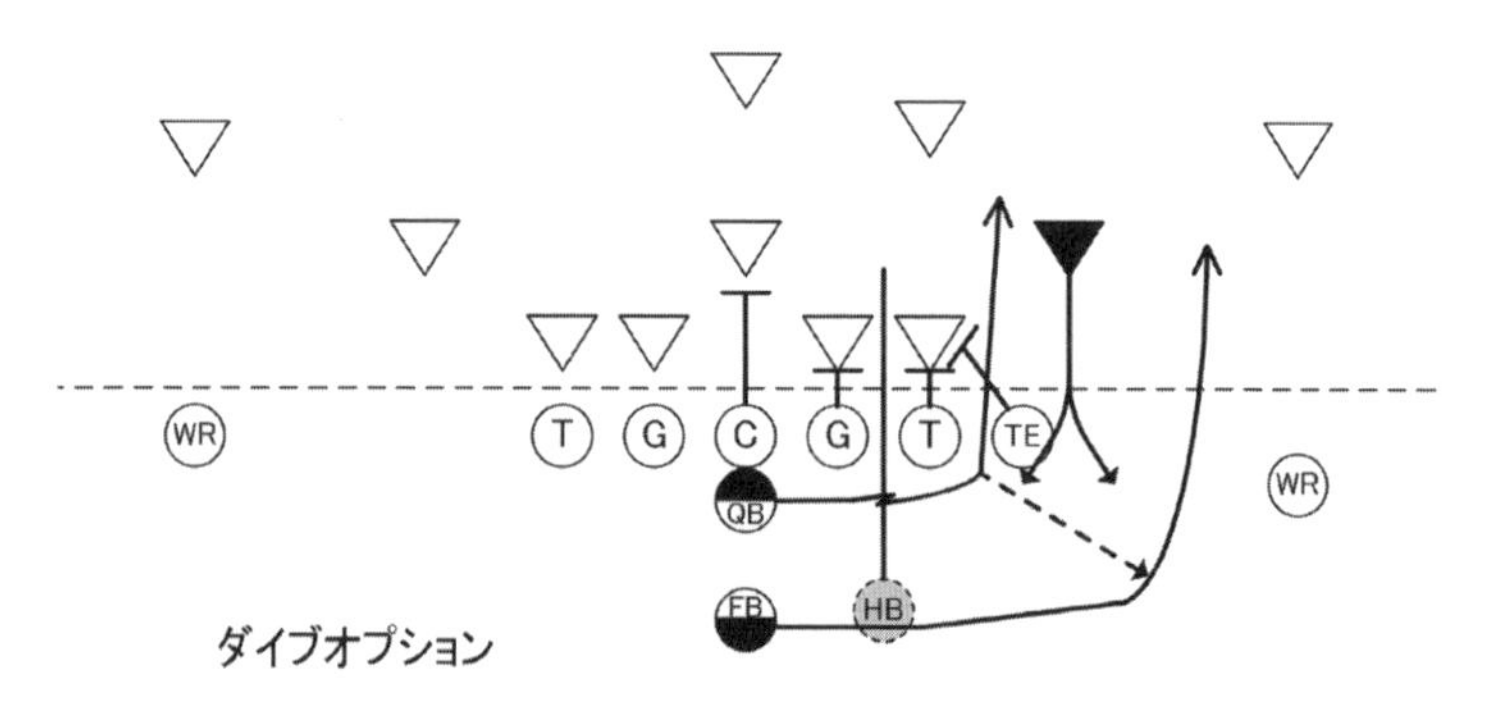
WR
T
G
C
G
T
TE
WR
QB
FB
HB
ダイブオプション

クを負ってでもダイブを確実に止めることに注力することになる。

公式戦第1戦：vs修明院大学

第1戦の日が来た。「気合の入っていない奴は下げるぞ」と谷口監督が言う。

我々のディフェンスから始まった。皆、大竹さんのコールを待たなくても最初のコールはわかっている。修明院ハーフバックHBの正面にミドルラインバッカーMLBのブリッツを入れるコールだ。MLBのブリッツを入れる場合、相手のファーストプレーがダイブではなくダイブオプションだったとしたらロングゲインされる可能性もある。それでも我々はダイブを張る。

予想通り、修明院のファーストプレーは、HBのダイブだった。これにMLB大竹さんのブリッツがドンピシャにヒットし、さらにDT奈豪さんやDE前田さんもすぐに集まり、相手をロス（後退）させることができた。

こうして試合を通じて相手の基本プレーを潰すことによって、ディフェンスで主導権を握り、修明院オフェンスの展開を苦しいものとすることができた。

我々のオフェンスも、ゲームプラン通り、この夏から練習してきたダイブ、フリーズオプション、パワーオフタックル、パワーオフタックルフェイク・パスなどを軸に組み立て

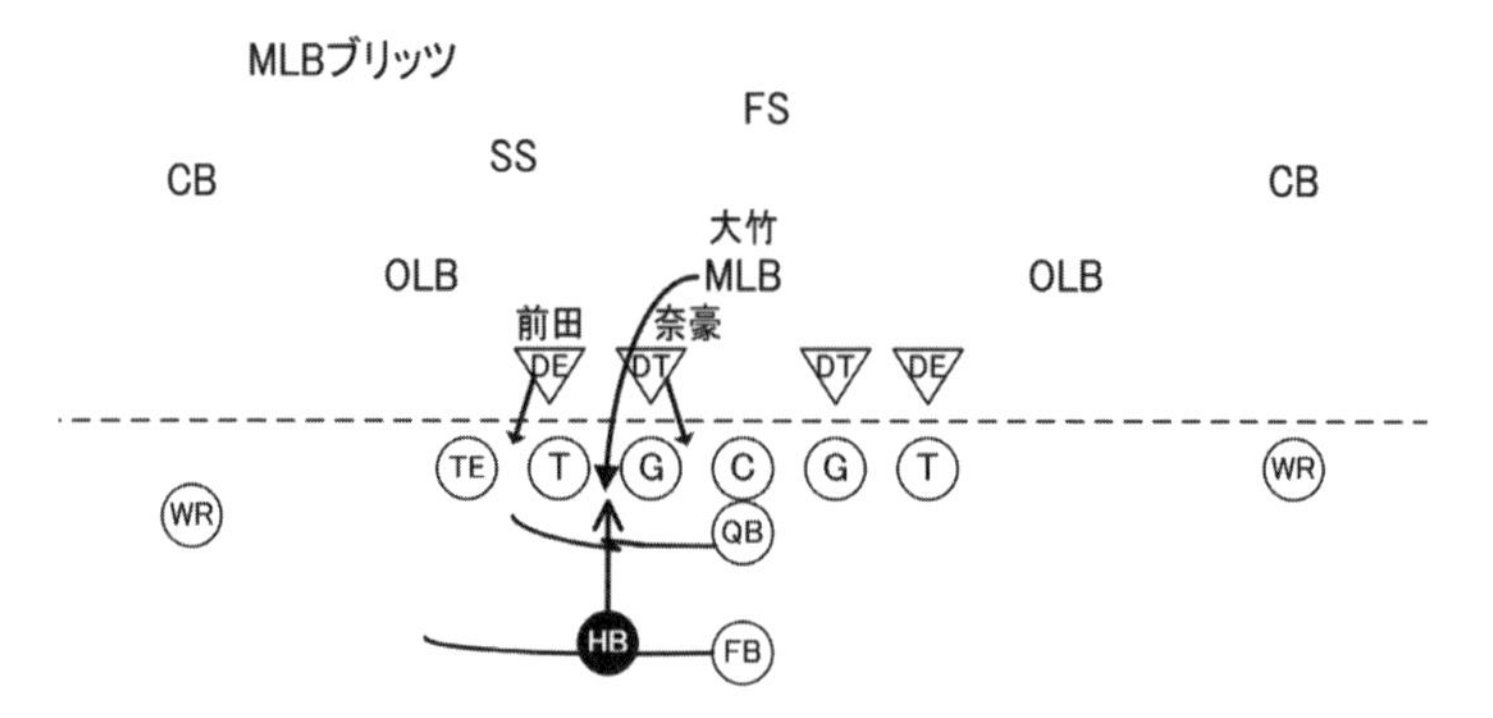
MLBブリッツ
FS
SS
CB
CB
大竹
MLB
OLB
OLB
前田
奈豪
DE
DT
DT
DE
TE
T
G
C
G
T
WR
WR
QB
HB
FB

ていく。修明院ディフェンスラインNT、DTが予想以上に強く、ダイブが思ったほどゲインできず、ダイブやフリーズオプションの展開はやや苦しんだが、パワーオフタックルが面白いように決まり、これを軸にオフェンスを有利に展開することができた。

前半をタッチダウン3本の21対0とリードして折り返す。

後半に1本タッチダウンを返されて21対7となったが、その後はゲームプランが問題なく実行された。

試合終了2分前となる。35対7だ。「勝ったな」と大竹さんが言う。最後に追加点を入れて42対7で勝利した。

試合結果：○勝ち　42対7

快勝だった。修明院大は、個々の能力は高そうだったが、チーム全体としては明らかに準備不足と見えた。おそらく我々が3部リーグに上がりたてのチームだから、特別な準備をしなくても普通に勝てると思っていたのだろう。特に、パワーオフタックルに対するディフェンスは無策と見えた。この試合がシーズン第1戦であることが幸いしたのかもしれない。

この日、英字新聞の記者が取材に来ていた。皆の写真を撮る時に、その記者は、ハイチーズの代わりに「スリー、トゥ、ワン、バカヤロー」と言った。確かに皆が笑う良い写真が撮れたようだ。

その新聞の発行日に、駅前の売店に英字新聞を買いに行くと、売店のおばさんが、「男の子達がみんな英字新聞を買っていくけど、どうしたの?」と驚いていた。その新聞の記事によると、

「アメフト下位リーグのローカルチーム……スコアボードもない、チアリーダーもいない、観客もいない……でも彼らには熱意がある」

ということだった。

III

その後の湯江野さんは波乱万丈だった。

2年前に足を骨折し、その後、脛(すね)にボルトが入った状態でリハビリを続け、だましだまし練習を再開し、ボルトが除去されて完全復帰したのは今シーズンからだった。その間に、

看護師さん……そう、激痛の手術中に暴れるもその後に仲良くなった看護師……とは終わってしまう。湯江野さんはそれを自虐していたが、いろいろと大変だったらしい。その後、別の恋を探していたのだろうか、「彼女は15歳年上じゃないとダメだね」とか言い出した。どうもバイトの家庭教師先のお母さんと微妙な関係にあるらしい。旦那に訴えられなければいいと思う。

そんな湯江野さんにも憂鬱な状況が来ていた。誰がどう見ても留年確実な状況を克服して奇跡的に4年生となったところまではよかったが、その後も茨の道が待っている。就職か大学院進学かという選択で、湯江野さんは大学院進学を選択する。通常、大学院に進学するには、成績優秀であれば研究室の推薦で進学できるが、そうでない場合には大学院試験に合格する必要がある。

湯江野さんが、部室でぼやいている。

「今日さ、教授から、『まさか君、院に行くとは言わないよな。いや頼むからウチの研究室に来ないでくれ。まぁどうせ院試は通らないだろうけど』とか言われてさ。なんなんだよ、いいじぇねぇかよ、なぁ」

「いいじゃないですか、来年も僕らと一緒にプレーしましょうよ。湯江野さんがいてくれればオフェンスラインは助かりますよ」

「何てこと言うんだよ、ひでぇなおめぇ」

湯江野さんは、練習の傍ら、大学院試験のための勉強をする。

そして、大学院試験が終わる。出来はあまり芳しくないようだ。練習前、湯江野さんは着替えながら2年のミツオを捕まえてぼやいている。

「ドイツ語の試験でさ、俺の名前、ローマ字でＵＥＮＯって書いてＵにウムラウト付けてやったぜ。それでユエノって読めるはずなんだけどな。やめときゃよかったかなぁ」

「細かいところで勝負かけますね」

「あ〜あもう、Ｔシャツもボロボロだし、ソックスもボロボロだし」

「人生もですか？」

「おい、何てことをまったく……」

9月の終わりに大学院試験の結果が発表された。部室で湯江野さんが笑っている。

「ハッハッハッハ」

身長１８５センチの湯江野さんが、なんだかさらにデカく見える。

「それって、合格したから笑っているってことでいいんですよね？」

「当然だろ」

湯江野さんは、よしっと言って、どこから持ってきたのかわからないが習字道具のバッグを出した……こんな習字道具を見たのは高校生の時以来だ。湯江野さんは、部室中央にあるにテーブル上の荷物をどけて、空いたスペースに半紙を拡げた。そして、硯に墨汁を垂らし、筆を硯に落してから筆を整えると、皆が見守る中、書き始めた。

『勝　て　ば　官　軍』

皆が「おぉ～」と感動する。しかも達筆だ。

「勝てば官軍、いいっすね！」

「だろ。これからはこれが座右の銘だ」

と言って、湯江野さんは、その半紙を部室の壁の高い位置に貼り付けた。なかなか、響く言葉だ。この半紙、いや掛け軸にある「勝てば官軍」が、湯江野さんだけでなくアメフト部の座右の銘となる。

Ⅳ

寧々と食堂前で待ち合わせた。バイクで事故に巻き込まれた後で、全身包帯やら湿布やらで恥ずかしいから一緒にいて欲しいという。会うと、確かに足が包帯だらけだった。とりあえず昼飯を食べる。

「しかし、打撲と擦り傷くらいで済んでよかったよね」

「そう、バイクごと吹っ飛ばされて、一瞬死んだかと思ったけど、突っ込んだ先が幸いに畑の中だったのよ。畑の主には悪いことしたけど、畑のおばちゃんがいい人で『大丈夫かぇ』と言って出てきてくれて助けてくれたの」

「それくらいの怪我が気にならないんだったら、アメフトもできるよ」

「こういう怪我はすっごく気になるから、アメフトはやめとくわ。『ケガはてめぇの責任だ』とか、『死ぬほど鍛えろや』とか言われたくないし～」


やはり一人で出歩くのは恥ずかしいから時間が許せば一緒にいて欲しいと言われたので、僕は夕方の練習前まで付き合うことにした。僕らはまず病院に行くと、待合室でいくらか待った。

「そうそう、私が事故る前の日曜日、渋谷にいたでしょ。公園通りを二人で歩いていたわ」

「どこから見た?」

「公園通り沿いのパン屋の二階に喫茶店があるでしょ。ちょうど窓際の席に座れたの。そうしたら……似てると思ったら本人だったし～。尾行しちゃおうかと思ったけど、やめておいたわ。彼女が噂のメイちゃん?」

「そう、その通り。で、どう見えた?」

「可愛いじゃない。山田くんが好きになるのもわかるわ」

「残念ながら、可愛くなったのは俺のおかげじゃないんだけどね」

「二人の雰囲気は悪くなさそうだったけど。そもそも日曜日にデートするようになったなんて進歩じゃない」

「ああ、それはもう鼻血の噴き出るような努力の賜物ってやつだよ。俺、よく鼻血出るんだよ」

「やめてね、ここでは。山田くんまで診察になっちゃうわ」

寧々が診察室に呼ばれる。


診察後、病院を出ると、僕らは二子玉川付近をぶらついた。

「歩いて大丈夫？」

「大丈夫」

「それがさ、メイの話を聞いていると、どうもこういうことらしいんだ。相手の男はメイに全然気はないし、メイもそれをわかっちゃいるんだけど、希望を捨てられない、という状況で、その男は気まぐれで、たまにメイをドライブに誘ってくるらしいんだよ。悲しい現実だけど、たまにヤリたくなるだけなんだろう、その男。……俺、アダルトビデオの観すぎ？」

「そんなことないと思うけど」

「しかし、その男……そういう気楽で楽しい人生を送りたいものだよ、俺も」

「本当はそんなふうに思ってないくせに」

「脈のない相手を諦められないという点は、俺も人のこと言えないんだけど、決定的な違いは、メイから俺を誘ってくることなんて皆無だからね。話を終わらせるのは簡単ということかな。そんなことよりも、寧々は、彼との11回目の仲直りの後は大丈夫なの？」

「聞いてくれてありがとう。山田くんでさえもいい加減呆れちゃうんじゃないかと思って私からは言わなかったんだけど、12回目のお別れをしたわ。今度こそ完全に別れたから」

「別に呆れないから、何度でも言ってくれていいよ。でも、もう数えない方がいいんじゃない？」

「そうね……浮上したいよね」

「ああ、本当に浮上したいよ。俺なんてまだ地中を彷徨うモグラのようだよ、何もかも」

「私も深海魚の気分だわ」

　僕は寧々と歩くのが好きだった。その頃、僕と寧々とはよく一緒にいたということもあり、周囲からは関係を誤解されることもあったが、僕と寧々とは最初から最後まで男女の関係などではない。それでも、寧々のような見栄えのする女性と歩いていると、自分がとてもまともな男に格上げされた感じがする。

そして、それ以上に、僕にとって寧々は、相談できる数少ない友人の一人となりつつあった。そんな優しい寧々の存在がとてもありがたかったし、こんな僕をいくらか大切な友人としてくれていること自体、感謝以外の何物でもなかった。実質的に男子大学のウチの大学で、多くの男子が寧々に下心を抱いて接していく中で、そういう側面のない僕を信用してくれているようにも見える。それと、既定路線を歩むことに対する疑問が、きっと互いの共感となっているのだろう。

夕方になり、僕は練習のために大学に戻り、寧々は家に帰ることにした。

お互いに「浮上しようね」と言いながら別れた。

V

公式戦第2戦：vs北星工業大学

ウォームアップを見るだけでは、相手が強いのか弱いのかはわからない。やはり一発当たってみなければ相手の強さはわからないし、逆に言うとファーストプレーでのコンタクトで概ね相手の強さがわかる。

この試合も、我々のディフェンスから始まった。

ファーストプレーが始まる。中央のブラストだ。すると、ディフェンスタックルDTの奈豪さんがものすごい勢いで北星工業大ランニングバックにロスタックルを浴びせた。そして喉を詰めた声で「ウッシャー、オィー」と唸っている。久しぶりに元番長っぽい奈豪さんを見る。

ファーストコンタクトの感じでは、相手が自分よりも強いということはない。行けるはずだ。その後も北星工業大の基軸となる中央のプレーをことごとく止め、相手オフェンスをほとんど機能させることなく試合を展開できた。奈豪さんがディフェンス中央で随分と暴れている。我々のオフェンスにはややミスが目立つものの、ディフェンスが安定しているので焦ることはない。

こうして我々がディフェンスで辛抱しておいて、オフェンスでモメンタムのある時に加点し、徐々に点差を広げていくことができた。北星工業大は基本に忠実な感じの堅いチームだったが、これに対しても、結局、第1戦とほぼ同じようなゲームプランで、同じような展開で勝つことができた。

試合結果：〇勝ち　35対0

帰りに前田さんと一緒になった。

「しかし、今日の奈豪さんは、何だか覚醒したみたいに凄かったですね」

「あいつが覚醒したのは、どうもアメフトだけじゃないらしいぞ」

「アメフト以外に何かありましたっけ？」

「奈豪はずっと禁酒してただろ。あれはどういう意味だか知ってたか？」

「なんとなくは。奈豪さんがよく『男たるものな』と言ってるあたりから察するに」

「最近あいつ、彼女ができたらしく。そしたらいつのまにか酒が解禁になっててさ」

「わかりやすいですね」

「奈豪らしい」

「どんな彼女なんですかね」

「それはわからんが、緑南工大の価値をわかる女性（ひと）だったらしい」

「そこは重要ですね」

公式戦第３戦：vsＩＣＢＵ

ＩＣＢＵ……名前だけ聞くとＩＣＢＭ、すなわち、大陸間弾道ミサイルみたいで豪快な感じがするが、そのプレースタイルは別の意味で厄介そうに見える。彼らは、我々のチームにはいないタイプのアスリートＱＢを擁している。スカウティングした限りでは、そのＱＢはパスの脅威は少ないものの、とにかく足が速く、異次元的な走りをする。我々にも、森万やヒトシといった足の速いアスリートはいるが、これは我々のプレースタイルにも起因することだが、二人ともどちらかというとパワー派で直線的だ。森万やヒトシが戦闘機だとすれば、ＩＣＢＵのＱＢはＵＦＯのような走りをする。

実際に対戦してみると、予想以上に対応しにくかった。とにかく彼らのオフェンスが切れない。3rdダウンまで追い込んでも、ピンチとなると、そのＱＢが、パスと見せかけてからここぞとばかりに走り出す。そのＵＦＯのような走り、速いだけでなく、走路が読みにくい。とにかくタックルしにくいのだ。ＩＣＢＵのミスに助けられて、得点を許さないものの、我々のオフェンスもリズムをつかめない。何とか1本タッチダウンをとり、結局、前半を7対0で終える。

ハーフタイムで谷口監督から指示が出る。

「パスはないだろ。ラインバッカーは早めに上がってＱＢを止めろ。一人のタックルじゃなくて皆で早く集まれよ」

後半、ディフェンスでは、ほぼ全員でそのＱＢランの阻止に集中した。終盤にはこのＱＢの動きに慣れてきたというのもあり、何とか失点を最小限に抑えることができた。しかし、全体として苦戦を強いられた。

試合結果：○勝ち　14対7

この得点差は、オフェンスが機能しなかったというよりは、ディフェンスがズルズルとやられ、ＩＣＢＵに時間を支配されたことによる。つまりは、オフェンスの時間あるいは機会が少なかったということだ。

この試合では、後半のＱＢを1年の五右衛門に任せた。この五右衛門というのは、彼が石川県出身というだけで何故か石川五右衛門から付いたあだ名である。野球部出身の五右衛門は強肩だったし、走り方はエリマキトカゲみたいで恰好悪かったが、その走りは見た目以上に速く、安定感もあった。パスを投げても、ランで走っても相手には脅威となり得る。そして、何といっても、動じない性格がＱＢ向きだと思う。プレーで失敗しようが、激しいタックルを浴びようが、大竹さんに怒鳴られようが、常に飄々として冷静だった。この試合でもまずまずの出来だったと思うし、今後が楽しみだ。

いずれにしても、これで序列上位3校に勝利したことになり、2部リーグとの入替戦出場が濃厚になってきた。そこで、2部リーグの最下位争いをするチームのスカウティングを開始していくことになる。

試合の帰りに、試合会場の大学近くのとんかつ屋に入った。7人ものアメフト部員が「ごはんお替り自由」のとんかつ屋に入った日には、その店は悲劇だ。その中にヒトシが含まれていると、ことさらだ。ヒトシは、まずたくあんなどのお新香で1杯目のごはんを食べ、その後に、カットされたとんかつの1切れに対してごはんを1杯ずつ食べていく。最後はソースだけでご飯を食べるのではないかと思ったが、さすがにそれはなかった。それでも合計6杯前後のごはんを食べることになる。他の部員もヒトシほどではないが相応に食べるし、しかも皆早食いだった。

「お替りお願いします」

「こっちもお替りお願いします」

「あ、これもお願いします」

「すいません、こっちもお替りで」

…………

これが十分間くらい切れることなく続くので、店員には露骨に嫌な顔をされた。

僕は森万と同じテーブルに座った。森万は特に早食いだから、皆よりも早く食べ終わって暇そうにしていた。

「森万の彼女来てなかったけど、最近どうよ」

「あいつ、ダメだな。手つきっていうか仕草がケバケバしててさ」

「相変わらず厳しいな。手の動きくらい、お前が直してやれよ」

「……………」

「でも好きなんだろ？　顔がにやけてるぞ」

「そういう山田も。メイちゃんだっけ、まだ片思いしてるの？」

「時々一緒に飲み食いするんだけど、何だか全然だな」

「お前、自分を安売りするなよ」

「安売りか、森万にそう言われると心強いな。……っていうか、別に安売りしているつもりはないんだけど、言わんとしたいことはわかるよ。もう少しプライドを持てということだろ？　そうすべきかもな」

Ⅵ

僕の母はプロの木版画家だ。達人というほどではないが、特定のコミュニティの中では先生と呼ばれるレベルに達していた。その母から、顔の利く木版画の画廊をいくつか教えてもらった。僕は、母の属するグループの木版画展などをたまに見物に行くことがあったので、画廊の雰囲気は何となくわかっていた。母は、事情を察してか、僕がそれを知りたがる理由を聞いてはこない。

そして、母から聞いた木版画展を幾つか訪れた。まず、迷わずにそこにたどり着くことが重要だ。多くの木版画展は、その賃貸料を抑えるために、裏通りなどのわかりにくい場所にあり、こぢんまりとしたものだからだ。通常、木版画展では、せいぜい入口で名前と住所を書くくらいで受付らしい受付はなく、その展覧会のメンバーの誰かが何となく訪問者に対応する感じだ。

その日に行った木版画展では、初老の女性が係をしていた。まずその人に、

「いつも母がお世話になっております山田と申します。これ簡単なものですけど、皆さまでどうぞお召し上がりください」

と言って差し入れの菓子折りを渡す……俺はいつからこんな好青年になったんだと思いつつ……。その係の女性は、

「まぁまぁご丁寧に、すみません。お顔つきがお母様にそっくりですね」

と言って僕を受け入れてくれた。これで何となく、その場において僕の存在に違和感がなくなる。そして通常は、そういった係のような人は訪問者に声を掛けたり、説明したりはしないが、この係の人は積極的に会話してくれるので、打ち解けることができた。

僕に芸術の心得はない。それでも、子供の頃から母やその仲間の作品などを見ているというのもあり、この手の作品を見るのは結構好きだ。まず、画廊全体をさっと見てから、気になる作品をじっくり見る。僕にとって気になる作品というのは、その作品の情景にメ

イと二人で入っていきたくなるような作品だ。それは、風景画であっても抽象画であってもいい。二人でそこにいたら心地いいであろう情景があればいいのだ。

この展覧会にも幾つか気になる作品があった。僕がじっくり没頭して見ていると、先ほどの係の女性が作品について簡単に説明してくれた。これは通常の木版画ではなくてシルクスクリーンだとか、何版で刷っているかとか、どういう画材を使っているかとか、いろいろ教えてくれた。

そして、その木版画展のパンフレットをもらって帰り、母親に、さらに各作品についての詳細な説明を求める。この作者はどういう人で、どういうバックグラウンドの人で、普段はどういう画風の人なのかなど。こうして幾つかの木版画展について予習した。

試合もスカウティングもない11月の日曜日にメイを誘った。メイがデパートに用事があるというので、そこに付き合った後に銀座の木版画展に誘った。この前の画廊だ。

「ちょっと近くに寄っていきたい木版画展があるんだけど、いい？」

「木版画？　私そういうのよくわからないわ」

「俺、意外とそういうの好きでさ、まぁ任せてよ」

と言ってその画廊に行った。画廊に入ると、前回と同じ初老女性の係の人がいたので、早速、挨拶した。

「先日はありがとうございました。とても気に入ったので、今日はちょっと連れを」

「そうですか。気に入っていただいて嬉しいです。ごゆっくりどうぞ」

僕らは、作品を一通りさっと見る。そして、まず僕が気に入った作品をメイに紹介する。

「俺、この作品、気に入ってるんだ」

「どうして？　暗くない？」

「確かに一見、暗いよ。でも、この絵の中に入って行ったとして、あの青いオブジェの背景に違和感ない？　俺はその背景が扉の一部だと思うんだよ」

「………」

「そして、こっちの赤い落ち葉のちょっと盛り上がった所あるでしょ。ちょっと不自然じゃない？　落ち葉の下に鍵が埋もれてると思うんだよ。つまり、この絵に入り込んで、鍵を探して拾って、青いオブジェの扉を開けてこの闇を出られると思うんだ。しかも、一人じゃなくてさ、誰かと一緒に入っていって、二人で鍵を探して扉を開けて明るい世界に出ていくなんて、悪くない話でしょ？」

「山田くん、楽観的ね」

「そう？　俺は闇から光を見出す人だよ。メイは気になった作品ある？」

「う～ん、あの草原と月の作品かな」

そして、その作品の見どころなどを教えてあげた。そんなふうにして、木版画展も意外と楽しめた。

　木版画展を後にすると、僕らは日比谷公園を抜けて霞が関方面に向かって歩き始めた。休日の官庁街は人が少なくて気持ちがいい。

「11月の曇った日って最高だな」

「曇った日が？　どうして？」

「青空って、動かなきゃいけないかのような駆り立てられるものがあるでしょ。でも、曇り空だと、そこにとどまっていても許される感じで、気持ちが落ち着くね。それに、曇り空の下だと、メイの表情がとても優しく見えるよ」

「そう？」


　僕らは霞が関坂の下に来ていた。

「俺、この坂道、とても気に入ってるんだ」

「坂道が？」

「そう、都会の真ん中で道が太くてまっすぐなのに休日は交通量が少なくてさ。しかも、イチョウ並木がきれいで、ほら、イチョウの葉っぱがくるくる回りながら落ちてきて、この感じが、俺的にはしびれるな」

「山田くんって意外と芸術家なのね」

「恋する者はみんな芸術家だよ」

「初めて聞いたかも」

「お願いがあるんだけど。この坂を登りきるまで、手をつながせてほしく」

僕は、左手でメイの右手を握った。ひんやりした手だ。

「もうすぐ冬だね」

「山田くんの手、温かい」

「俺、子供の頃から手が熱くてさ。こうしている間は、メイも冷え症にならなくていいかも」

手をつなぐことくらい何てことでもないと思うのだが、メイと手をつなぐのは何でこんなにハードルが高いのか。霞が関坂を登りきった後も、手をつないだまま国会議事堂の横を歩く。ここら辺もイチョウがきれいだ。

「あの議事堂の入口にいるガードマン、強そうだよね」

「当たりたいの？」

「本能的に反応しちゃうんだよ。プロテクターっぽいのを着けてるごついのを見ると」

「何だか、山田くんを見ていると、ファイターな一面と繊細な一面とが同居しているみたいね」

「悪くないでしょ？　そういうのも」

「嫌いじゃないわ」

好きでもないらしいが、まぁいい。こうして僕らは、曇り空の下、秋の深まるイチョウ並木を、手をつないで歩いている。素敵なことじゃないか。メイが求めているものが、この景色でも、この手でもないとしても。

僕らは議事堂前を歩き続ける。

「山田くん、さっきから何考えてるの？」

「いや、このまま道が続けばいいなと思って」

「道ねぇ、私なんて迷路の中だわ」

「そんなに迷路なの？　迷路の中で助け合う仲間こそ、本当の仲間だと思うけどなぁ」

「仲間？」

「そう。俺が唯一知っている英語の格言なんだけど、Prosperity makes friends, adversity tries them. つまり、繁栄が友を作り、逆境がそれを試す。まぁ俺に繁栄なんてはないんだけど、でも、逆境にいる時こそがその人の本当の姿だと思うから、そこで信頼できる仲間は本物かな」

「でも私は、早く迷路から出たいわ」

「ハハ、そりゃそうだよね」

僕らはそのまま永田町方面に歩いた。

「なんだかんだで、たくさん歩かせちゃってゴメンね」

「大丈夫よ。そうかなと思って今日は歩きやすい靴で来たから」

永田町から地下鉄を乗り継いで新宿に出ると、軽く夕飯をとって別れた。

Ⅶ

公式戦第４戦：vs 嶺上大学

試合結果：○勝ち　69対0

タッチダウン10本で大勝した。この日は試合を通じてQBを1年の五右衛門に任せた。後半に五右衛門のパスが通りまくったが、嶺上大ディフェンスは怪我人続出で10人、いや時間帯によっては9人で戦っていたようだ。こういう試合では選手1人当たりの移動距離が多くなり、結構疲れる。こちらも1年生をもっと出せばと思うのだが。

公式戦第5戦：vs 志当館大学

試合結果：○勝ち　28対0

第4戦後の練習でヒトシが怪我したため、この試合はヒトシ抜きで戦うことになった。勝つには勝ったが、何かおかしい。序列5位の志当館大よりも格段に強いはずの序列1位の修明院大や序列2位の北星工業大には、42対7、35対0で勝っているのに、この試合ではこれしか点差が開かない。ヒトシが欠場していることを勘案しても、今一つオフェンスが機能していない。オフェンスラインC、G、T、TEやフルバックFBがしっかりブロックしさえすれば、テールバックTBは、ヒトシでなくてもある程度は走れるはずだ。ブロックのタイミングがずれてきているということだ。逆に言うと、これまでタイミングがずれていたのにヒトシのタフな走力に頼り切ってきたということか。

内容はともかくとして、3部リーグの公式戦を5勝0敗でブロック優勝したことによって、2部リーグとの入替戦出場が確定した。

11月終わりの秋晴れの日に、寧々と散歩する。

「実はね。もう私の中では決めたことなのだけど、起業するつもりなの。いろいろと検討して、だいぶ見込みが出てきたの」

「起業ということは、在学中に会社を起こすってこと？」

「うん、でも片手間にできることではなさそうだし、っていうか片手間にやるつもりはないし、大学はそのうち辞めようと思うの」

「一大決心だね。皆が線路の上を走っている中で、流されずに一人でよくそういう決断ができるよね。さすが自立しているというか、寧々らしいよ」

「卒業だけはしておけって言う人もいるし、確かに休学という手もあるといえばあるんだけど、それは意味がないわ。『緑南工大卒』っていうだけで、どこにだって就職できるのにとか言ってくる人もいるけど、バカみたい」

「そんなに自分の将来のことをちゃんと考えてるなんて、大人だな。俺なんて将来どころか、2週間先の試合のことしか見えていないのに」

「そうやって、目の前のことに必死になって生きていくのも大切なことだと思うわ。私も今に、今日や明日の売上しか見えなくなるかも」

「で、いつから始めるの？」

「来月から本格的に動き出そうと思っていて、大学にはほとんど行かなくなるわ」

「それは寂しくなるな。でもいよいよ浮上開始だね」

「命がけだわ」

「健闘を祈るよ。俺の方も上のリーグとの入替戦出場が確定してさ。それに勝てばやっと平均以上のチームとして、地中のモグラ状態から地上のバッファローくらいにはなれるよ」
「お互いに頑張ろうね」

Ⅷ

後日、抽選によって2部3部入替戦の対戦組合せ、つまり、3部リーグを構成する4ブロックの1位4チームと、2部リーグを構成する4ブロックの最下位4チームとの対戦組合せが決まった。4試合の入替戦のうち、2試合が2週間後の12月8日の土曜日に、残りの2試合がその翌日の日曜日にスケジュールされている。

我々の試合は12月8日の第1試合であり、対戦するのは、今年の春のオープン戦でも対戦した双塔(そうとう)学院大だ。双塔学院大はその後低迷し、2部リーグでは全敗していた。

双塔学院大をスカウティングして、入替戦でのポジションを決定した。

双塔学院大のオフェンスは、QBが下がった位置にセットするショットガンである。このフォーメーションでは、攻撃の八割方がパスとなるだろう。これに対して、パスディフェ

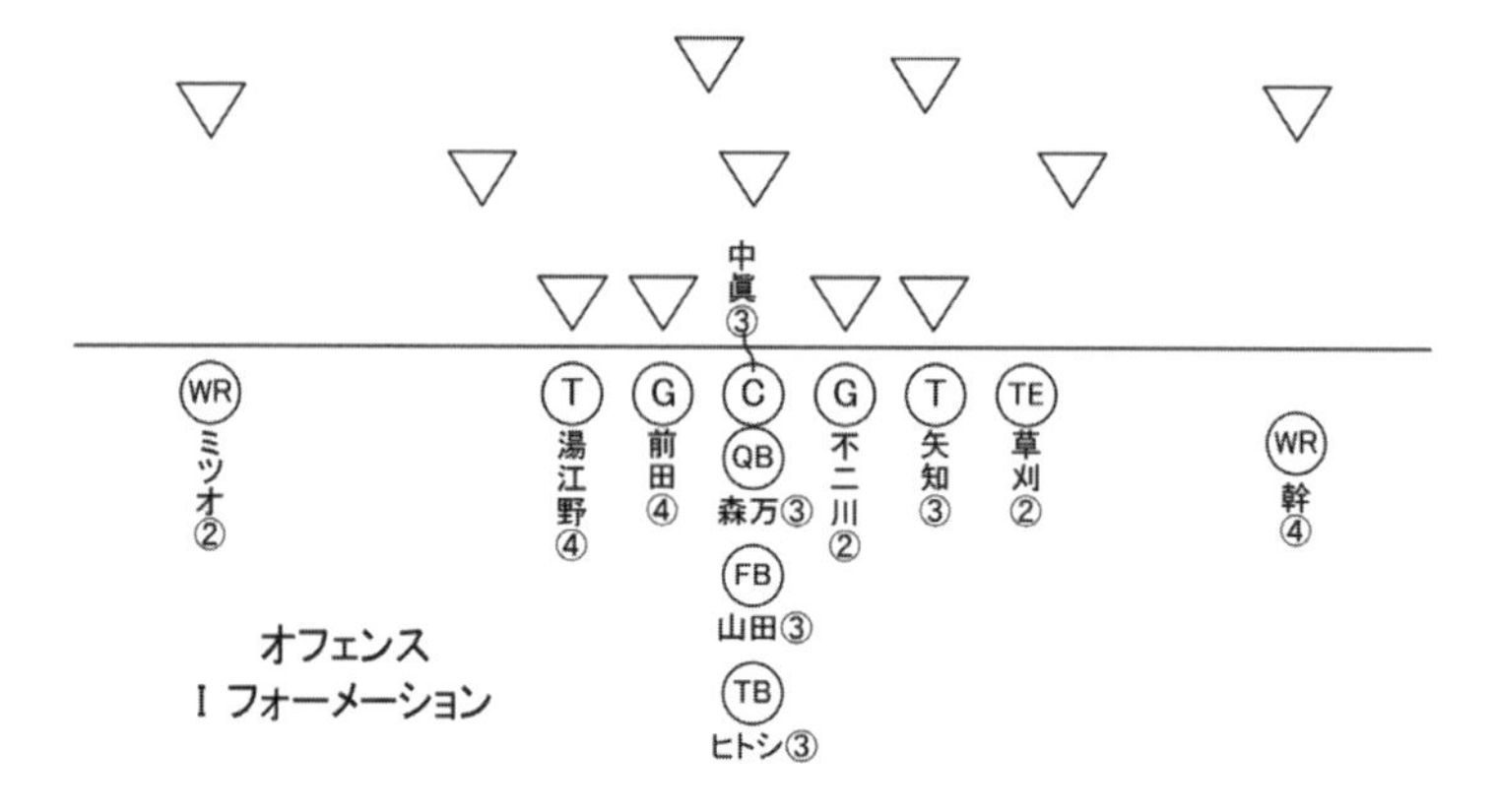
中眞③
WR
ミツオ②
T
湯江野④
G
前田④
C
QB
森万③
FB
山田③
TB
ヒトシ③
G
不二川②
T
矢知③
TE
草刈②
WR
幹④
オフェンス
I フォーメーション

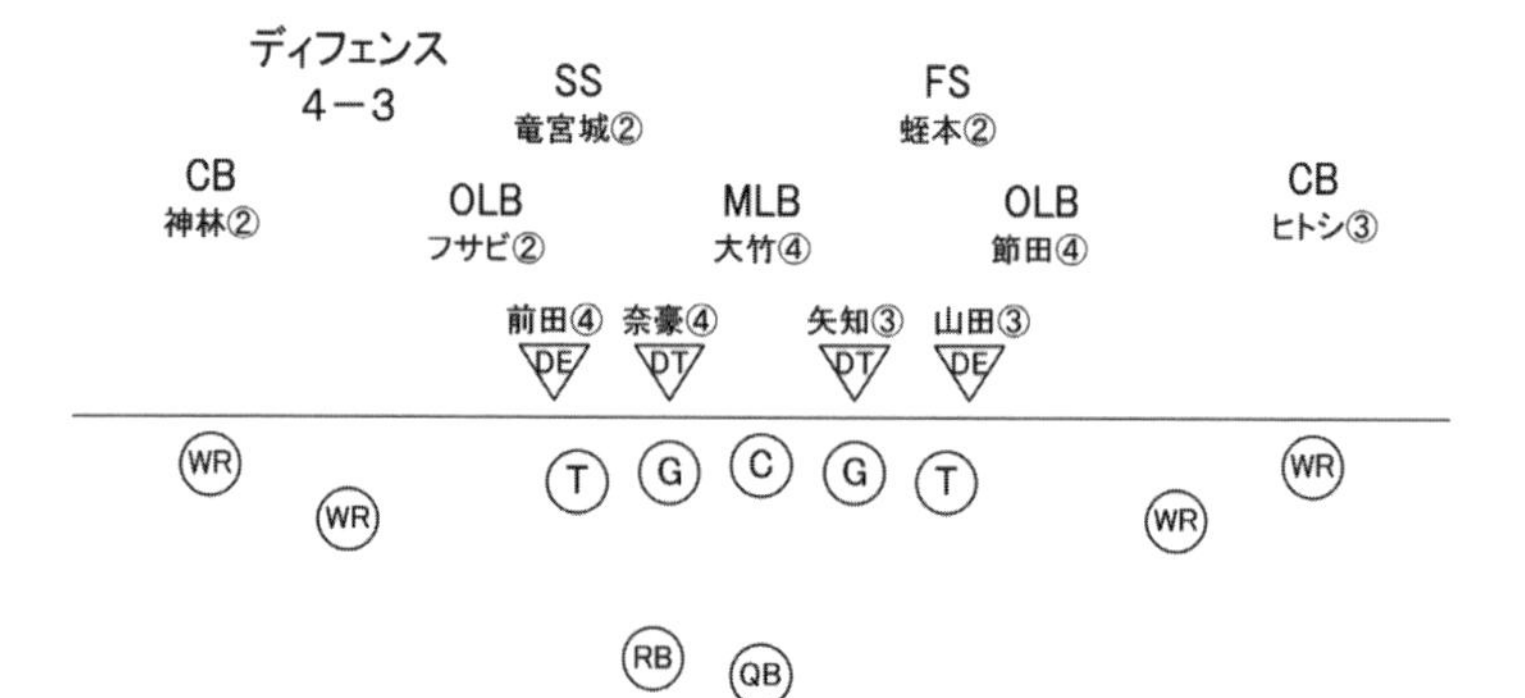
ディフェンス
4−3
SS
竜宮城②
FS
蛭本②
CB
神林②
OLB
フサビ②
MLB
大竹④
OLB
節田④
CB
ヒトシ③
前田④
DE
奈豪④
DT
矢知③
DT
山田③
DE
WR
WR
T
G
C
G
T
WR
WR
RB
QB

ンス強化のためにコーナーバックCBに運動能力の高いヒトシと2年の神林をアサインした。しかし、部員数が増えたとはいえ、未だに両面の選手が多い。ラインはいいとして、ランニングバックとしてオフェンスのプレーメーカーであるヒトシをディフェンスに使うのはどうかと思う。ヒトシはタフなプレイヤーだが、それでもスタミナ的な限界はあるはずだ。

いずれにしても、やっとここまで来た。2年前の11人揃わないような状態から、こうして1年から4年までが揃ったチームとして2部リーグとの入替戦まで来た。これに勝てば、我々は日の目を見ることができる。これまでごちゃごちゃ言ってきた人達を見返すこともできるし、積もり積もった全てを晴らすことができる。あと少しだ。

Ⅸ

2部3部入替戦

競技場に入る。当然に勝つつもりとはいえ、緊張する。ウォームアップ中も何だかそわそわするし、皆にも同じ空気を感じる。

前半・第1クオータが始まる。

第1クオータは一進一退の膠着状態となる。しかし、我々のオフェンスでは、基軸となるフルバックFBのダイブや、テールバックTBのブラストが全然ゲインできない。ダイブに関しては、FBの僕がQBからハンドオフを受けた時点で前方がふさがっているので、穴を抜けるというよりは、力で押し込んでいくことしかできない。だからせいぜい1～2ヤードしかゲインできない。今までこんなにダイブが出ない試合はなかった。ダイブがゲインできないから、フリーズオプションをやってみても、やはりゲインできない。双塔学院大のミドルラインバッカーMLBがFBのダイブのフェイクに引っかからないからだ。ブラストに至っては、センターCの中眞のアサイメントミスがあった。

正しいアサイメントでは、センターCはガードGとともにダブルでディフェンスタックルDTをブロックし、Cの対面にいるミドルラインバッカーMLBをフルバックFBの僕がブロックするはずだ。

しかし、Cの中眞は舞い上がっているようだ。斜め前のDTではなく対面のMLBをブロックしにいってしまう。しかたないので、FBの僕がDTをブロックすることになる。

これでは、左右のDT間に横穴が開かない。このプレーのもともとの弱点は、プレーサイドでない側のDT、つまり、ガードGだけでブロックされているDTが比較的自由に動けてしまうことだ。そもそもDTは自分よりも中央側をケアする責任を負うことが多い。

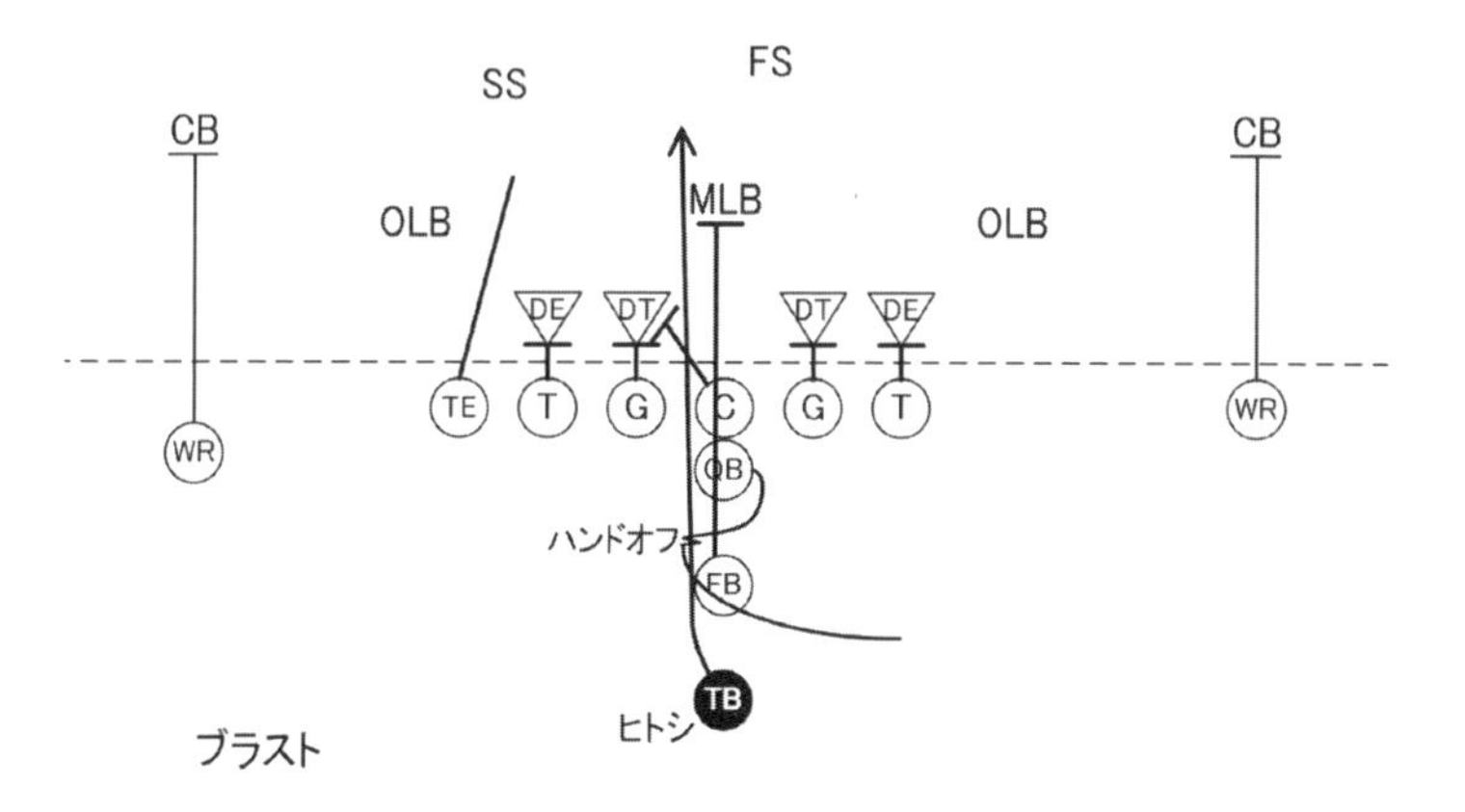
FS
SS
CB
CB
OLB
MLB
OLB
DE
DT
DT
DE
TE
T
G
C
G
T
WR
WR
QB
ハンドオフ
FB
TB
ヒトシ
ブラスト

したがって、この誤ったアサイメントでは、プレーサイド側の左ＤＴを外側に押し込めない分、ＴＢは走路を右ＤＴ寄りに取らざるを得ず、結局この右ＤＴに止められてしまう。しかも、ＣがＭＬＢをブロックしても、ＣとＴＢとの距離が長いからＭＬＢはＣのブロックをさばいてＴＢにタックルに行けてしまう。そのために、ブラストが全然機能しない。

このミスを、ＦＢの僕だけでなく、左Ｇの前田さんも、ＴＢのヒトシも気付いているはずだが、僕も前田さんもヒトシもディフェンスに入っているから、サイドラインに帰って中眞に間違いを指摘することも、フィールド上で確認を促すこともできない。オフェンスでは、一つのプレーが終わってから40秒以内に次のプレーを始めなければならない。つまり、その時間内に、前のプレーで散ったプレイヤーが戻ってきてハドルを組み、ＱＢが次のプレーをコールし、そのプレーのための配置に各プレイヤーがセットしなければならないから、時間的余裕もないし、余計な混乱を招くわけにもいかないのだ。そして、ＱＢは、ＴＢにハンドオフした後は、ボールを持ってオープンを走るかパスを投げるかのような素振りを見せる「後(あと)フェイク」をする必要があるから、プレーを目で追うことはない。だからＱＢの森万はこのミスに気付いていていないだろう。

０対０のまま、第２クオータに入る。

我々のオフェンスでは第２クオータでも同じ状況が続く一方で、双塔学院大オフェンスのパスが通り始める。5～10ヤードのショートパスを確実につないでくる。パスで1本タッチダウンを取られ、0対7となった。

そして、前半が終了する。

ハーフタイム中に、センターC中眞のアサイメントミスを修正する。さらに、QB森万のパスのタイミングが遅れ気味だから、慎重になりすぎずに割り切って素早く投げろという指示もでる。


後半・第3クオータが始まる。

ディフェンスでは、10～15ヤードのショート～ミドルパスを結構通される。まずい。ディフェンスが消耗して後手後手に回り出した。

相手がショットガンの場合、ディフェンスラインDT、DEは、QBにパスを投げさせないように相手のオフェンスラインC、G、Tを割って入るべくパスラッシュをかける。オフェンスラインを押し込むようにパスラッシュすることもあれば、オフェンスラインをかわすようにパスラッシュすることもある。いずれにしても、パスを投げる前にQBにタックルすること、つまりQBサックがベストだが、QBサックできないまでもQBにプレッシャーをかけ、投げ急がせてパスミスを誘う必要がある。ところが、このパスラッシュは、非常に体力を消耗するため、後半になって自分も含めて出足が鈍ってきている。

MLBやOLBをパスラッシュとして突っ込ませるブリッツを、もっと入れてもいいのではないかと思うが。つまり、ノーマルのディフェンスでは、DT、DEのパスラッシュ4人に、MLB、OLB、SS、FS、CBのパスカバー7人の状態となるが、思い切ってパスラッシュを5〜6人にする攻撃的なディフェンスを仕掛けてもいいのではないか。

だが、ブリッツのコールはほとんどない。

パスをつながれ、2本目のタッチダウンをとられた。

0対14となった。

最終の第4クオータに入る。

我々のブラストがやっとゲインできるようになってきた。ブラストなどのランプレーをつないでドライブし、最後はQB森万がブラストフェイクからのQBラン（ブーツレッグ）で1本タッチダウンを返した。しかし、トラポンを失敗した。

6対14となった。

とにかく、我々はもう1本タッチダウンの6点を取り、さらにトラポンでの2ポイントコンバージョンを成功させて計8点を取らなくては負ける。同点で試合終了となれば、延長戦に持ちこめる。

双塔学院大オフェンスは、果敢にパス攻撃をしてくる。

ここで、1本だけ、双塔学院大QBが不用意なパスを投げた。サイドライン際で、コーナーバックCBの神林が相手ワイドレシーバーWRの前に入り、そのパスをインターセプトしかかった。

インターセプトとは、ディフェンダーが相手オフェンスのパスをキャッチすることだ。インターセプトの時点でターンノーバー（攻守交替）となるし、インターセプトしたディフェンダーがそのままボールを持って攻撃方向とは逆方向に走っていき、ディフェンスとしてタッチダウンの得点を挙げることもできる。このように、インターセプトというのはディフェンスにとっては最大のファインプレーであり、オフェンスにとっては最大の痛手といってよい。

しかし、次の瞬間、神林の手からボールが落ちた。インターセプトならずだ。誰も神林を責めることはできない。少なくともパスを阻止しただけでもいいプレーと言える。ただ、これが、同点に追いつける最後のチャンスになるかもしれない。

そして、双塔学院大オフェンスを抑えて我々のオフェンスとなった。残り時間が少ない。我々は、ラン主体の攻撃からパス主体の攻撃に切り替える。短時間で長い距離を稼ぐにはパスしかないからだ。

しかし、双塔学院大は、そのオフェンスがパス攻撃を主体とするチームだから、パス攻撃に対するディフェンスも上手い。逆に、我々はラン攻撃主体のチームだから、パス攻撃がそれほど強力なわけではない。パスがことごとく阻止される。それでも、QB森万のスクランブルを混ぜつつ何とか攻撃権をつなぎ、敵陣30ヤード、つまりゴールまであと30ヤード以内まで進んだ。しかし、時間がない。パスが阻止されると、残り時間が3秒となった。次が最後のプレーとなるだろう。ロングパスのプレーがコールされる。ロングパスが通らない距離ではない。双塔学院大も当然にロングパス阻止のためのディフェンスを敷いてくる。

最後のロングパスが失敗し、試合終了となった。

試合結果：●負け　6対14

3部リーグ残留が確定した。

部員の多くが泣いている。僕も残念なのは当たり前だが、涙は出ない……また平均以下のチームとして1年を過ごさなければならないと思うと、イライラする。タッチダウン1本差は一見惜しく見えるが、完敗と言える。逆に、結局まだ我々はこの程度の実力、つまり、2部リーグ全敗チームと競り合って負けてしまう程度の実力しかないということだ。

このままでは何度やっても同じ結果になるだろうと思うと、何故だとイライラする。

しかし、こんな形が最終戦となってしまった4年生の心情を察するといたたまれない。兄貴のような先輩とともに勝ちたかったたし、4年生の涙は僕にとっても辛かった。そして、ハドルでは、大竹さんが「ふざけるな！」と怒鳴りながらも涙を流していた。


帰り支度を終えて解散すると、フィールドでは第2試合が始まっていた。そして、僕は、スタンドにメイを待たせていた。試合に女の子を連れてくるのは初めてだったし、メイが来てくれたこと自体、ある意味、感謝というか大きな進歩だ。

僕は、メイの隣に座った。

「悪いね、こんな試合を観に来させちゃって」

「大丈夫よ。でも残念だったね」

「試合中は何とか活路を見出そうと必死だったけど、結果は必然というか、出直しだな。シャワー室がお通夜のようだったよ」

試合には当然に勝つつもりでいたから、予定としては、夕方の祝勝飲み会までの時間だけメイと過ごそうと考えていた。しかし、こういう負け方をした後に飲み会などあるわけがなく、予定変更となる。

それにしても今日は快晴だ。この穏やかな日差しが何だか虚しく、痛すぎる。今頃になって泣きたい気持ちになってきた。少し休んでから僕らは動いた。

大学の部室に荷物を置きに行った。

「ここが部室なの？」

「そう。汚いと思ってるでしょ。でも、こう見えてもこの部室、ゴキブリが出たことないんだよ。ゴキブリにさえも厳しい環境ということかな」

「勝てば官軍？」

メイが掛け軸を見て言った。

「ああ、これ、留年確実と言われながらも4年生になって、教授に来るなと言われながらも大学院試験に合格した先輩が勢いで書いたんだよ。今となってはウチの部の座右の銘なんだけど、今日の俺達、負ければ賊軍ってやつだな」

そして、僕らは新宿で軽く飲んだ。僕は、残念感を出さないように気を遣いながらも、何だか上の空な感じだ。それでもメイは、優しく笑顔で僕と話している。

その後、僕らは新宿西口の高層ビル街をぶらついていた。

「もうすぐクリスマスだね……メイは何か予定あるの？」

「…………」

メイはうつむいた。

「あ、ごめんね。もうすぐ正月だね……メイは何か予定あるの？」

「家でお餅でも食べようかな」

歩いているうちに新都庁前の広場に来ていた。僕は聞いてみた。

「12月なのに暖かいね。ちょうど2年前に、青山通りを歩いたの覚えてる？」

「覚えてるよ」

「あの時も12月なのに暖かかったよね」

「木立のシルエットが綺麗で、山田くん感激してたわ」

「あの時、何度もメイのことを抱きしめたいと思ったんだ……今でも」

僕はメイを抱きしめていた。想像していた以上に華奢な肩だ。メイは拒否するでもなく、受け入れるでもなく、僕に身を任せてる。

「メイの深い悩みをわかってあげられないんだけど。俺の気持ち、ずっと変わってないよ。メイのことが好きだよ」

「……ごめんね。最近は山田くんのことを随分考えるようになってきたの……でもね、その人と山田くんがいて、どうしても山田くんが半分以上にならないの。いつもその人が半分以上なの」

「俺の割合が49・99％までアップしたなんて光栄だよ。……っていうか、うまくいってないんだね、その人とは……」

「彼、全然優しくないし」

「そうなの？　でも、その人のこと、好きなんだね」

「私がその人にフラれたら、山田くんはどうするの？」

「その質問は、そういう展開の後でも俺のプライドが許すかみたいな質問？　俺はただ、メイの笑顔を見たいだけだよ。……で、『どうするか』っていう質問に答えるとすると……まずはメイのことを立ち直らせてあげたいな。だいたいさ、傷心の女の子を狙うっていうのは、俺は好きじゃないんだよ。そういうのってフェアじゃないでしょ。勝負事は何でも勝てば官軍だけど、こういうのは違うから。……メイが立ち直ったら、今度はどこに誘おうかなぁ……」

「ありがとう、優しいのね。……でも、わからない」

「何が？」

「どうしてこうなっちゃったのかな」

「はぁ？」

「山田くんとは、やっぱり友達として会いたいの」

「……ごめんね、だいぶ悩ませちゃったみたいだね。しかも、こんなに圧縮するように抱きしめちゃって、肋骨折れていない？」

僕は、メイを放した。それでも、メイは、僕の服の一部を握っていた。

「俺のことは気にしないで。……それでもしばらくはメイのことが好きだと思うから、気が向いたらいつでも連絡してね。俺は、存在しているから」

「山田くん……本当にありがとう」

僕らは新宿駅に向かって歩いていた。

メイに会うのもこれが最後となるだろう。

X

翌日の日曜日、僕は、入替戦の残りの2試合を観に行った。前日の入替戦で負け、メイにもフラれ、つまりは、ここ数年、特にこの1年間に積んできたものが二つとも一気に吹っ飛んだという状況を克服するために、まずは、あえて現実を直視することから始めるべきだと思った。有名なアメフトコーチのダレル・ロイヤルの手紙にはこう書いてある。

「打ち負かされること自体は何ら恥ずべきことではない。打ち負かされたまま立ち上がろうともせずにいることが恥ずべきことなのだ」と。

僕は、その言葉に従うだけだ。

スタンドで、2年の神林に会った。

「おう、神林」

「ちーっす。何で昨日負けたのか、ちゃんと答えを見つけておくべきだと思いました」

「同じく」

神林は、昨日のインターセプトミスに関して自責の念があるのかどうかわからないが、こうして現実から逃げないところが共感できる。僕と神林は、プレー毎にいろいろと考察しながら試合を観た。

試合が終わり、神林と別れると、どうしようもない虚無感だけが残る。何もする気になれない。


翌日、授業の後、ヒュージとすれ違った。

「よう、山田。聞いたよ、残念だったな。応援してたのに」

「心にもないこと言うな」

「いやいや、今となっては本当に心の底から応援してるってさ。でもさ、学生リーグって4部までしかないじゃん。3部残留って、所詮お前ら半分以下ってことだろ。1年生から4年生まで揃っても。まぁそれでも、よくやってると思うぜ」

「お前の評価を聞いてどうする」

「だからさ、マジにやったってその程度なんだから。もうマジなのやめてさ、テキトーにサークルとしてやればいいんじゃねーの。そしたら俺も復帰するぜ」

「ふざけるなって」

「いや、悪意で言っているんじゃなくて、お前らに敬意を表しつつも現実的な意見として言っているんだけどさ。まぁいいや、せいぜい頑張れよ。応援してっからよ」

　最近のヒュージには、アメフト部を辞めさせられた頃のような敵意は感じられない。テキトーな性格がゆえに、あまり根に持たないところがヒュージの憎めないところでもあるのかもしれないが、相変わらず軽いノリで人をイライラさせる。何が「テキトーにサークルとして」だか。何が「敬意」だか。


　その数日後、谷口さんの会社の事務所に集合がかかった。大竹さん、湯江野さんと、同期の矢知、森万、ヒトシ、中眞、僕が集合した。大竹さんは留年しているし、学生リーグの登録有効期間もあと2年ある……一人の選手が合計4年間登録できるシステムらしい。同期の間では、来シーズンも大竹さんがキャプテンをやるのだろうと話していた。

　全員が集まると、大竹さんが話し始める。

「集まってもらったのは他でもなくて、来シーズンの話だ。まず、キャプテンを山田、バイスを矢知にやってもらう」

大竹さんが続ける。

「キャプテンを山田にしたのは、一番ケガが少ないからだ。キャプテンってのは、何ができる、あれができるっていうんじゃなくて、常にグラウンドに立っていられる奴、それがキャプテンだ。キャプテンがグラウンドにいないっていうのが一番よくないから。山田は留年もしているし、ケガもしないから、お前ならできると思う。それと、矢知は高校からの経験者だし、フットボールを一番よくわかっている人間だから、バイスとして山田をサポートしたり、皆をまとめたりしてほしい。山田、何かあるか？」

「指名された以上は、目的を達成しますよ。でも正直言って、さっきまで、自分がやるなんて思ってなかったわけで、大竹さんと僕とじゃ雰囲気が違いすぎるというか……」

「それはいいんだ。お前は俺を演じる必要はない。俺は来年もコーチ兼選手としてチームに残るから、そういう役割は俺がコーチとしてやっていけばいい。お前は、ただ体を張って皆を引っ張っていってほしい」

「はい」

「いいか、俺を演じる必要はない、とにかく、お前は体で示せ」

「わかりました」

そして、谷口さんが言う。

「お前らは、練習の時間や環境がとても制限されていると思うよ。授業も真面目に出なきゃいけないし、グラウンドの設備も整ってないし。それでもよ、朝から晩まで恵まれた環境で練習しているようなチームに勝っていかなきゃいけないんだからさ。いかに集中してやっていくかってことだよな。しかも、チームの全員がそれを理解してやっていかなきゃだめだからよ」

そして、来シーズンから大学院生となる湯江野さんが監督をやることになった。谷口さんも一コーチとして引き続き協力してくれることになる。

正直、戸惑いはある。僕はいくらか体力があってハングリーかもしれないが、自分にも他人にも甘い。そんな自分がキャプテンなんてやっていいのかと思ってしまう。それでも、「お前は体で示せ」、この言葉が僕には響いた。確かに僕は、体だけは丈夫だ。正確には、怪我をしないわけではなかったが、そこからの回復力が野生動物並みと言われている。肉離れや捻挫をしたことはあったが、結果として全治2週間超となったことがないし、怪我のために試合に出られなかったこともなければ、試合を途中退場したこともない。しかも、ほとんどの試合をディフェンス・オフェンス掛け持ちの両面や、ハーフタイム以外にサイドラインに戻れないオール面でだ。

後日、大竹さんに言われた。

「山田、この1年間、女を作るな。アダルトビデオだけにしておけ」

「いや、彼女、作りたくても作れないんですけど。って言うか、最近AVはイマイチですね」

「バカ、知るか。山田の代で彼女がいないのは、お前だけだろ。お前はそうやってハングリーなところがいいんだ。女ができたら、瞬間に終わる」

「瞬間にって……でも安心して下さいよ、連敗中ですから」

「だから、知るかよって」

他人の色恋沙汰はどうでもいいことだが、言われてみればそうだった。矢知には付き合いの長い彼女がいて、ヒトシには可愛いらしい彼女・小百合がいて、森万には美人の彼女がいる。最近はなんと中眞にも、おしゃれな感じの彼女ができたらしい。中眞は、見方によっては恰好いい。身長187センチで筋肉質だが決して太ってはいないし、顔も小さい。余計なことをしゃべらなければ、純朴でいい男だ。そして彼女の方さえしっかりしていれば、問題なく物事が回っていくだろう。

「大竹さん、一つ聞いていいですか?」

「なんだ」

「大竹さんは彼女いるんですか?」

「聞くな。イエスと答えてもノーと答えても、俺が得することはない」

大竹さんに彼女はいるのかと、部員達で真剣に議論したことがあった。男目線的には、「いるわけがない。女の子ってああいうの平気なの? そんなわけないよな」という意見だった。女子マネの一人は、「怖すぎる。あり得ない」と言ったが、ある女子マネは「でも、彼を駆り立てる誰かがいるはずよ。普通、一人であんなになれないでしょ。きっといるわ」と言っていた。しかし、やはり真相は謎のままだった。


後日、ミーティングを開いて部員に新体制を伝えた。何せ初めての代替わりであり、大竹さんという絶対的な存在の後を僕がやるので、皆「山田で大丈夫か？」と思っていることだろう。僕は、

「目標は2部昇格ってことでハッキリしてるわけだから、俺は細かい説教なんてしない。とにかく、ごちゃごちゃ言わずに皆で行動していこう。行動が全てだから」

とだけ言った。現時点で僕の言葉に説得力があるとは思えないし、信用や信頼関係は今後の行動を通じてしか得られないだろう。

そして、湯江野新監督が、

「今年は、ビシ、ビシ、行くからな！」

と言うと、皆も盛り上がった。

僕は、来シーズンの練習開始日と、それまでの冬のオフ中での筋トレの目標値、つまりベンチプレスの目標マックス値などを皆に告げて解散した。

5. 1991

I

そして、1991年が来た。

我々は、誰がどのポジションをやるのかを練り直した。ポジションや作戦的な部分は概ね大竹さんが決定する。

4年生が抜けたことによってオフェンスラインが手薄になるため、僕はフルバックFBからガードGに戻ることにした。また、ラインバッカーLBも手薄になるため、思い切って、これまでタイトエンドTEだった草刈をディフェンスの要であるミドルラインバッカーMLBにコンバートすることにした。そして、QBだった森万をタイトエンドTEにコンバートし、控えQBだった新2年の五右衛門をスターターQBとすることにした。新2年生の層が厚く、成長著しいことは、心強い要素だ。

今シーズンの練習が始まる。

入替戦での敗戦を受けて、いろいろと変えたいことや試したいことがあった。

その一つがラインのスピードアップだ。ワンノンワンはそこそこ強いかもしれないが、どこか鈍くさいラインをもう少しスピード感のあるラインにしたかった。そこで、いろいろ調べて仕入れた新しいスピードドリルを幾つか練習に加えた。正直、効果の有無はすぐにはわからないが、クイックネスをもって動くという意識だけでも脳にインプットする必要があるだろうと思う。

そして、アメフト部を、もう少し時間を守る集団にしたかった。僕は、デートの待ち合わせで相手が遅れてきても全然気にならない。自分が待てばいいだけのことだから、どこかに突っ立っていても30分くらいは笑って待つし、相手の神経を疑いつつも1時間くらいまでは平気で待つと思う。

ただ、集団行動となると話は別だ。僕は、時間にルーズな者を許せなかった。他大学と比べて、我々の練習時間は少ない。つまり、ただでさえも貴重な練習時間だというのに平気で遅れてくる者の意識の低さが許せない。谷口さんが言っていたように、皆が時間を守って練習に集中してこそ道が開けるというのに、遅刻は言語道断だ。僕は、夕方の授業直後の練習はともかくとして、休日の練習などの遅刻者には罰金を課したり、遅刻者を雨上がりの水たまりに突き落したりと、容赦しなかった。

作戦や戦術的なことは全て大竹さんに任せきりで、僕は何も考えずに切り込み隊長役に徹することにした。つまり、体で示して皆の士気を上げることを第一に考えていた。幸いにして皆のベクトルは当初から揃っていたので、それほど難しい話ではない。

逆に、僕が怪我してしまっては存在価値ゼロとなってしまうので、トレーニング、食事、休養といった体のメンテナンスには細心の注意を払って生活し、全てにおいてそれを優先した。優先するといっても、優先されるものがほとんどなかったと言った方がいいかもしれない。これはこれで悶々とするが、緊張感のある日々となる。父親からは、

「なんだ、お前、アメフトのキャプテンのくせにモテないんだな。女の子から全然電話かかってこないじゃん」

と言われ、母親からは、

「寧々さんに紹介してもらったら？」

とか言われてしまう。放っておいてくれ。確かに僕の生活は、練習と授業を除くと、ほとんど筋トレと麻雀とアダルトビデオとで成り立っているようなものだ。モテないのは自分の責任なのでいいとして、親に同情されてしまうのが何とも情けない。

練習時の大竹さんと僕の役割分担は、暗黙の了解で自然に成り立っていた。練習開始から、ストレッチ、ウォーミングアップ、ダッシュ、ポジションごとの練習までは僕が仕切った。ポジションごとの練習では、ラインの練習を僕が仕切り、その他のポジションの練

習を大竹さんが仕切った。練習の最後は対戦形式の練習となり、これも大竹さんが仕切った。対戦形式の練習といっても、春のシーズンは、全体ではなく、ランプレーのみ、パスプレーのみ、右側のみ、左側のみといったような部分的な対戦から詰めていくことになる。そして、全員での練習後に、大竹さんが「当たるぞ」と言ってきた場合には、僕は大竹さんとの何十発かのワンノンワンに応じた。

そして、今年も新歓コンパなどをせずに新入部員を集めた。プレイヤー15名ほどとマネージャー数名が入部し、プレイヤーではその後9名が残った。今年の新入部員にもいろいろと面白いのがいた。モアイ像のような風貌だが見かけによらず足が速い水牛……走っていて上体がブレないので本当に石像が突進しているようだ。下町出身の鰻田は「オレ、褒められれんの嫌いなんスよ」と、鯔背(いなせ)な感じだ……コイツはしごいていいだろう。そして、住友というアメフト経験者もいた。住友が嬉しいことを言ってくれる。

「もうアメフトじゃなくてテキトーなサークルとか入って遊ぼうかと思ってたんですけど、先輩達の目がマジだったので入りました」

これでプレイヤーが35名、マネージャーが8名の集団となった。

オープン戦を6試合組んだ。今年は、不二川が他大学と連絡をとって試合を設定してくれた。
4月のオープン戦は、勝敗というよりも基本プレーの確認などが主な目的となる。

オープン戦第1戦：vs双塔学院大　○勝ち

昨年の入替戦で対戦したチームとの再戦となる。双塔学院大は前4年生がごっそり抜けたらしく、まるで別チームのように機能していなかった。基本プレーだけで大差で勝利した。

オープン戦第2戦：vs七萬商科大学　○勝ち

七萬商科大学は、我々と同じ3部リーグのチームだ。この時期はどの大学もそうだが、かなり仕上がり途上な感じだった。これも基本プレーだけで勝利した。

オープン戦2試合を終えた時点では、まずまずの出だしだ。自分を含め、皆が新チームの下で緊張感をもって練習にも試合にも臨んでいる。それでも、言うまでもないことだが、目指すべきチームのレベルはもっと高いところにあるはずだ。やるべきことは多い。

II

5．1991

5月、キャンパスを歩いていると、赤いＮＳＸが僕の横に止まった。

窓が開くと、寧々だ。

「これからトレセン？　乗ってく？」

僕は助手席に乗った。寧々とは電話では時々話していたが、会うのは数カ月ぶりだ。

寧々はコンピュータ関係の会社を立ち上げ、順調にやっているようだ。今日は髪型がぱっつん系になっている。

「サンキュー、誰かと思ったら……その髪型、今までで一番似合ってるよ。芸能人かと思った」

「ありがとう。でも最近、髪型を変えるどころじゃなくて、しばらくはこれでいくわ」

「この車、寧々の？　インテリアが女の子っぽい感じだけど」

「正確には、私の会社の車。仕事で車が必要だったんだけど、よくある白い社用車が嫌で、思い切ってこの車リースしちゃった」

「ということは、ついに儲かりだしたということ？」

「そんなことはないの。まだまだ全然で、このリース代のために働いているようなものだわ……でね……今日何で大学に来たのって聞いてよ」

「当てていい？　退学届出しに来たの？」

「当たり！」

「ついに、それはおめでとう！」

「ありがとう。おめでとうなんて言ってくれるの山田くんだけだわ」

「だって、学業はともかくとして、仕事が軌道に乗ってきて、名実ともに見切りをつけたわけでしょ。何か、『浮上』どころか『成層圏脱出！』くらいに見えるよ」

「そんなでもなくて、まだまだこれからなんだけど。そろそろけじめをつけようかなと思ってね」

車がトレセンに着いた。車を降りながら聞いた。

「っていうか、これからも会えるよね」

「もちろんよ」

僕はＮＳＸを見送った。

5月のオープン戦では、基本プレーの確認だけでなく、徐々にプレーのバリエーションを増やしていくとともに、勝負として結果を出しに行く。

オープン戦第3戦：vs 武蔵相模大学　●負け

武蔵相模大学は2部リーグのチームだ。もの凄いランニングバックがいるチームだった。ディフェンダーを抜ける時の鋭いカットと加速といい、ディフェンダーを抜けてからのスピードといい、人間技じゃないと思った。我々にもヒトシといういいランニングバックがいるが、そのランニングバックとヒトシとは本質的に違う。ヒトシはパワー派であり、もちろんスピードもあるが、180センチ80キロの体格を活かして一人や二人のタックルでは倒れないというスタイルの走りをする。これに対して、武蔵相模大のランニングバックは相手に触らせもしないような走りをする。我々は面食らった。2部リーグにはこういう選手がいるのだと驚かされた。結局、そのランニングバックに走りまくられて完敗した。

オープン戦第4戦：vs 北星工業大学　〇勝ち

北星工業大学は同じ3部リーグのチームで、昨年の公式戦第2戦で対戦したチームだ。我々が勝利した。北星工業大グラウンドでの試合だったが、グラウンド設備の良さに感動した。あちらは私学とはいえ、同じ理系の大学なのに偉い違いだ。我々のグラウンドは砂っぽい土だが、この大学のグラウンドは芝で、しかもスプリンクラー付きだ。さらに驚いたのは、試合後に、シャワー室はどこか聞くと、風呂場に案内された。大浴場だ。「ババンバ、バンバンバンバン♪」と歌い出す部員もいる。

Ⅲ

ヒトシと昼食を終えて学食を出ようとすると、スーツを着た前田さんと会った。勤務先のリクルーターをやっているようだ。

「久しぶりっす！　スーツなんか着ちゃって」

「おぅ、飯奢ってやろうと思って来たんだけど、お前らもう食っちゃったか」

と前田さんが言うと、

「いや、これから食うところです」

とヒトシがすかさず答える。

「お、じゃ一緒に食おう。今日は遠慮しなくていいぞ」

その学食は、トレーに料理を載せてレジで精算するシステムだ。さっき食べ終わったばかりだったので僕は軽くカレーにしたが、ヒトシはさっき食べた以上のもの……チキンガーリック、サーモンのソテー、付け合せのポテト＋インゲン＋ニンジン＋コーン、ライスL×2、サラダ、フルーツ、ケーキ、ジュースをトレーに載せてきた。皿が重なっていてレジの人が困っている。

「さっきの倍以上あるじゃん」

「いや、タダとなるとさ、本能的にこうなっちゃうんだよ。カレーも載せてくりゃよかったな」

　席に戻ると、ヒトシが言う。

「前田さん、真面目そうな生活してそうじゃないですか」

「真面目そうじゃなくて真面目だ」

「セクハラとかしてないでしょうね」

「するわけねーだろ。デカい声で言うなって」

　周りの人が前田さんをチラチラ見ている。ヒトシは黙々と食べ始める。

「そんで、山田、調子はどうよ？」

「どっちの話ですか？」

「アメフトの話に決まってんだろ。昼間っから女の話をしに来たんじゃねぇっての」

「そりゃそうですよね。チームは確実に生まれ変わりつつありますよ、まだまだ発展途上ですけど。去年と比べて重厚さは半減してますけど、むしろそれでいいと思ってますよ。結局、相手の速い動きについていけなかったらダメですから。それに、去年、重厚なのは良かったんですけど、そういうのだと、先行されると逆転が難しかったですから」

「確かに。いまＱＢは誰がやってるの？」

「２年の五右衛門です。ＱＢだった森万をタイトエンドに入れてるんですよ」

「森万がタイトエンドか。あいつ万能だし、いいなそれ」

「これで、ヒトシのランと森万のパスの双璧で行こうとしているんですよ。今までランとパスのバランスが悪すぎたというか、ラン偏重という意味で。ワイドレシーバーが何のためにいるのか、わからない感じだったじゃないですか」

「言えてるな。ランが出るからパスが通るし、パスが通るからランが出るようになるからな。ランはオプションが軸になるのか？」

「そうです。ただ、オプションにしろ、パスにしろ、未完成すぎて、まだガタガタですよ」

「どれもモノにするのに時間かかるし、完成したようでも敵それぞれにアジャストしていくような経験値が必要だしな。……タイトエンドに入ってた草刈は？」

「草刈はディフェンスにしました。ミドルラインバッカーで、結構板についてますよ。アグレッシブでいい動きをすることもある反面、まだ粗削りですけど。それと、いい材料として、ディフェンスバックの層が格段に厚くなっていて、ポジション争いが激しくなってきてますよ」

「それはいいことだ」


6月に入る頃、皆の進路が決まってくる。成績優秀な矢知と森万は大学院進学が決まりつつあり、ヒトシと中眞は就職先が決まったようだ。矢知の専攻は化学、森万は電気、ヒトシは建築、中眞は金属工学だった。僕は森万と同じ電気工学科だったが、出来は偉い違いだ。そもそも僕は電気などに興味があったわけでなく、取り敢えず一番偏差値の高い学科を受験しただけだった。それにしても、中眞の就職活動は簡単だった。

「俺な、でっかい鉄を作るんよ」

と言ったかと思うと、最も気前のいい会社、つまり一番気前よく奢ってくれた金属系の会社にあっさり決めたようだ。

「そもそも、お前、何で金属工学科にしたんだ？」

「俺な、金属っちゅうから缶詰を作るところかと思ってたんよ」

「で、缶詰は作れたのか？」

「なわけないやんか。アカン、だんだんアホなってきたな」


6月のオープン戦では、公式戦を想定して、完全に公式戦のつもりで勝つための試合をする。

オープン戦第5戦：vs同順学院大学　○勝ち

秋の公式戦で対戦するチームとの試合である。つまりは、同じ3部リーグのチームとの試合だ。普通、公式戦で対戦が予定されているチームとはオープン戦でも試合をしないものだが、日程をあけるくらいなら試合を入れてしまえと、対戦を組んであった。

同順学院大の選手達の筋肉は、3部リーグの選手とは思えないほどパンプしまくっていて、個々の能力は高そうなチームだった。その筋肉が実戦に活かされれば怖いと思ったが、作戦面に問題があったようだ。ただ、それ以上に我々のプレイヤー個々の動きのスピードが徐々に向上しているように見える。もはや鈍くさいチームではない。結局、我々が大差で勝利した。

オープン戦第6戦：vs九蓮大学　●負け

九蓮大は2部リーグ上位のチームで、1部リーグにいたこともある強豪だ。こういうチームに我々がどれほど通用するのかを試したかった。そして、九蓮大は、我々と同じ国立大学で、大学の規模も学力レベルも同程度の大学だ。だから、手本にすべき部分も多いのではないかと思った。

九蓮大グラウンドで試合をした。雨の中、粘土質のぐちゃぐちゃな感じのグラウンドで双方とも本領発揮とはいかなかったが、12対21で負けた。我々の12点はタッチダウン2本で、2本ともトラポン失敗の12点である。1回のプレーで得点可能な最大値は、タッチダウン6点＋トラポンでの2ポイントトコンバージョン成功の2点の合計8点である。つまり、試合終盤で負けていても、8点差であれば最後まで同点に追いつく可能性が残るし、7点差以内であれば逆転の可能性が残る。そういう意味で、この2度のトラポン失敗はいただけなかった。試合の最終局面で9点差となってしまっては、一発逆転又は同点の可能性がなくなってしまうからだ。そうはいっても、強豪相手に我々は意外と通用した。九蓮大が正選手をどれだけ使っていたのかわからないが。

こうしてオープン戦が一通り終わった。今後について、谷口さん、湯江野監督、大竹さん、矢知、僕でミーティングをし、その後、飲みに行った。

飲んでいると、結局、大竹さんと湯江野さんと僕の3人が残った。大竹さんが絡んでくる。

「山田、彼女できてないだろうな？」

「いたら今頃こんなところで飲んだくれてませんよ」

「よし、お前はそれでいい。死ぬほど彼女作るな」

「おい、それじゃあんまりじゃねーか。山田だって、心休まる彼女が欲しいよな」

「もちろんですよ」

「知るか。御託はいいから飲め」

そして、僕は大竹さんに潰された。大竹さんは基本的に人を認めることはないが、一応、労う気持ちくらいはあるのかもしれない。大竹さんにしてみると、酒で人を潰すのが、その人に対する労いとか、期待とかの感情表現のようだ。わけがわからないというか、迷惑な話でもあるが、僕はこれも話のネタと思って受け止めていた。何だか、話のネタのために生きているような気さえしてくる。

潰された僕は、大竹さんと湯江野さんに両肩を担がれて早朝の路上にいた。大学までは電車で2駅だ。4時半頃だろうか、辺りはもう明るい。空は曇っているようだ。頭越しに右肩側の大竹さんと左肩側の湯江野さんの会話が聞こえる。

右「駅はあっちだな」

左「始発まで結構時間あるぞ」

右「じゃ大学まで歩こう。どうでもいいけど、山田、重いぞお前。こいつ、見た目よりも死ぬほど重い」

左「トレセンに通い詰めてるからな」

右「重い、一旦降ろすぞ」

僕は、路上で左頬を下にしてうつ伏せになっていた。僕の体の輪郭をチョークでなぞれば、現場検証での立派な死体になるだろう。アスファルトの地面が生暖かくてとても気持ちがいい。わずかに雨が降っているようだ。左頬にアスファルトの温もりを、右頬に雨粒を感じ、心地がいい。この感じだ。アスファルトと雨粒に優しく介抱されているようだ。

梅雨時の早朝のアスファルトは最高だ。

「よし行くぞ！」

という声が聞こえると、僕は再び担ぎ上げられた。


7月のひと月は、夏のオフとなる。

僕は、ソールの踵（かかと）部をカットしたビーチサンダルを履いて過ごすことにした。このようなゾウリを履くことによって、常に足の踵を浮かせた状態で歩くことになる。この効果には諸説あり、ふくらはぎが鍛えられるという説もあれば、重心を爪先側にかけての動作が強化されるという説もある。

人目も気にせず、このカットゾウリで通学した。当初は大学内だけにしようかとか、通学時も履こうかなどと考えていたが、結局どこへ行くにも、渋谷だろうが新宿だろうが、一日中このカットゾウリを履いて歩いた。そして、人目も気にせずとは言ったものの、意外と見られていた。

学食で友人の玲奈と会う。

「あ、山田くん、やっぱり」

「何が？」

「私と同じ学科の人がね、『三軒茶屋から踵切ったゾウリ履いた結構ガタイのいいのが乗ってきて、何だコイツと思ってさ。でも途中で降りると思ったんだよ、近くに体育大学あるだろ。でも降りねんだよ、そいつ』って言うのよ。ふ〜んと思って聞いてたんだけど、『そいつずっと一緒でさ。何とウチらの駅で降りたんだよ。いやそれでも、大学側じゃなくて商店街の方に行くと思ってさ。ていうか頼むからそっち行ってくれって思ったんだけど、ウチの大学に入っていくんだよ。そいつウチの学生だったんだよ！』って言うから、山田くんならやるかなと思ったら、やっぱり履いてるじゃん」

「そのゾウリ男は完全に俺だね」

「アメフト部はみんなそうしてるの？」

「まだ数名だけど、徐々にもっと広めようと思って。今度その人に会ったら、君も一緒にやろうって伝えておいてよ。玲奈もやってみる？」

「やめとくわ」

この踵カットゾウリを履いてもふくらはぎは大して疲れないので、ふくらはぎは鍛えられないのだろう。ただ、とっさに何かを避ける状況で反応が速くなったような気がする。ということは、爪先に重心をかけての動きが若干スムーズになる効果はあるのかもしれない。しかも、この踵カットゾウリは、普通のゾウリのようなペタペタ感がなく、意外と快適に歩けた。

しかし、矢知と森万は大学院進学が決まり、ヒトシと中眞は就職が決まり、寧々は順調に会社を経営している横で、俺はこんなゾウリでどこを彷徨っているのか。自分にも明るい出口があればいいいと思う。

6. 砂漠に降る雨

I

9月〜11月に行われる公式戦の対戦相手や日程が発表された。3部リーグは全4ブロック、各ブロックが6チームからなる。各ブロックで1位となれば12月の2部リーグとの入替戦に出場できる。我々は昨年1位だったので序列1位となる。序列3位のICBUとは昨年の再戦となる。

第1戦：序列6位・立州国際大学
第2戦：序列5位・同順学院大学
第3戦：序列4位・中立工科大学
第4戦：序列3位・ICBU（インターコンチネンタル・ブリッジ・ユニバーシティ）
第5戦：序列2位・上雲大学

8月、夏の練習が始まる。我々には相変わらず合宿をやるような金銭的な余裕はないので、ひたすら大学のグラウンドに通って練習する。逆に、サッカー部やラグビー部が合宿に出ている期間は、グラウンドが広く使えるので都合が良い。

午前中の練習では、最初の1時間ほどウォームアップとダッシュを行う。体が夏の暑さに慣れないうちは、この炎天下でのダッシュが辛い。夏の練習ではいつもそうだが、ダッシュの最後の方で吐く者もいる。ダッシュが終わると1時間ほどポジションごとの練習となる。ここでもオフェンスライン、ディフェンスラインは、ポジション練習の大部分をワンノンワンに費やす。これもとにかく暑いので、自分の順番が終わると本能的に冷えたドリンクを飲む。その後の1時間は対戦形式の練習となる。気温もぐんぐん上がってくるので、ドリンクをがぶ飲みしつつ、ヘルメットの脳天の孔から冷えたドリンクを注入して暑さをしのぐ。午前の練習が終わると、午後にはトレセンでウェイトトレーニングを行う。日によっては、その後にビデオミーティングをする。このビデオミーティングも、アメフト部が正式な部として認められたというのもあり、一昨年のように6畳1間のゴマハウスではなく、大学の施設を利用して行うことができるようになった。チームらしくなったものだ。

そして、各ポジションのスタメンが固まってきた。対戦形式の練習が充実してくる。

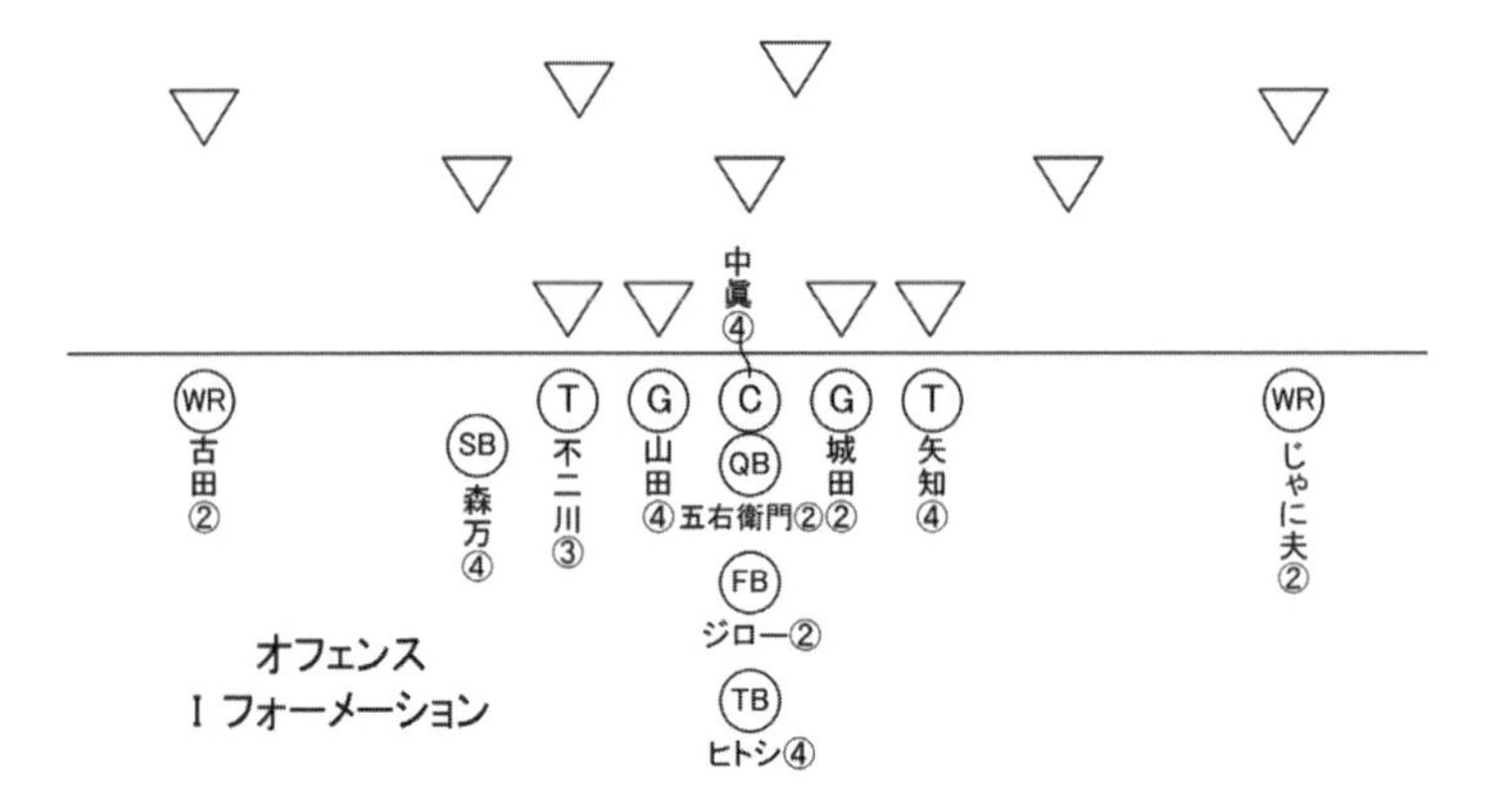
中眞④
WR
古田②
SB
森万④
T
不二川③
G
山田④
C
QB
五右衛門②
G
城田②
T
矢知④
WR
じゃに夫②
FB
ジロー②
TB
ヒトシ④
オフェンス
I フォーメーション

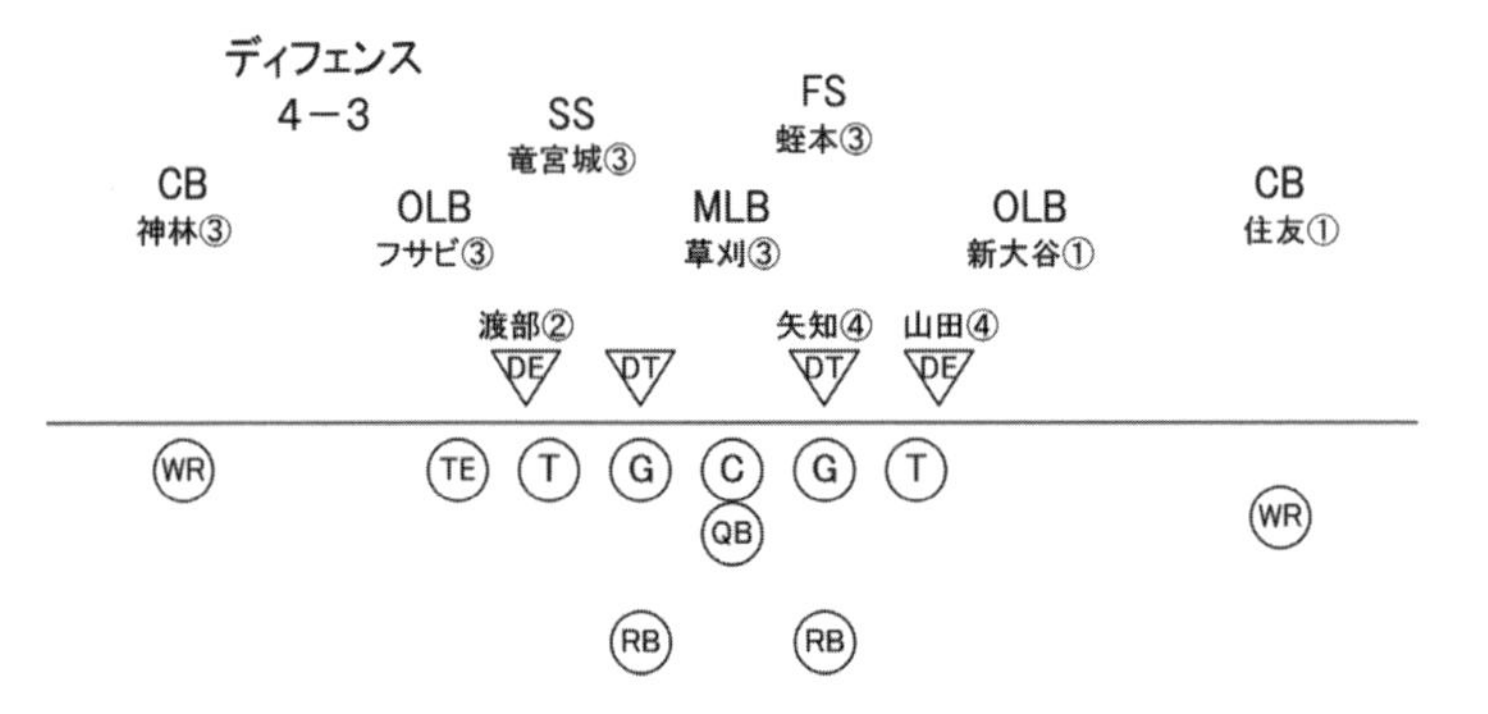
ディフェンス
4－3
SS
竜宮城③
FS
蛭本③
CB
神林③
OLB
フサビ③
MLB
草刈③
OLB
新大谷①
CB
住友①
渡部②
DE
DT
矢知④
DT
山田④
DE
WR
TE
T
G
C
G
T
QB
WR
RB
RB

ディフェンスは、4―3（フォースリー）隊形である。ミドルラインバッカーMLBの草刈を中心として活かすような組立てとなる。そして、コーラー（作戦を指示する選手）をフリーセーフティFSの蛭本が務める。

頼もしいのは2年生が力をつけてきたことだ。そして、この代は全体的に明るい。大竹さんが怒鳴り散らすピリピリしたムードの練習において、彼らの明るさはありがたかった。ラインでは、180センチ105キロでパワーも充実した城田（じょうた）が4年の中眞とともに最強となりつつあり、オフェンスラインとしてもディフェンスラインとしても活躍が期待できる。ただ、今一つバテやすいという弱点もあった。普通のアメフトチームではスタミナなど必要ないが、我々のような両面の可能性のあるチームでは幾らかスタミナが必要となってしまう。

また、ディフェンスエンドDEの渡部は堅実なプレイヤーとして成長してきた。パワー、スピード、判断力のバランスが良く、特に複雑な注意を与えなくても、自身で考え、やるべきプレーを確実に実行する仕事師のようなプレイヤーである。そして、1年のアウトサイドラインバッカーOLB新大谷も芽が出てきた。コーナーバックCBの住友は、アメフト経験者だけあってプレーが安定している。左のディフェンスタックルDTは固定メンバーを定めず、大竹さん、2年の城田、1年の水牛などのラインの誰かがやることになる。

オフェンスは、Iフォーメーションである。

司令塔となるQBは2年の五右衛門だ。

ランではテールバックTBのヒトシ、パスではスロットバックSB森万を核として組み立てていくことになる。ラインでは不動のセンターCの中眞が核となる。

ランをベースとした攻撃としては、フルバックFBジローのダイブを基軸として、ダイブのフェイクを入れてからのダイブオプション、テールバックTBヒトシのブラストを基軸として、ブラストのフェイクを入れてからのプレーアクションパスなどが中心となる。ダイブオプションは、昨年のフリーズオプションと似ているが、それぞれのムーブのテンポがフリーズオプションよりも速い。

森万をタイトエンドTEからスロットバックSBに変更した。タイトエンドTEはタックルTの隣で手を地面についてセットするが、スロットバックSBはオフェンスラインよりも一歩下がったところからスタンディングでセットする。これは、森万の機動性をより活かすための配置である。こうして森万をSBに起用したことによって、パスの脅威が増す。SB森万は182センチ80キロでレシーバーとしては大柄であり、どのようなパスコースでも、ディフェンダーに多少カバーされていても強引にパスを捕球することができる。

パスコースのパターンは無数にある。一人のレシーバーに関して見ると、例えば、5～15ヤード直進してから外側に90度曲がるアウト、内側に90度曲がるイン、外側斜めに45度に曲がるコーナー、内側斜めに45度曲がるポスト、その場で振り返るフック、あるいは、最初から内側45度に切れ込むスラント、ほぼ直線を走りぬくフライ（ストレートともいう）などがある。このフライでは、パスを投げるタイミングによってミドルパスとすることもロングパスとすることもできる。そして、これらのコースが2人のワイドレシーバーWRとスロットバックSBのコースで組み合わされる。我々のチームで多いパターンは、SBアウトなどだろう。

SBアウトでは、スロットバックSBが7ヤード直進してアウトし、SB側のワイドレシーバーWRがポストのコースをとる。相手ディフェンスの対応にもよるが、我々の場合、第一ターゲットはSBであり、第二ターゲットはSB側のWRであり、第三ターゲットはセーフティバルブとして付近に出ているFB、場合によってはTBとなる。ただ、実際にはQB五右衛門は、ほとんどSBしか見ていないようだ。

パスの場合には、オフェンスラインC、G、TはディフェンスラインDT、DEを前に押すのではなく、DTやDEのラッシュやラインバッカーMLB、OLBのブリッツからQBを守るために、QBを中心としたカップ状の壁であるパス・プロテクション（パスプロ）を作る。フルバックFBとテールバックTBも左右にずれてパスプロの一部を構成する場合もあれば、FB又はTBのどちらかがパスコースに出る場合もある。

その他多数のパターンのいずれでも3人のレシーバーがパスコースに出るが、やはりQ

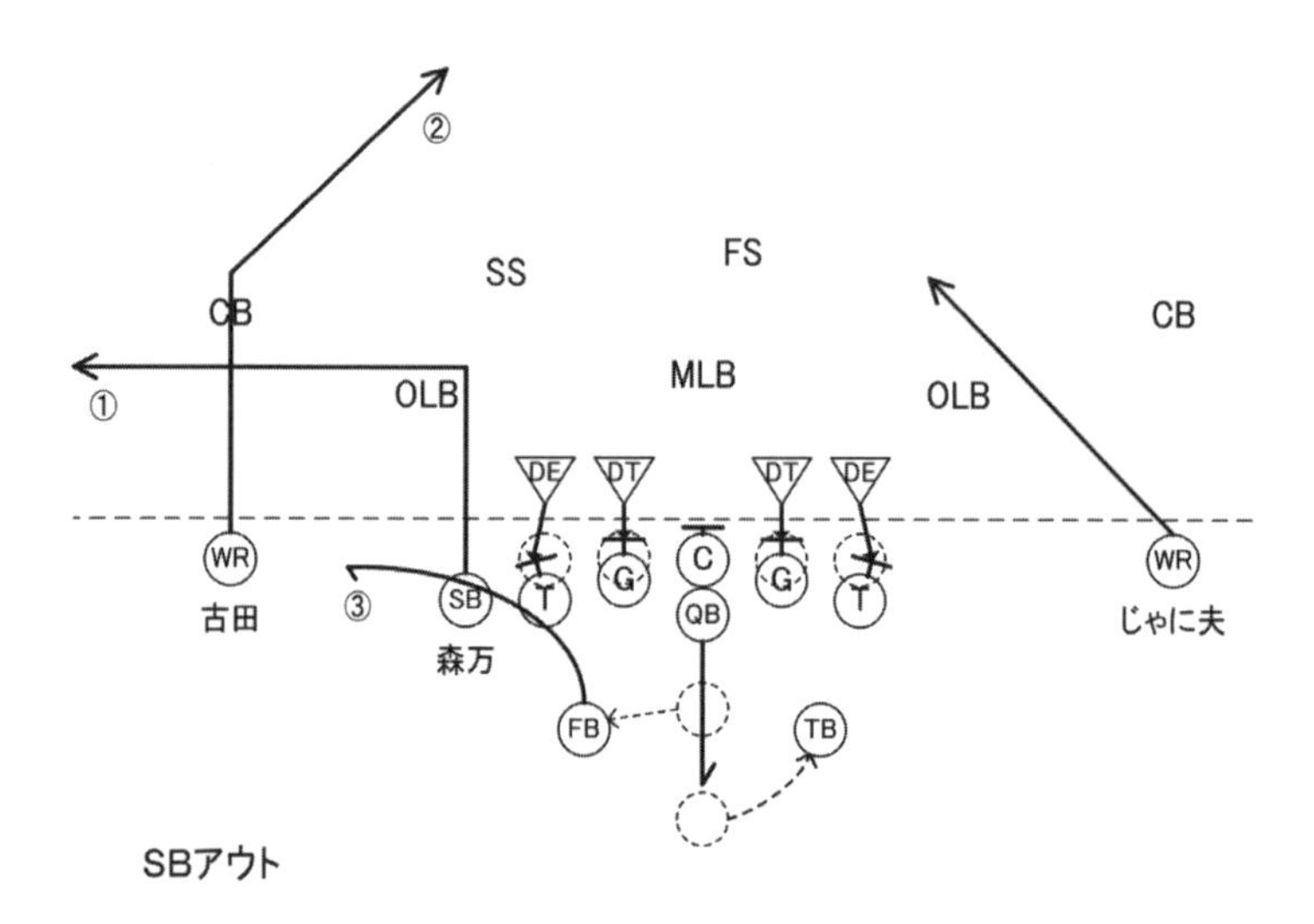
②
SS
FS
CB
CB
①
OLB
MLB
OLB
DE
DT
DT
DE
WR
C
G
G
WR
③
SB
T
T
QB
古田
じゃに夫
森万
FB
TB
SBアウト

B五右衛門はほとんどSBしか見ていない。

ウィークサイド（SBがいない側）のワイドレシーバーWRじゃに夫も成長していた。じゃに夫は、アイドル系の顔をしていたことに由来するあだ名だ。実際に、高校時代にはバンドでボーカルをやっていたらしい。じゃに夫は、アメフトだけでなく、その立ち居振る舞いにも全体的にセンスが良く、ノリも良かったのでムードメーカーでもあった。そして、一見華奢だが意外とタフであり、ディフェンダーのハードタックルを幾度となく浴びているというのに怪我らしい怪我をしたことがない。

ストロングサイド（SBがいる側）のワイドレシーバーWR古田は長身であることから相手コーナーバックCBに対して脅威となり得る。つまり、コーナーバックCBにカバーされていたとしても高いパスであれば競り合って捕球することができるし、ランプレーの時のブロッカーとしても大いに機能するだろう。ただ、パスの落球癖が玉に瑕だ。

QB五右衛門の素養も開花しつつあった。よく胸元をかきながら、石川弁で「いじっかし～、やっきねーじ」（うっとうしい、やる気ないぜ）とか言っているし、レシーバーにパスコースの修正などの指示を出すにも「びゃ～っと行ってビッと曲がれよ」のような感覚的な表現が多く、きりっとした感じではないが、それとは逆にプレーは鋭かった。身長182センチで強肩で俊足なのに加えて、その飄々とした雰囲気において、プレー選択の判断力やプレーの精度が向上しているように見える。そして、QB五右衛門は、足が速いにもかかわらず、無理なスクランブルをほとんどしなかった。これは好ましい傾向だ。オフェンスがQBスクランブルという個人技に頼るようになっては、シーズンを通して基軸のプレーの精度を高めながら勝ち続けるような理詰めの展開がなくなるからだ。今年は2部3部入替戦を見据えてチームを作る上で、基軸となるプレーの精度を高めるとともに、他の多くのプレーを完成させなければならない。時間はあるようでも、あまりない。

そして、フルバックFBのジローのプレーも安定してきた。ジローは、サイズは172センチとランニングバックとしては普通だが体幹が強く、ブロッカーとして強力であり、ボールキャリアとなっても倒れにくい。ラグビー部出身ということもあり、ディフェンダーのタックルのポイントを微妙にずらすようにカットを切りながら密集を抜けるのも上手だった。こういうのはディフェンスとしては結構厄介だ。それでも、対戦形式の練習中、ジローが巧みにカットを切って走り抜けたプレーの後に、大竹さんがジローに向かって怒鳴る。

「おめーのカットは小便みてーなんだよ!」

ジローは「はぁ?」という顔をしている。このプレー後のオフェンスハドルの中で、皆で悩んだ。

「小便みてーなカットって何だ?」とヒトシ。

「小便て真っすぐ出るよな」と僕。

「ちょろちょろ感を言いたいのか？」と矢知。
「先っちょを左右に振りながら出すってことか？」とヒトシ。
「わからねぇ」と皆で首をひねる。
後日の練習でも、大竹さんがジローに怒鳴る。
「だから言っただろ、おめーのカットは小便なんだよ！」
だからわかんないんだよって、それが。

Ⅱ

9月に入り、公式戦が始まる。今年も昨年同様、全勝を目指して臨むことになる。

公式戦第1戦：vs立州国際大学
今年は、我々は3部リーグの序列1位という位置付けなので、同じブロックの序列最下位チームからの対戦となる。初戦は楽勝と思いきや、そうでもなかった。
試合結果：○勝ち　42対0

試合後のハドルでは、湯江野監督、大竹さん、僕、矢知がそれぞれコメントする。

湯江野さんが言う。

「オイ、こんなんで上に上がれんのか？」

大竹さんが怒鳴る。

「何やってんだ？　ボケ！」

確かにその通りだ。タッチダウン6本で勝ったが、もっと爆発的に勝てると思った。後半こそ自力の差が出たが、前半はタッチダウン2本の14対0でしかなく、スロースタータースターーすぎた。

僕がコメントする。

「次の試合から、白ジャージで戦おう」

どのチームも、そのチームカラーを基調としたカラージャージと、白を基調とした白ジャージの2種類のユニフォームを持っている。これは、試合中に各選手のチームを識別しやすくするためのもので、一方のチームがカラージャージを着て、他方のチームが白ジャージを着る。そして、公式戦では、格上のチームがカラージャージを着て、格下のチームが白ジャージを着るのがデフォルトの設定となっている。したがって、通常であれば、3部リーグの公式戦では、序列1位の我々がカラージャージを着ることになる。

「言っている意味わかるよな。次から俺達が挑戦者のつもりで戦おう」

「それともう一つ。聞いていると思うけど、明日から全体練習を朝練に切り替えるから」

照明施設のない夕方のグラウンドで、しかもグラウンドの端の方のスペースで練習をやっている場合ではない。朝ならグラウンドの全面を使って明るいところで練習ができ、授業、実験、卒論などで遅れる者もいない。この朝練の導入は、昨年の入替戦に負けた日から、やるべきと思っていた。自分がキャプテンになったからには、当然に実行する。

次戦は2週間後だ。もっとプレーの完成度を上げていかなければいけない。


週明けから朝練を開始した。朝7時半~9時半まで、ウォームアップの後に、ポジションごとの練習を行わずに、すかさず対戦形式の練習を行う。1限目の授業がある者は、9時に抜けていく。中にはメットとショルダーを脱いだだけの状態で、スパイクのまま授業に駆け込む者もいる。そして、夕方にポジションごとの練習やミーティングを行うことになる。

今年の夕焼けは、例年以上に赤い。これは、6月にフィリピンのピナツボ山が大噴火を起こし、その灰が成層圏にまで達して広範囲に及んだためだ。僕らは、夕方の練習では、異常なくらいに真っ赤な夕焼けの中でワンノンワンなどをやった。

そして10月となる。

公式戦第2戦：vs同順学院大学

この第2戦は、オープン戦の第5戦で対戦したチームとの再戦となる。手の内を知っているチーム同士の試合は嫌なものだ。自分のチームの弱点は当然に把握しているので、相手チームがそれに気付いているかなどと考えると、不安が絶えない。その不安材料とは、例えば、キッキングゲーム、つまりキックオフ時のプレーだ。

キックオフとは、前半開始時、後半開始時、得点直後、のオフェンスの開始位置を決めるプレーである。

直後にオフェンスになる方がリターン側であり、ディフェンスになる方がカバー側となる。得点の後では得点を挙げた方がキック側、つまりカバー側となる。

選手数の多いチームでは、このリターンユニットもカバーユニットも、オフェンス・ディフェンスとはほとんど別のメンバーで構成され、そのユニットはこれをメインに練習する。しかし、我々レベルのチームでは、オフェンス・ディフェンスのメンバーがリターンユニットもカバーユニットも兼ねるので、キッキングの練習に多くの時間を割くことができず、どちらかというと出たとこ勝負的なものとなる。これは相手チームも同じことだが、言い換えると、このキッキングゲームが、若干の不確定要素となる。

キックオフでは、まず、カバー側のキッカーKがボールをリターン側に蹴り込み、他の

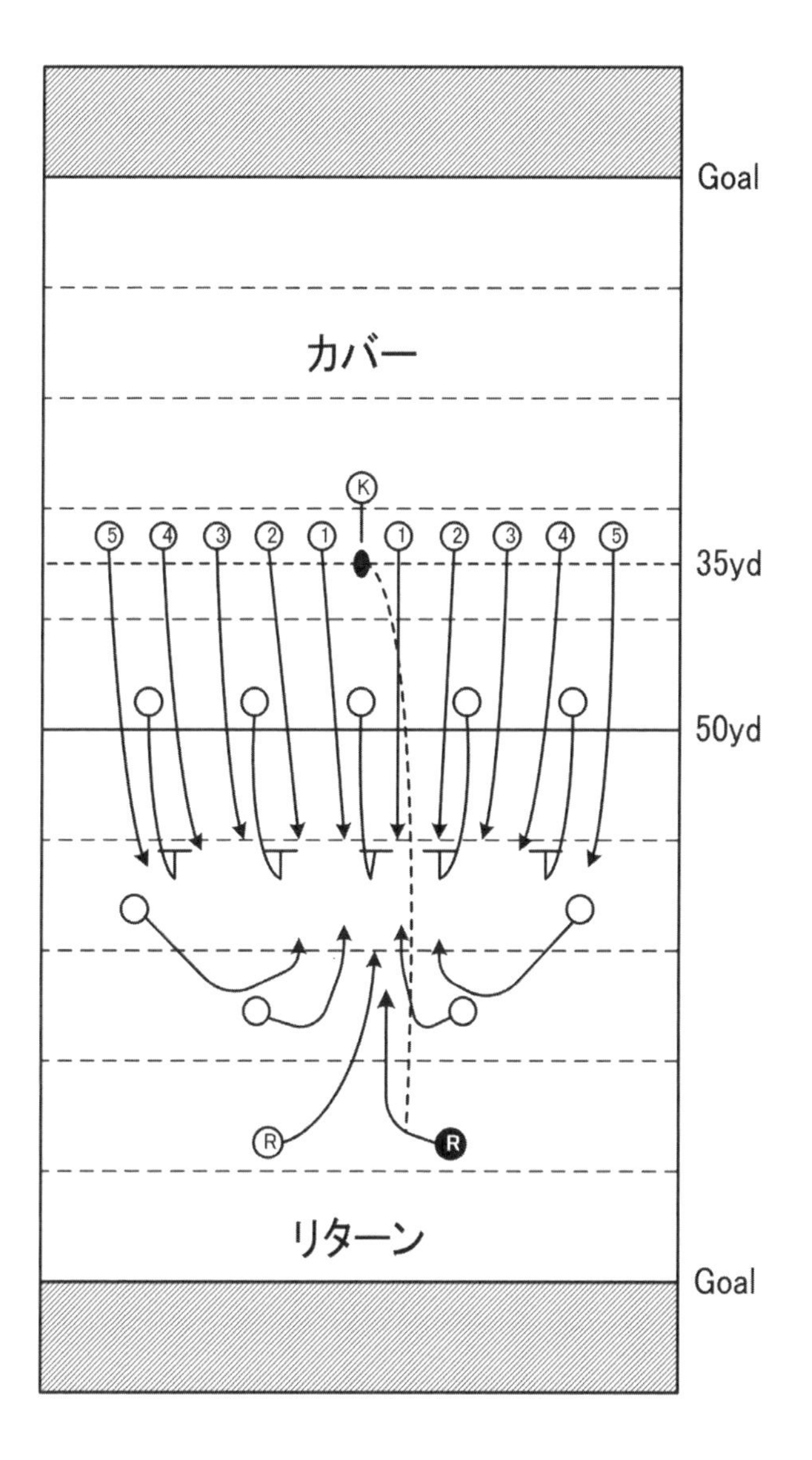
Goal
カバー
K
5
4
3
2
1
1
2
3
4
5
35yd
50yd
R
R
リターン
Goal

カバー側プレイヤーがリターン側を崩しにかかる。一方、リターン側では、リターナーRがそのキックを捕球し、他のブロッカーがカバー側をブロックしつつ、リターナーRがそこを前進する。リターナーRの前進が止められた地点がオフェンスの開始地点となる

カバー側としては、リターン陣30ヤード以内でリターナーRを止めれば上出来である。逆に、リターン側としては、リターナーRがリターン陣40ヤードを越えれば勝ちと言えるだろう。稀に、リターナーRがカバー側を切り抜けてそのままタッチダウンすることもある。これは、リターン側として超ファインプレーとなる。

一般的に、カバー側にはディフェンスのプレイヤーが多く、リターン側はオフェンスのプレイヤーが多い。

カバー内側の中1、中2（①、②）はリターン側のブロックを切り崩す役割を持ち、3番、4番（③、④）はメインタックラーとしての役割を持ち、大外（⑤）はリターナーRに外側を逃げられないようにする役割を持つ。そのため、中1、中2には突進力のある足の速いディフェンスラインやサイズのあるラインバッカーが起用され、3番、4番にはタックル力のあるラインバッカーやディフェンスバックの選手が起用され、大外には最も足の速いディフェンスバックの選手が起用されることが多い。キッカーKに1年の崖山が入り、僕と1年のモアイ像のような水牛とでよく中1でコンビを組んだ。

リターン側の最前列の5人にはオフェンスラインがそのまま起用されることが多く、カ

バー側を一人一殺する。２列目の４人にはランニングバックやサイズのあるレシーバーが起用されることが多く、リターナーＲが捕球した後にその前方をウェッジ（楔（くさび））となって走る。リターナーＲにはランニングバックやワイドレシーバーが起用されることが多い。左のリターナーＲがヒトシであり、右のリターナーＲがじゃに夫であり、この２人は昨年からリターナーコンビを組んでいる。基本的に、じゃに夫のリターナーとしての才覚を活かすようにアサイメントが決められていて、ヒトシよりも左に飛んできたボールはヒトシが捕球するが、それ以外は全てじゃに夫が捕球することになっている。

ただ、キッキングゲームの心配も杞憂に終わった。この第２戦もオープン戦と似たような展開となった。

我々のディフェンスにはほとんど隙がなかった。オフェンスでは、フルバックＦＢジロー、テールバックＴＢヒトシのラン、スロットバックＳＢ森万へのパスがコンスタントに決まり、タッチダウン４本とフィールドゴール１本で勝つことができた。

試合結果：〇勝ち　31対０

次戦は２週間後だ。次戦の中立工科大は、おそらくは我々のブロックで最も戦力が充実している、選手数の多いチームとなる。チーム状態をピークに持って行きたいところだ。

第3戦に向けて練習をする。火曜日から金曜日までは朝練と夕練を行い、土曜日はこれまで通り午後に練習をする。

相変わらず、朝練では対戦形式の全体練習を行い、夕方の練習ではポジションごとの自主練を行う。そのポジションごとの練習では、僕などのラインの面々はひたすらワンノンワン、特に「当たり」をやり続ける。夕方の真っ赤な夕焼けの中で当たり始め、真っ暗になっても皆で当たり続けた。もはや皆、本能的に当たらずにはいられなくなっている。僕もワンノンワンをやっている時だけは脳みそがクリアになる。それに、あのことも忘れられる。


学食で昼食をとっていると、久しぶりにヒュージを見かけた。ヒュージも僕に気付き、そのソバージュのかかったロンゲを長身からなびかせてこっちに来た。とても楽しげでフレンドリーな笑顔を浮かべているが、嫌な予感がする。

「よう、山田。元気そうじゃん。ここ空いてる？」

と言って隣に座ってきた。

「ヒュージも元気そうだな」

「俺はもうバリバリだぜ。そうそう、山田に会ったら聞こうと思ってたんだけど、山田ってメイの知り合いだったんだ？」

こいつ、メイを呼び捨てにしている。どういうことだ。

「知り合いっていうか、小学校の同級生だよ」

答えになっていないが。

「そうだったんだ。世間は狭いな。いま塾講師のバイトが一緒でさ。俺は去年からやってて、メイが今年入ってきてさ。そしたら山田のこと知っているっていうから、もうビックリちゃんだよ」

かなり嫌な展開だ。それでも僕は動揺を面に出さないように必死だ。

「あ、もしかして、山田とメイはそういう関係だったとか？」

「いや全然」

「あ、ならよかった。いや実は今、付き合ってるんだよ、メイと」

僕は平静を装うので精一杯だった。ヒュージは続ける。

「いや〜もう絶好調。その塾ってのが渋谷にあってさ、渋谷っていいロケーションだよな。俺、車で行っててさ、帰りはメイを送っていくんだけど、さぁ帰るかってなると、まずはドライブのフェイクを入れてから道玄坂にダイブかな」

「そりゃよかったな」

「でもこの前さ、どこも満室で入れなくてさ。しょうがねぇから今日は帰ろうかって言ったんだけど、あちらが帰りたくなさそうだったから車の中でしちゃってさ。俺、車の中でやるの嫌なんだよね、愛車を汚したくないからさ。だからサクッと終わらせようと思ったんだけど結構激しくなっちゃって。部品が二つも壊れちゃってさ、ハハハ」

ヒュージには僕に対する悪意や敵意は感じられない。僕を挑発しているわけではなく、ただのろけたいように見える。だから、それだけに話に信憑性が増してしまう。僕にとっては悪夢以外の何物でもない。

「車を修理に出す時、恥ずかしかったよ。だって説明できないじゃん。まぁ、修理の人も薄々わかっちゃいるんだろうけど。それで修理代が7万円もかかっちゃってさ。俺もバカだよな、女のために車を犠牲にしちゃって。何しにバイトに行ってるんだか、ハハ」

上機嫌なヒュージは、その後もしゃべりたいだけしゃべって去っていった。

今日も夕方の練習が終わった。我々が練習後に使用できるシャワー室は二つある。一つはグラウンド脇の部活棟のシャワー室であり、もう一つはトレセンのシャワー室だ。部室からトレセンまでは徒歩3分程あるが、こちらの方が広々としているので、多くの部員はトレセンのシャワー室を使っていた。

真っ暗な中で練習が終わると、やはり思い出してしまう。トレセンのシャワー室まで歩いていく途中で、矢知が僕の苦痛を察した。

「山田、最近無口だぞ。大丈夫か？」

「最近さ、聞きたくもない話を散々聞かされてさ」

「もしかしてメイちゃんのこと？　もう終わったんじゃなかったっけ」

「過去の亡霊との戦いって感じだな」

「でも、どうしてメイちゃんの話が入ってくるんだよ」

「よりによって、ヒュージだよ。ヒュージが付き合ってるんだよ」

「はぁ？　最悪だな。でも何で？」

「バイトが一緒らしい」

「それで、どういう話だよ」

「一晩に何回やったとか、あの時の声が隣の部屋に聞こえそうなほどだとか、舌が意外と器用だとか……」

「う〜それはきついな。記憶力のいい山田に『忘れろ』なんて気安く言うつもりはないよ」

「俺が甘いのかな、っていうか弱いのかな？　皆を率いる立場の俺がそんなことで傷ついているなんて、キャプテン失格か？」

「人の心の痛みを知ることも、そういう立場の人間に必要なことだろ」

「スキンヘッドにでもするかな」

「それは負けを認めたも同然だろ。……なぁ、俺と一緒に髭伸ばさないか？」

「髭？」

「俺もちょっと思うところあってな。……今の山田に必要なのは、徐々に俗世間と決別していくことだろ。髭が伸びるにつれて俗世間が遠のいてさ。もっと完全に吹っ切れていくことになるだろ」

「無我の境地に達していく感じか。さすが、いいこと言うな」

矢知の思慮深さに感謝した。

この日から、矢知と僕は髭を伸ばし始めた。つまり、シーズン終了まで髭を剃らないことになる。

公式戦第3戦：vs中立工科大学

まず、中立工科大のウォームアップを見て驚いた。ウチの選手数は怪我人を除いて30人程度なのに対して、あちらは50人ほどいるようだ。そして、スカウティングでもそうだったが、選手がオフェンスとディフェンスとで完全に分かれている。3部リーグで、ここまで人数を集められるチームも珍しい。ラインにもそれなりにサイズのある選手が揃っているようだ。ただ、サイズ自体は脅威ではない。問題は動きが速いかどうかだ。やはり一発当たってみなければ相手の力量はわからない。

我々のオフェンスから始まった。中立工科大のディフェンスは、4人のディフェンスラインの後ろに4人のラインバッカーLBを配置する4―4隊形だ。つまり、ウチのディフェンスの4―3隊形のうちのストロングセーフティSSをラインバッカーLBの位置まで上げたような隊形となる。

ファーストプレーのコールはフルバックFBジローのダイブだ。

プレーが始まる。ラインは押せる。ただ、ダイブを見切ったインサイドのラインバッカーLBの速い対応で1ヤードのゲインで止められた。

2ndダウンの攻撃、QB五右衛門は、テールバックTBヒトシのパワーオフタックルをコールする。

プレーが始まる。これにもラインバッカーLBが速い対応でタックルに来る。ヒトシはタックルに来るラインバッカーLBをパワーで強引に引きずりながら進むが、3ヤードで止められた。これで、3rdダウンでファーストダウン獲得まで6ヤードが残った。QB五右衛門は、ショートパスをコールする。スロットバックSB森万への8ヤードのフックパスを狙う意図だ。

プレーが始まる。このパスもラインバッカーLBに阻止された。

4thダウンでパントとなり、我々のディフェンスとなる。中立工科大のオフェンスもIフォーメーションからのランプレーを基軸とした攻撃を展開するはずだ。

中立工科大の1stダウンのプレーが始まる。テールバックTBのブラストだ。これをディフェンスタックルDT矢知、城田、ミドルラインバッカーMLB草刈があっさり捌いてノーゲインとする。僕が対峙するオフェンスタックルTはそれほどパワーがないようだ。ラインは勝てる。

2ndダウンの攻撃が始まる。パスだ。ディフェンスエンドDEの僕は、QBが外から逃げないようにコンテインしながら、つまり、対面のオフェンスタックルTの外側からQBめがけてラッシュする。もう少しでQBサックできそうだったが、QBはサックを逃れるために即時の判断でパスを投げ捨て、パスは失敗した。これでファーストダウン獲得まで10ヤードが残った。

3rdダウンの攻撃が始まる。QBは早いタイミングでパスを投げる。5ヤードのショートパスがタイトエンドTEに通されたが、これをストロングセーフティSS竜宮城がすかさずタックルして、ファーストダウン獲得を阻止し、4thダウンのパントに追い込んだ。

オフェンスがリズムをつかめない。QB五右衛門のプレーコールは、やや単調だ。いかにもランプレーのシチュエーションではランプレーを選択するし、いかにもパスというシチュエーションではやはりパスを選択する。だから相手の4人のラインバッカーLBが比較的迷いなく動けてしまう。だから、思うようにゲインできない。

相手オフェンスも決め手を欠いている。我々のオフェンスのようにダイブ、ブラスト、パワーオフタックルに固執するのではなく、多彩な攻撃を仕掛けてくるが、特に脅威となるものはない。逆に言うと核になるプレーがないようだ。

こうして、双方がディフェンスで辛抱し合うディフェンスマッチとなった。


0対0のまま第2クオータに入る。

我々のディフェンスでは、パスプレーに対するパスラッシュも好調だった。ディフェンスタックルDT矢知、城田、ディフェンスエンドDEの僕、渡部の誰かしらが、中立工科大QBをサック寸前のところまで追い込むことができる。これにより、QBは落ち着いてパスを投げることができず、パスの脅威を軽減することができている。そして、QBが苦し紛れに投げたパスをミドルラインバッカーMLB草刈がインターセプトした。MLB草刈は、そのままエンドゾーンまで駆け抜けてディフェンスとしてタッチダウンを奪った。トラポンのキックも成功し、これで7対0となる。今日はディフェンスがいい。

前半を7対0で終了した。


第3クオータになってようやくオフェンスがリズムをつかみ始めた。相手ラインバッカーLBの動きにオフェンスラインがアジャストしつつある。少しずつ、フルバックFBのダイブやテールバックTBのブラストがゲインできるようになってきた。それによって、フルバックFBのダイブのフェイクを入れてからのオプション、テールバックTBヒトシのパワーオフタックルのフェイクを入れてからのプレーアクションパスが決まりだした。

ゴール前に迫ると、最後はテールバックTBヒトシのブラストで押し込んでタッチダウンを奪った。これで14対0とした。

第4クオータも同じような展開が続く。我々がディフェンスで辛抱してオフェンスでじわじわ攻めていけば、負けはしない感じだ。ディフェンスで主導権を掴みつつ、フルバックFBのダイブやテールバックTBヒトシのブラストやパワーオフタックルを基軸としてゴリゴリと攻めていく。そして、動きが鈍くなってきたラインバッカーLBをかわすスロットバックSB森万へのパスが要所で決まるようになってきた。ゴール前10ヤードからSB森万へのパスでタッチダウンを奪い、21対0とした。

こうしてSB森万へのパスが決まるようになったことによって、ラインバッカーLBが前進しにくくなり、TBヒトシのブラストやパワーオフタックルがさらにゲインできるようになってきた。好循環だ。第4クオータの終了間際に、TBヒトシのパワーオフタックルで4本目のタッチダウンを奪い、試合を決定づけた。

試合結果：○勝ち　28対0

危なげなく勝ってはいるが、今一つオフェンスのプレーの精度が悪く、会心の勝利には程遠い。こんなのでは2部リーグとの入替戦を語れるレベルではない。次戦は3週間後になる。次戦の相手は昨年公式戦の第3戦で苦戦したＩＣＢＵだ。今年はもっと圧倒して勝ちたいところだ。

第3戦まで終わって、オフェンスには課題が多い。そのプレーの精度の低さを突き詰めると、試合中のアジャストが遅いように思える。対戦形式の練習は、いつも同じメンバーで行うことになる。そして、オフェンスが主体となる対戦形式の練習では、ディフェンスは次戦のチームの守備隊形や動きを模擬したダミーチームとなるものの、それでも個々の能力や癖はいつも同じだ。したがって、試合中に、初めて対峙する相手の動きに対応してこちらの作戦や動きをアジャストしていくことが必要となる。このアジャストの能力は実戦で培っていくしかないだろう。今後の2戦が重要だ。

一方、ディフェンスには、ほとんど隙がなかった。現実に、今のところ得点を許していない。だから、オフェンスの出来がイマイチでも、安定感をもって試合を進めることができる。実際に、僕がディフェンスラインとして相手オフェンスラインと当たっても、強いと思えるオフェンスラインはいなかった。おそらく、他のディフェンスラインのメンバーも同じように感じているはずだ。これだけワンノンワンをやっているのだから、当然だろう。そして、ディフェンスの核となるミドルラインバッカーMLBの草刈の動きも、春のオープン戦の時と比べてだいぶ手練れてきた。ディフェンスに課題があるとすれば、パスの対応だろう。ディフェンスラインのパスラッシュが遅れて、ミドルパスを結構投げられる。相手のパスの精度の低さに助けられているが、パスを通されてもおかしくないような状況は多々発生する。

もう一つ気がかりな要素として、大竹さんが第2戦あたりからサイドラインに下がっている。ケガはてめぇの責任だから知ったことではないが、古傷の膝（ひざ）の状態が悪化しているようだ。練習ではコーチングにほとんどの時間を費やし、試合ではサイドラインでの軍師的な役割を果たしている。ただ、試合では下級生に機会を与えて育てなければならないし、サイドラインでの冷静な判断も必要だし、これはこれでいいのかもしれない。

Ⅲ

11月となった。昼休みに学食に行くと、久しぶりに友人の玲奈に会った。

「やぁ玲奈、元気?」

「あれ?　この前は変なゾウリかと思ったら、今度はヒゲじゃん」

「いや俺もいろいろと忙しくてさ」

「試合、勝ってる？」

「もちろん」

「そういえば、アメフト部って昼休みも練習してるの？　時々グラウンドでパスの練習してる人がいるけど。パスを投げる方も取る方も本気でやってたし、アメフト部員かなと思って」

「何人いた？」

「二人。あ、そうそう、最近私、実験が忙しくてね。この前の日曜日にも来たんだけど、やっぱりいたよ、その二人」

「マジで？　誰だろう？」

「今もやってるんじゃない？」

「教えてくれてサンキュー」

僕は学食を出てグラウンドに行った。

その二人がいた。ＱＢ五右衛門とワイドレシーバーＷＲじゃに夫だ。

見ていると、各種のパスコースを一つ一つ合わせている。特に、最近の試合で多用されるＷＲのアウト（５ヤード又は10ヤード直進してから外側に90度曲がるコース）、イン（５ヤード又は10ヤード直進してから内側に90度曲がるコース）などのタイミングを合わせているようだ。

じゃに夫はパスコースを何本も走っているから息が上がっているようだが、スピードは落ちていない。僕は二人に声を掛けようかと思ったが、やめておいた。二人ともかなり集中しているようだったし、何か気を感じた。相変わらず五右衛門は飄々・淡々としているし、じゃに夫は明るい表情をしているが、二人とも目は怖いくらいにマジだということが遠くからでもわかる。

その後、五右衛門とじゃに夫は、フライ、すなわち、ロングパスのコースの練習を始めた。

フライというパスは、ストレートともいわれるロングパスだ。QBからのパスの落下点とワイドレシーバーWRの到達点とがぴったり一致することが必要なプレーだ。しかも、このフライというパスでは、WRが相手コーナーバックCBを振り切りつつ全力で走りながら自分の肩越しに飛んでくる球を振り返りながら捕球するという難易度の高いパスとなる。さらに、プレーが始まってからQBがパスを投げるまでの時間も長くなるので、その長い時間にわたってオフェンスラインはパスプロをもたせなければならない。そして、このようなロングパスを阻止するのがCBの仕事でもあるから、CBも必死に阻止してくる。したがって、ロングパスの成功率は、どのようなレベルの試合であってもそう高くはない。

フライでは、タイミングに迷いがあるようだ。このフライというパスは、WRがCBをどのようにかわすかによっても微妙にパスのタイミングが異なってくる。様々な状況を想定してQBとWRの意思疎通を以心伝心レベルに密にしておく必要があるのだ。彼らは、その高度な意思疎通を構築しようとしているのだろう。

公式戦第4戦：vs ICBU

ICBUは、昨年の第3戦で苦戦したチームだ。今年こそ圧勝したいと思うが。今日はウォームアップの時から、我々の動きが重く見える。

ICBUはさほど強そうには見えない……そう思ってはいけないのだろうが……スカウティングの結果として、ラインはそれほどデカくないし、ランニングバックは特に速いわけでも強いわけでもなさそうだし、パス成功率も低い。唯一厄介なのが、昨年も手を焼いた異次元的な走りをするQBだ。このQBはとにかく足が速いし、動きが直線的ではなく、走路が読みにくい。オープン戦の武蔵相模大学戦でも凄いランニングバックに苦労したが、こういう異次元的な選手がオフェンスに一人でもいると、ディフェンスのシステムではどうにもならないこともある。

こういう面倒臭いランナーを止めるには、一対一というよりは、ディフェンス全員がプレーに早めに反応して多数のディフェンダーでQBを潰すという、早い集まりが重要となってくる。逆に言うと、こうして、このQBさえ走らせなければ、何とかなるだろう。

試合開始早々のオフェンスでは、フルバックFBジローのダイブ、テールバックTBヒトシのブラストなどで前進し、あっさり先制して7対0とした。順調な出だしに見えるが、嫌な予感もする。

一般的なオフェンスのフォーメーションでは、5人のラインC、G、Tの片側に1人のタイトエンドTEがセットし、実質6人のオフェンスラインが構成される。ところが、ICBUオフェンスは、ワイドレシーバーを1人減らす代わりにタイトエンドを1人増やし、ボースタイト（both tight）、つまり、5人のラインの両サイドに2人のタイトエンドTEがセットして実質7人のオフェンスラインが構成されるフォーメーションを敷いてくる。しかも、両タイトエンドTEを含めたオフェンスラインが異常に狭いギャップで、つまりは、オフェンスラインの7人がほとんどくっついたような状態でセットし、ランニングバックがQBのかなり近くにセットする。

このフォーメーションにはいろいろと意味がある。ランプレーにおいて、ライン間のどこかに穴をあけて、そこにランニングバックを走らせるという概念ではなく、ラインが塊となり、非常に早いタイミングでハンドオフを受けたランニングバックがオフェンスラインの後ろについてくるというものだ。つまり、ロングゲインの可能性を完全に捨てて、その代わりに3ヤードを確実に押し込んで取りにいくという考え方だ。ディフェンスが中央の密集を上手くさばいて早くタックルしないと、ずるずると3～4ヤード程度が出てしまうことになる。

もう一つ厄介なのが、オフェンスラインのギャップの狭さにディフェンスが対応して中央に寄ってくると、オープンが狙われるということだ。つまり、両タイトエンドTEを含めた7人のオフェンスラインがディフェンスラインやミドルラインバッカーMLBを中央に封じ込めつつ、そのタックルしにくいQBがオープンに展開しやすいということでもある。並みのQBやランニングバックであれば、オープンに展開されようがどうってことでもないが、このQBの場合、話は別だ。

そして、やはりランニングバックの中央のダイブとQBのオープンのランに対して後手後手に回っているうちに、あっさりとQBランでタッチダウンを決められ、7対7とされた。

第2クオータに入る。

その後の我々のオフェンスも冴えない。抑えられている感じはしないが、肝心なところでミスが出て攻め切れない状況が続く。

再び我々のオフェンスとなる。順調に敵陣に入り、ゴール前15ヤードまで進んだ。しかし、ここでも押し切れずに4thダウンで1ヤードが残った。フィールドゴールか？　ギャンブルか？　サイドラインからの指示はギャンブルだ。ＱＢ五右衛門は、テールバックＴＢのブラストをコールする。順当なコールだろう。

プレーが始まるや否や、相手ディフェンスの「ナイスタックル！」という声が聞こえた。1ヤード進むべきところを1ヤードロスしている。ギャンブルに失敗した。攻守交替中、両面でサイドラインに戻れない矢知と僕は顔を見合わせた。

「どうなってる?」

「わからねぇ」

何がどうなっているのか、オフェンスシリーズをどう進めていくつもりかなどを、オフェンスのメンバーは、ディフェンス中にサイドラインで確認し合っているはずだ。それが我々には伝わらない。

そして、何しろ、ＩＣＢＵのオフェンスがなかなか途切れない。だから、その後の得点を許さないものの、我々のオフェンスの時間が与えられない。

結局、前半を7対7で折り返す。

後半、第3クオータが始まる。試合は膠着状態となった後、我々のオフェンスとなった。そして、フルバックＦＢジローのダイブがコールされた。

プレーが始まる。前進するＦＢジローを相手ディフェンダーが立て続けにタックルミスした。そして、駆け抜けたジローがタッチダウンし、ようやく追加点を挙げた。意外な追加点となった。しかし、トラポンを失敗して得点は6点止まりとなり、13対7となった。

第4クオータに入る。

試合は再び膠着状態となるが、試合終了前の2分あたりからICBUオフェンスが止まらなくなる。ディフェンスがここまでやられるのは初めてだ。スカウティングでは、成功率が低かったパスが立て続けに通される。何故だ。

そして、残り時間1分30秒、難しいシチュエーションが発生した。ICBUオフェンス、4thダウン7ヤード、ゴールまであと40ヤードとなった。負けているICBUは当然に、パントではなくギャンブルを選択してくる。これを止めれば、残り時間などを考えると、我々が勝てる。

ただ、この状況は、ディフェンスとしては二者択一を迫られる。最悪ファーストダウンを更新されてもいいからタッチダウンさえ防げばよしとするディフェンスとするのか、それともファーストダウン更新を何が何でも阻止して試合を決定づけるためのディフェンスとするのか。ディフェンスコーラー蛭本のコールは後者だった。パスラッシュを4人、パスカバーを7人として、その7人のうち、浅いゾーンに対ショートパス対策のために、つまりファーストダウン更新阻止のために多めの5人を充て、深いゾーンに対ロングパスのために2人を充てるというものだ。ＩＣＢＵのロングパスの成功率が低いことなどを考慮すると、僕がディフェンスコーラーだったとしても、この選択をしたと思う。しかし、このコールが裏目に出た。

ＩＣＢＵは、ファーストダウン獲得狙いのショートパスではなく、深いゾーンに走り込んだワイドレシーバーＷＲにロングパスを投げてきた。このパスが成功し、ファーストダウンを更新されただけでなく、ゴール前まで迫られた。このチームにこういうロングパスを通す能力があったのか？　少なくともスカウティングでは見たことのないパスだ。我々は動揺した。

そして、わかっているのに、やはりＱＢランでタッチダウンを取られた。これでＩＣＢＵに6点が入り、この時点で13対13の同点に追いつかれた。

当然にＩＣＢＵは、トラポンではキックの1点を取りに来るはずだ。ＩＣＢＵにしてみれば、これによって13対14で逆転できるので、危険を冒して2ポイントコンバージョン（つまりはプレー）で2点を取りにいって13対15とする意味がないからだ。我々は、当然に対キック用のディフェンスユニットでセットする。ところが、ＩＣＢＵは、2ポイントコンバージョンの隊形でセットしてきた。どういうことだ？　キックよりもＱＢランの方が確度が高いと思っているのか？　僕は、すかさずタイムアウトを取り、対プレー用のディフェンスユニットを入れてプレーに備えるように指示した。相手が調子に乗ってプレーを選択してくれて、これを我々が止めれば逆転ではなく同点止まりとすることができると考えたからだ。

しかし、ＩＣＢＵは、結局、プレーではなくキックのフォーメーションに戻し、キックを成功させた。つまり、このタイムアウトは完全に無駄だった。後の反撃で重要となるタイムアウト……3回与えられている……のうちの1回を無駄に消費してしまったことになる。これで、13対14に逆転されてしまった。

残り時間1分弱で、我々のオフェンスが始まった。じゃに夫のキックリターンは悪くなく、オフェンスはボールオン50ヤード、つまりハーフライン付近からの攻撃となった。我々のタイムアウトの残りは2回だ。

オフェンス中に試合残り時間の進行を止める方法は、概ね三つある。一つ目はタイムアウトを取ること、二つ目はアウトオブバウンズ（パス成功又はランプレーの場合にボールキャリアがサイドラインの外に出ること）、三つ目はパス失敗となること又は故意にパスを失敗させることである。このタイムマネジメントが重要な状況で、タイムアウトの浪費が痛い。

1stダウンの攻撃：パス失敗、計時が止まる。

2ndダウンの攻撃：スロットバックＳＢ森万へのコーナーアウトのパス成功。

このコーナーアウトのパスはサイドライン際へのパスであり、森万がパスをキャッチしてからサイドラインに出てアウトオブバウンズとして計時を止めることを意図するものだ。

しかし、当然のことながら、ＩＣＢＵディフェンスはこれを読んでいるから、パスを取らせてもサイドラインの内側で森万を止めるようなディフェンスをとる。これにより、ファーストダウン更新となるも、計時が進む。仕方ないので、計時を止めるためにタイムアウトを取る。タイムアウトの残りは1回となる。敵陣40ヤード、つまりゴールまであと40ヤードだ。

オフェンスが再開される。

１stダウンの攻撃：パス失敗、計時が残り21秒で止まる。

２ndダウンの攻撃：パス失敗、計時が残り15秒で止まる。

３rdダウンの攻撃：パス失敗、計時が残り10秒で止まる。

４thダウンの攻撃となる。攻撃権という意味でも、残り時間という意味でも後がない。

サイドラインから交代要員のワイドレシーバーＷＲを通じて指示が入る。おそらく大竹さんからの指示だろう。

「次のプレーはドロー50。ドロー50でとりあえずファーストダウンを取ってからタイムアウトを取ってフィールドゴール」

ドロー50とは、ＱＢがパスと見せかけてテールバックＴＢのヒトシにボールをハンドオフして走らせるプレーだ。そしてドロー50で進めるだけ進んでフィールドゴールの３点を取りに行くという意図だ。

このドローというプレーは、相手パスカバーのプレイヤーがパスと思い込んで下がっているときに有効なプレーだ。ただし、当然に弱点もある。ディフェンスラインがドローをケアして、激しくラッシュせずにオフェンスラインをコントロールしているような場合にはノーゲインとなり得る。言い換えると、ディフェンス側でこのプレーを止める責任は、ディフェンスラインにある。また、ラインバッカーのブリッツがドンピシャに入った場合には、ロスする可能性もある。

そして、４thダウンのプレーが始まる。オフェンスラインは皆、いかにもパスという動きをとる。

少なくとも左ガードGである僕の対面のディフェンスタックルDTはドローをケアしていないようだ。猛然とラッシュしてくるので、そのDTを外側に誘導するように体のバランスを取りながらブロックする。センターC付近に走路が空いたはずだ。しかしまずい、ブリッツが入ったように見える。

それでもヒトシはライン中央を抜けて、ガラ空きになっている中央スペースに猛進する。パスカバーのために散っていたディフェンダーが中央に戻ろうとする。ヒトシは右側に進路を変えてから右サイドライン際を、まるで戦闘機が旋回していくようなものすごい加速で上がっていく。

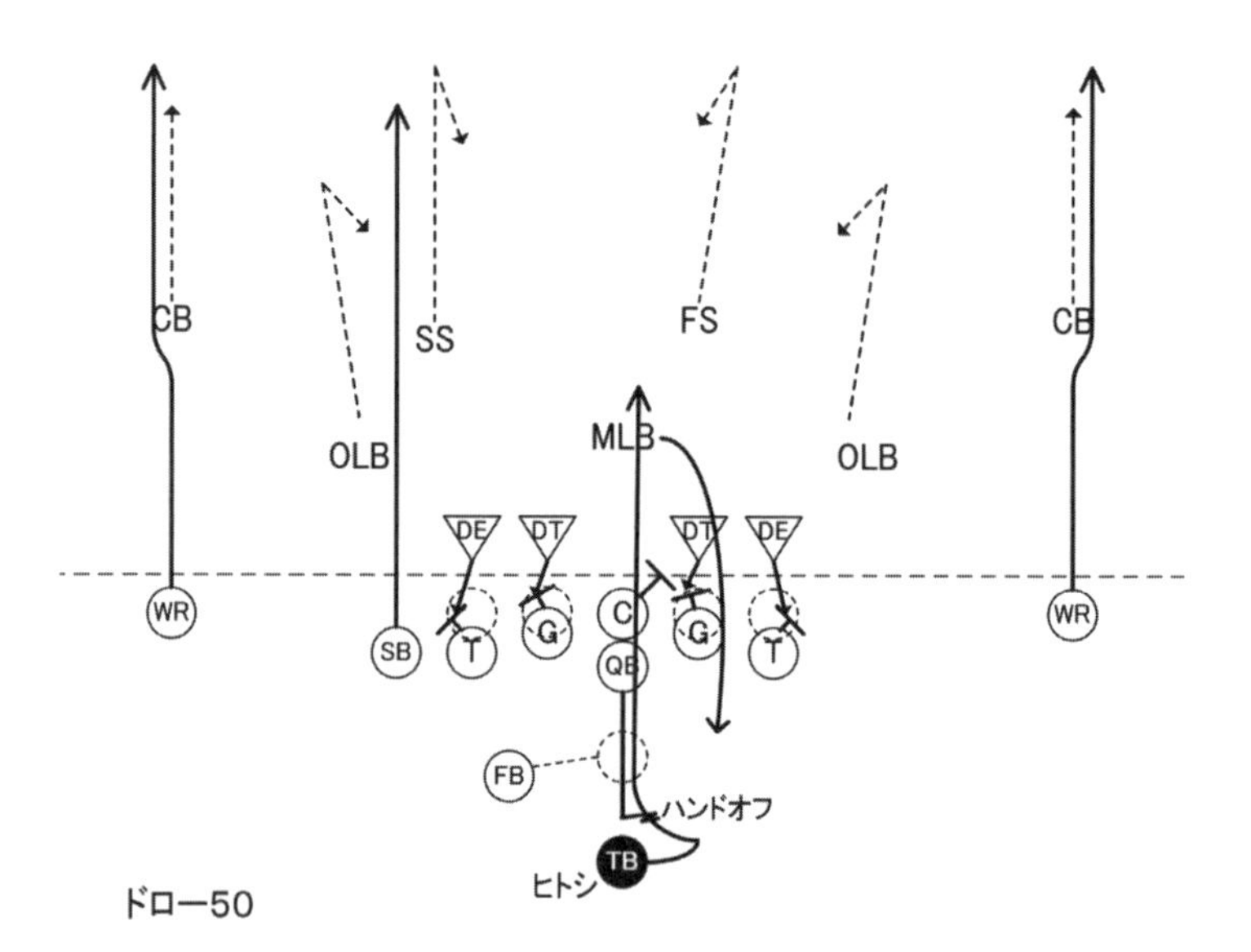
CB
SS
FS
CB
OLB
MLB
OLB
DE
DT
DT
DE
WR
C
WR
SB
T
G
G
T
QB
FB
ハンドオフ
TB
ヒトシ
ドロー50

頼む、ヒトシ。相手ディフェンダーは、明らかにヒトシの速度を見誤っていて、完全に振り切られている。ヒトシは、ゴールライン付近で、WRじゃに夫がコーナーバックCBをブロックしている横で再度進路を内側に変えて最後のディフェンダーを振り切り、タッチダウンした。神がかり的なプレーだ。いや、生まれて初めて神様というものが存在するような気がした。これで逆転に成功した。19対14となる。

その後のトラポンでは皆動揺しまくっていた。センターCの中眞が珍しくスナップミスをしてキッカーがキックできなかったが、トラポンはもうどうでもいい。その後のキックオフで、オンサイドキックという特殊なキックによって数秒の残り時間を消費して試合を終了させた。

試合結果：〇勝ち　19対14

試合後のハドルで、珍しく湯江野監督が怒鳴る。

「オイ、頼むぞ！」

珍しく大竹さんが諭す。

「ま、怒っても仕方ないわな。てめぇのアサイメントもう一度確認して、とにかく次だ」

僕は、

「明日からまたやり直そう。今から1時間半後、3時までに撤収して出口に集合」

と、控室撤収の指示を出した。そのくらいしか言葉がなかった。

いずれにしても、次戦は2週間後だ。確実に勝たなければならない。


火曜日の朝に、いつものように朝練に向かう途中でヒトシに会った。

「おうヒトシ。今日、暇？」

「暇じゃないけど、暇は作るよ」

「じゃぁ夕方の練習の後な」

「OK」

僕とヒトシは、顔を合わせると、まず麻雀のスケジュールを確認し合うのが習慣となっていた。

「しかし、あのドロー50は凄かったな。思い出しても心臓がバクバクするよ」

「いやあれさ、サイドラインからの指示が、『とりあえずファーストダウン』とか言ってただろ。あれ結構イラッと来ててさ。こっちはタッチダウンするつもりでプレーするってのに、特にドローは。それなのに、とりあえずファーストダウンはないだろって思ってさ」

「さすが強気だな。けど、ブリッツ入ってなかったか？」

「そう、ブリッツにつかまりそうになってさ。でもこれで止められたら一生友達をなくすと思って必死にタックルを振り切ったよ」

「そうだったのか。……しかし、もちろん走ったのはヒトシだけど、俺は何ていうか、神様がいるような気がしてきたよ」

「ハハ、俺もそう思う」

「あと1戦で入替戦だな」

「やっと見えてきたな」


ウォームアップを終えると、すぐに対戦形式の練習に入る。僕はディフェンスに入った。今日も、ランプレーでは、フルバックFBジローのダイブ、テールバックTBヒトシのブラスト、QB五右衛門とTBヒトシのオプションプレーなどの基本プレーを軸として練習が進んでいく。

そして、ディフェンス中央を突くヒトシのブラストが来た。ディフェンスタックルDTの城田、矢知がオフェンスラインのブロックをさばき、すかさずヒトシにタックルしかかる。ヒトシも一発のタックルでは倒れまいとタックルを引きずるように前進を試みる。そこに、ミドルラインバッカーMLBの草刈、その他のディフェンダーがオフェンスのブロックをさばいて次々にタックルを浴びせてヒトシの前進を止めた。ヒトシの上にはディフェンダーの塊ができた。その時、「う〜」と声が聞こえた。一人、二人とディフェンダーがヒトシから離れていく。ヒトシの足首が捻じれている。ヒトシは、倒れたまま「う〜」と苦悶の表情を浮かべている。

「大丈夫か！」

返事がない。まずい、タフなヒトシがこんなに痛がるのを見たことがない。足首をやってしまったようだ。足首が捻じれた状態で何人かのディフェンダーに乗っかられたのだ。皆でヒトシを担いでグラウンド脇に退避させ、マネージャーがその足首をアイシングする。骨折でないことを願う。ヒトシのことが心配ながらも、貴重な練習時間を無駄にするわけにはいかない。すぐに交代要員を入れて練習を再開する。

練習が終わると、ヒトシの姿はもうなかった。病院に連れていかれたらしい。

翌日、ヒトシは松葉杖をついて現れた。ヒトシが開口一番に言う。

「悪い、次の試合は無理だ」

「折れてないんだよな」

「ああ、でも靭帯やっちまったよ」

「次の試合は何とかするとして、入替戦に間に合えばいいいな」

「今は何とも言えない」

やはり神様などいないのかもしれない。次の試合は、オフェンスの核であるヒトシ抜きで戦わなければならない。

公式戦第5戦：vs 上雲大学

最終戦となる。グラウンド脇には、2部リーグの最下位チーム、つまり2部3部入替戦の出場が確定したチームのスカウティング部隊（偵察部隊）も多数いる。

この日は、ランの核となるヒトシが怪我で欠場するため、スロットバックＳＢ森万へのパスを中心に攻撃する。テールバックＴＢには、コーナーバックＣＢの神林をコンバートした。神林はオフェンスでＴＢとしてプレーしながら、ディフェンスの要所でＣＢとしてもプレーすることになる。

テールバックＴＢに入った神林は、ヒトシのようなパワーランナーではなくスピードランナーだから、中央の密集を突破させるようなブラストなどのプレーよりも、オープンを思いっきり走らせるプレーで活きてくる。実際に、この試合でも神林のオープンのランでタッチダウンを取ることができた。そして、ＳＢ森万へのアウト、フライなどのパスが要所で通り、ＳＢ森万がタッチダウンを連発した。

また、ディフェンスも堅かった。前半こそ上雲大にファーストダウン獲得を何度か許したが、後半は、ほぼノーフレッシュ、つまり、ファーストダウン獲得をゼロに抑えることができた。前試合の薄氷の勝利のお陰で皆、気が引き締まっている。タッチダウン５本で勝つことができた。

試合結果：○勝ち　35対0

これにより、5勝0敗となり、3部リーグでのブロック1位と、2部リーグとの入替戦出場が確定した。

Ⅳ

この翌日に、入替戦の組合せ抽選会が行われた。この抽選会で、3部リーグを構成する4ブロックの1位4チームと、2部リーグを構成する4ブロックの最下位4チームとの対戦組合せが決定する。4試合の入替戦のうち、2試合が1週間後の日曜日に、残りの2試合が2週間後の日曜日にスケジュールされている。

3部ブロック1位は、北星工業大学、都市農産大学、早林大学、緑南工業大学の4チームである。この中では、おそらく都市農産大の戦力が最も充実しているだろう。

2部ブロック最下位は、双塔学院大、明旺大学、東習館大学、大刻院大学の4チームである。

主将の僕と主務の不二川がこの抽選会に出席した。今となっては僕の髭は、左右のもみ上げが口髭を介して完全に繋がるほどに伸びていたのでスーツが異常に似合わないが、仕方ない。

北星工業大学の人達ともお馴染みな感じになってきた。そして、隣に座った都市農産大の主将が話しかけてきた。スキンヘッドで気合がみなぎっている。

「スカウティングどうですか？　東習館だけは当たっちゃいけねぇ」

「いや、ウチらは明旺大がヤバいと思ってますけどね」

逆に言うと、残り2チームの双塔学院大、大刻院大学には勝てると思った。特に、双塔学院大については、オープン戦やスカウティングの感じから我々が勝てると思ったし、昨年のリベンジをしたいところだ。

そして、簡単な説明の後に抽選が始まる。

僕は不二川に言う。

「俺、くじ運最悪なんだよ。不二川がくじ引くか？」

「いや、キャプテンが引かないと、皆が納得しないですよ」

「そういうものか」

くじの順番が来た。ボックスの中に手を入れてボールを引く。

どうしてこうなるかな。明旺大を引いてしまった。だから言っただろって、くじ運最悪だって。くじ運というか、僕の人生の傾向として、わざわざ通らなくてもいい面倒をいちいち通ってしまう癖がここでも出てしまった感じだ。

一方、都市農産大のスキンヘッドの主将は、東習館大を引き当てていた。彼も、やっちゃったよという表情をしていたが、互いに健闘を誓って別れた。試合は2週間後だ。

帰り道で不二川が言う。

「明旺大の連中、我々と決まった瞬間にガッツポーズしてましたね」

敵ながらわかる気がする。明旺大にしてみれば、都市農産大じゃなくてよかったというところだろう。明旺大は当然に我々のスカウティングもしているはずだが、我々は最終戦にヒトシが出場していないし、そもそもこれと言って凄い試合をしてきたわけではない。

それに対して、明旺大は、2部リーグの彼らのブロックでは、6チーム中、当初序列4位の中堅チームだ。結果は最下位ではあるものの、戦績は1勝4敗であり、全敗しているわけではない。しかも、その1勝は序列2位の上位校を下しての1勝で、その他の4敗も決して大差での負けではない。要は、我々から見て普通に強いチームなのだ。

その帰り、僕は防具の交換部品を買いにアメフトショップに寄った。レジで会員カードを見せると、店員が話しかけてきた。

「君、緑南工大だね」

「はい」

「今年も入替戦、来たね。相手決まった？」

「明旺大です」

「そう、頑張ってね」

店員はこれ以上僕と目を合わせようとしない。顔に「ご愁傷様」と書いてある。

僕は、キャプテンになってから初めて落ち込んだ。折角ここまで来たのに、このくじ運の悪さときたら、チームの皆に申し訳なさすぎる。今日はとにかく寝てしまおうと思っても、悶々として眠れない。


翌日、ミーティングで、抽選の結果を皆に伝える。僕は、てっきり皆に恨まれると思っていたが、反応は逆だった。じゃに夫が言う。

「１週間後に弱いチームとやるより、２週間後に強いチームとやる方がいいっすよ」

五右衛門も言う。

「ちゃんと準備して強いチームに勝ちたいですよ」

他の者もそうだそうだと言う。落ち込んでいた自分がバカだったと思った。キャプテンの俺が落ち込んでどうすると思ったし、皆の気丈さに支えられた。それに、２週間後であれば、ヒトシも復帰できるかもしれない。

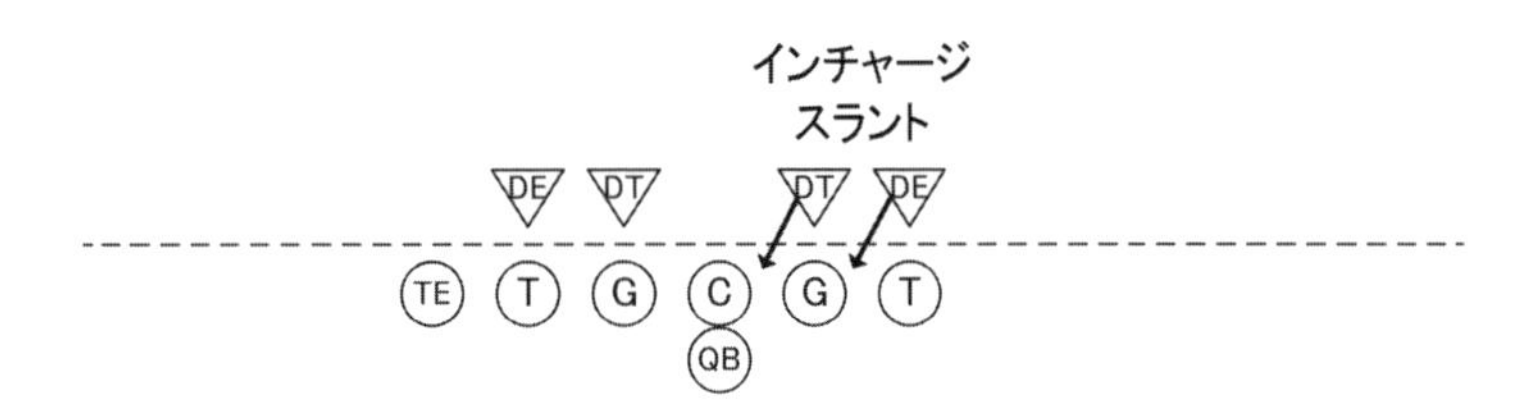
インチャージ
スラント
DE
DT
DT
DE
TE
T
G
C
G
T
QB

そして、大竹さんを中心として明旺大の過去の試合をビデオで分析し、ゲームプランを立てる。分析してみると、明旺大ディフェンスには一つの大きな特徴があった。ストロングサイド（タイトエンドTEに対峙する側）のDT、DEは複雑な動きをするものの、ウィークサイド（タイトエンドTEと対峙しない側）のDTとDEが8割以上の確率でC方向に切れ込んでくるインチャージスラントをしてくることがわかった。

このウィークサイドのインチャージスラントの動きは、タイトエンドTEの代わりにスロットバックSBを使う我々のフォーメーションに対しても同じだろう。

これに対して、いくつかの基本プレーを練り直した。準備するプレーはランとパス含めて数十通りあるが、オプションプレーが中心となる。準備するプレー自体はいずれもオーソドックスなものであるから、日頃から練習しているプレーであるが、相手ディフェンスの動きに合わせてプレーのタイミングなどを再調整することになる。

・ノーマルダイブ、トラップダイブ

ノーマルダイブ、トラップダイブとも、コンスタントに3～4ヤードを稼いで、その後の展開を有効化するためのボディブローのようなプレーである。

ノーマルダイブでは、オフェンスラインがゾーンブロックによって、基本的には対面の

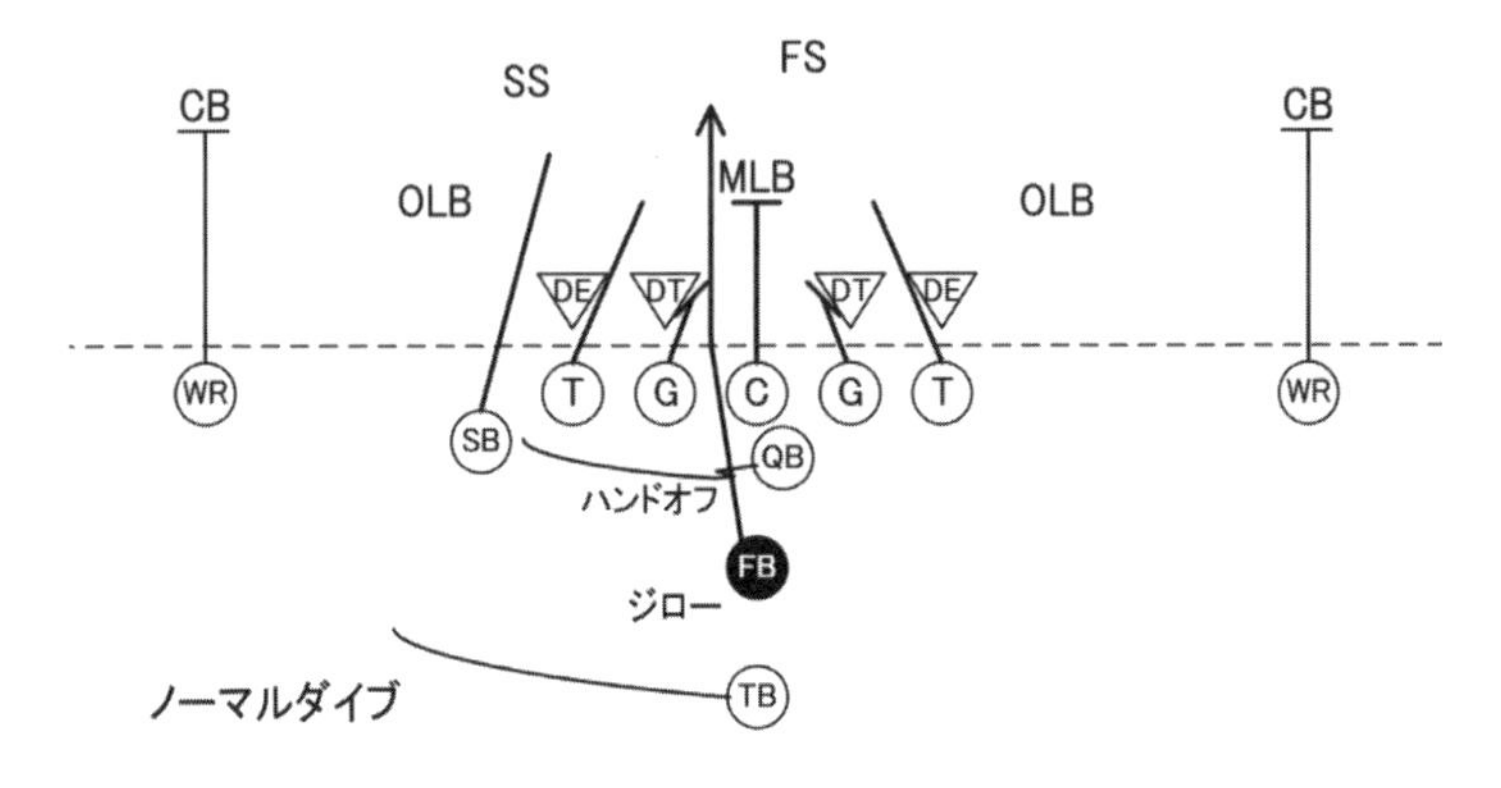
FS
SS
CB
CB
OLB
MLB
OLB
DE
DT
DT
DE
WR
T
G
C
G
T
WR
SB
QB
ハンドオフ
FB
ジロー
TB
ノーマルダイブ

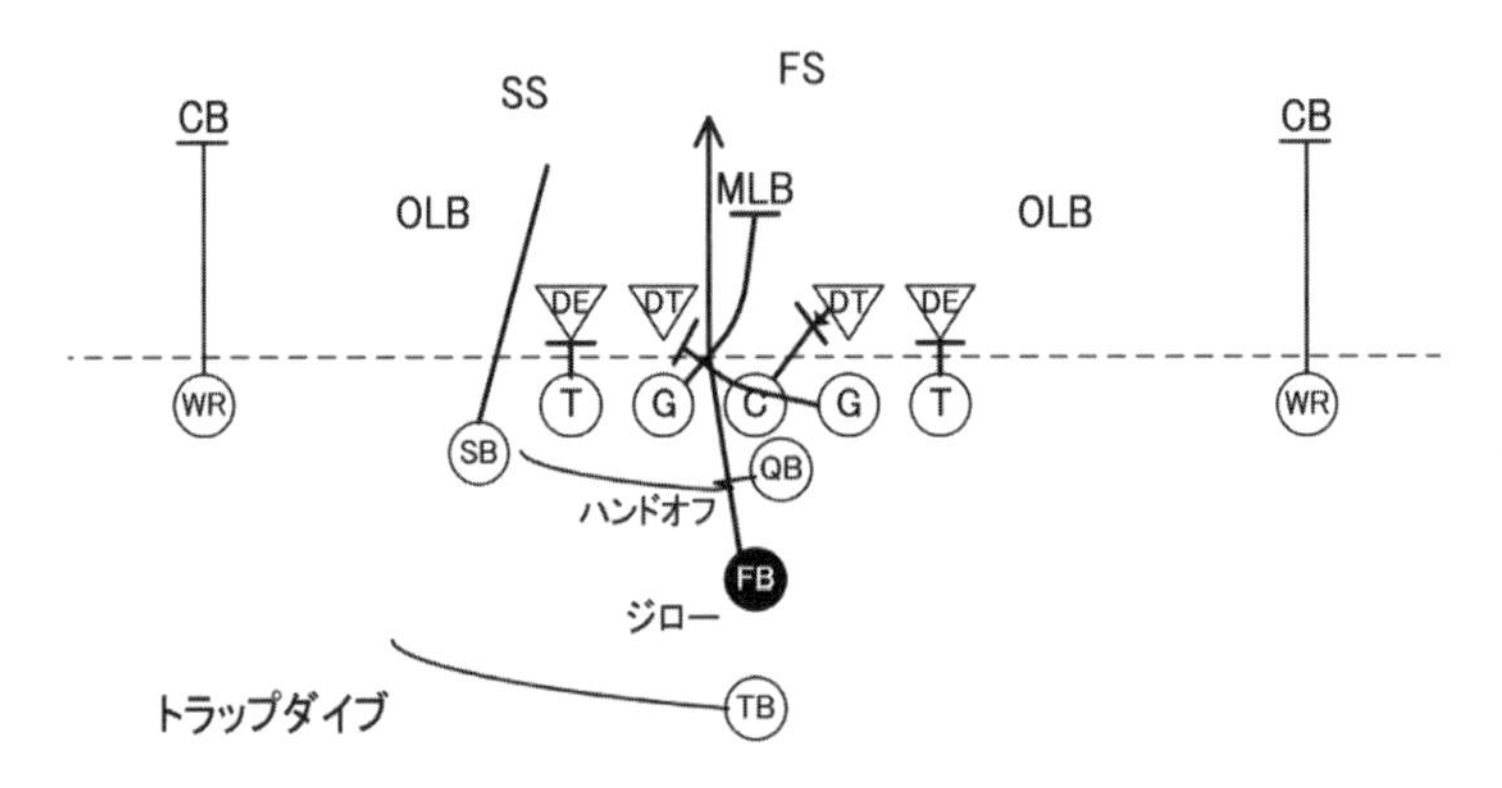
FS
SS
CB
CB
OLB
MLB
OLB
DE
DT
DT
DE
WR
T
G
C
G
T
WR
SB
QB
ハンドオフ
FB
ジロー
TB
トラップダイブ

ディフェンダーをブロックし、QBがフルバックFBにボールをハンドオフする。ディフェンダーがどのような動きで来ても、最低限ゲインするための基本プレーである。両ガードGが両ディフェンスタックルDTを素早くブロックすることが重要となる。

トラップダイブでは、センターC、両ガードGがクロスしながらブロックを行い、QBがフルバックFBにボールをハンドオフする。ウィークサイドのディフェンスタックルDTがインチャージしてくることに対応するとともに、ストロングサイドのDTがどのように動いても、両DTを内側から外側に向けてブロックできることになる。これにより、横穴を開けてFBの走路を確保する。

・ダイブオプション、カウンターオプション

ダイブオプションは、FBのダイブと見せかけて、オープンに展開するオプションプレーである。FBのダイブに対するディフェンダー、特にミドルラインバッカーMLBの過剰な反応を利用するものである。

アウトサイドラインバッカーOLBをブロックせずにキーとする。そして、キーとなるOLBがテールバックTBに反応する場合（①の場合）、QBがボールキャリアとなって走る。キーとなるOLBがQBを潰しに来る場合（②の場合）、QBはTBにボールをピッチし、TBがボールキャリアとなって走る。スロットバックSBは、ディフェンスエン

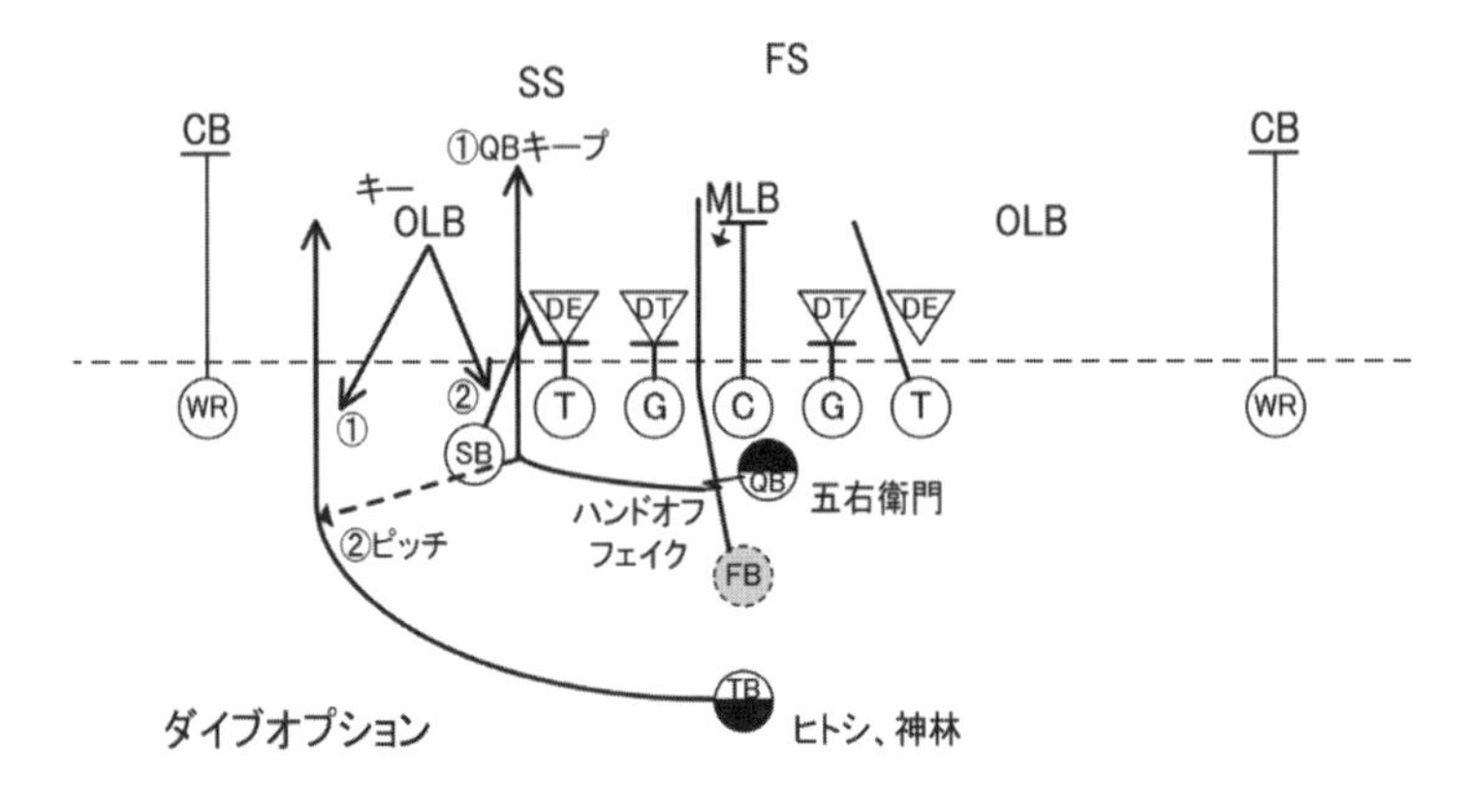
FS
SS
CB
CB
①QBキープ
キー
OLB
MLB
OLB
DE
DT
DT
DE
WR
T
G
C
G
T
WR
①
②
SB
QB
五右衛門
ハンドオフ
フェイク
②ピッチ
FB
TB
ダイブオプション
ヒトシ、神林

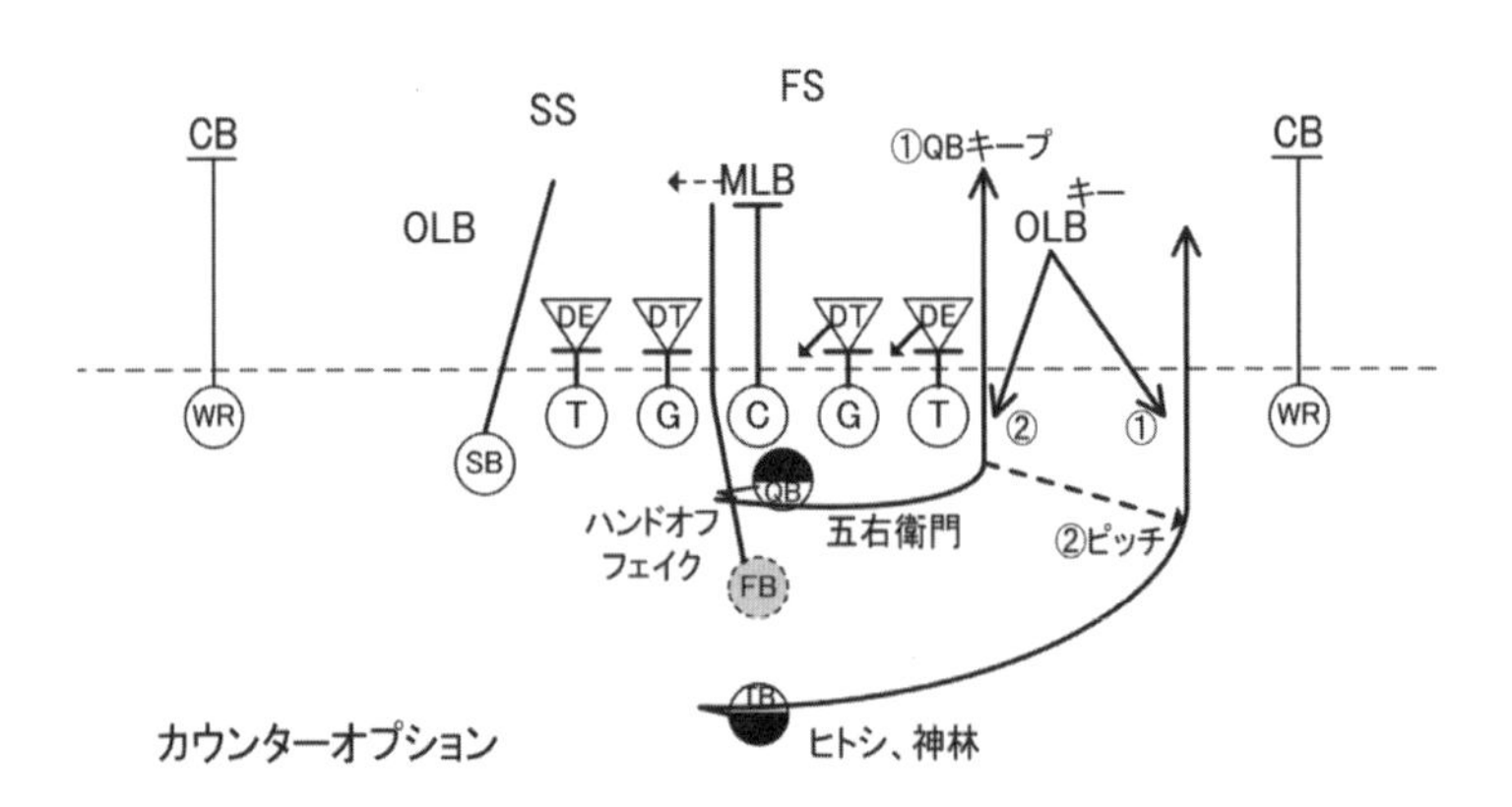
FS
SS
CB
CB
①QBキープ
MLB
キー
OLB
OLB
DE
DT
DT
DE
WR
T
G
C
G
T
②
①
WR
SB
QB
ハンドオフ
フェイク
五右衛門
②ピッチ
FB
TB
カウンターオプション
ヒトシ、神林

ドDE、ミドルラインバッカーMLB、ストロングセーフティSSなどを臨機応変にブロックする。カウンターオプションでは、FBのダイブと見せかけ、かつダイブオプションと見せかけてから、その逆方向オープンに展開する。これは、ダイブオプションに対するディフェンダー、特にミドルラインバッカーMLBの過剰な反応を利用するものである。これも、ウィークサイドのDT、DEが高い確率でC方向へのインチャージとなることを利用するプレーである。

フルバックFBへのハンドオフフェイクの時点でQBはストロングサイドに向くことになり、テールバックTBも一瞬だけストロングサイドに向かって走り出す素振りを見せる。FBへのハンドオフフェイクの直後に、QB、TBが進行方向を反転して、ウィークサイドに展開する。アウトサイドラインバッカーOLBをブロックせずにキーとする。そして、キーとなるOLBがTBに反応する場合（①の場合）、QBがボールキャリアとなって走る。キーとなるOLBがQBを潰しに来る場合（②の場合）、QBはTBにボールをピッチし、TBがボールキャリアとなって走る。

・ウィークサイドオプション

ウィークサイドオプションでは、フルバックFBへのダイブのフェイクを入れずにウィークサイドにオプションを展開する。これも、ウィークサイドのDT、DEが高い確率で

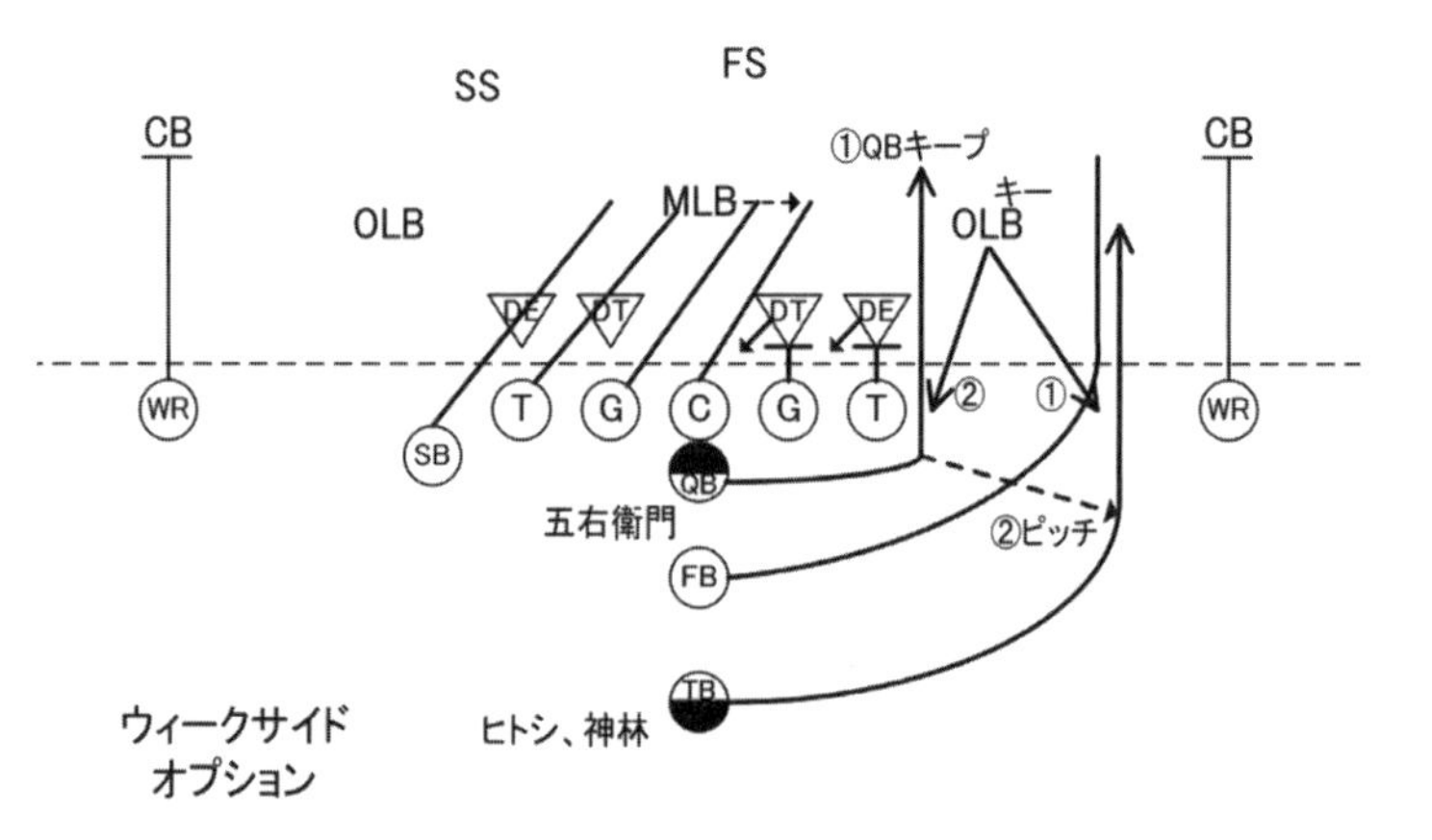
FS
SS
CB
CB
①QBキープ
キー
OLB
MLB
OLB
DE
DT
DT
DE
②
①
WR
T
G
C
G
T
WR
SB
QB
五右衛門
②ピッチ
FB
TB
ウィークサイド
オプション
ヒトシ、神林

C方向へのインチャージとなることを利用するプレーである。

アウトサイドラインバッカーOLBをブロックせずにキーとする。そして、キーとなるOLBがテールバックTBに反応する場合（①の場合）、QBがボールキャリアとなって走る。キーとなるOLBがQBを潰しに来る場合（②の場合）、QBはTBにボールをピッチし、TBがボールキャリアとなって走る。ミドルラインバッカーMLBが比較的自由に動けてしまうので、いずれの場合も、ボールキャリアとなるQB又はTBとMLBとの力量勝負となることが多い。

明旺大ディフェンスの動きを分析すると、ダイブオプション、カウンターオプション、ウィークサイドオプションのようなオプションでは、多くの場合でOLBが①のようにTB側に動くことが予想できる。つまり、オプションでは、ほとんどがQBキープとなるだろう。これは、両面状態となるTB神林や手負いのTBヒトシに負担がかからず、好都合と言える。

12月の朝練は寒い。朝練の日には、4時50分に起きて、まず、風呂にお湯を張る。家族を起こさずに朝飯を用意し、それを食べ終える頃に風呂ができるのでコーヒーを飲みながら風呂に入り、そして、5時50分に家を出る。12月の朝はとにかく寒いので、入念に体を温め、早めにグラウンドに出て準備をする。7時半に練習が始まる。

その日の朝練では北風が吹き、死ぬほど寒い中で練習を開始した。しかし、練習が進むと、ある時点で北風が南風に変わった。それまでの北風によってグラウンドの南側に吹き溜まっていた大量の落ち葉が、南風によってグラウンド一面に散らばる。それでも南風が吹き続け、その大量の落ち葉は全てグラウンドの北側に吹き溜まり、グラウンドは再びきれいになった。つまり、わずか数十分のうちに、グラウンド南側にあった大量の落ち葉が全て北側に移動したということだ。練習前はあんなに寒かったのに、練習を終えて学内を歩いていると、登校してきた大勢の学生はコートを脱いで手に持っている。風向きが劇的に180度変わる時があるということだ。

入替戦まで1週間に迫った。

今や、練習やミーティングの合間を縫って麻雀をするのが定番となっている。麻雀をしている時はプレッシャーから解放された。僕、ヒトシを中心として、矢知、中眞、不二川、竜宮城あたりがメンツとなることが多い。この中でも僕は抜群の戦績を誇っていたことから、学業はダメだがアメフト部麻雀学科の主席と言われていた。

大学の周辺には3軒の雀荘がある。そのうちの一つが我々の行きつけの雀荘だった。その雀荘の店員のおばさんが、

「こんな不味いコーヒー見たことない。飲んでみなコレ」

とか言いながらコーヒーを出してくれることもある味のある雀荘だ。行きつけの雀荘が満席の場合には、2軒目の雀荘に行き、そこも満席の場合には、最後の手段となる3軒目の雀荘に行く。この3軒目の雀荘は、雀荘というよりも民家の一室だった。一応、雀荘の看板は出ているが、入る時は呼び鈴を鳴らし、インターホンで雀卓を使いたい旨を伝えると、土間スペースに案内される。その土間スペースには3台の全自動卓があるが、他の客と居合わせたことはない。そして、奥の部屋からは時々、おばさん同士が口論する怒鳴り声が聞こえてくる。我々はその口論を嫁・姑の喧嘩だろうと察していた。

「しかし今日はまた激しいな」

「そのうち茶碗とか飛んで来んじゃねぇの」

「次からメットとショルダー着けてやるか」

「それもいいいな。こんなところで流れ弾でケガするわけにいかないからな」

いつもの麻雀では、時間が長くならないように、ゲーム数を半荘2回の概ね1～2時間にとどめている。そして、今シーズンから、試合の前夜には必ず、ヒトシと僕はメンツを募り、その半荘2回を行うことにしている。これを試合前の「儀式」と呼んでいた。

麻雀メンツの中でも竜宮城は根っからのギャンブラーだった……麻雀だけでなく馬や玉にも詳しいらしい。そして竜宮城は下宿先が大学の近くだというのもあり、付き合いがいい。

「竜、今日、暇だよな」

「朝から開口一番に、またっすか？」

「もはやワンノンワンと半荘2回が、俺の精神安定剤だな」

「もう中毒ですね。僕も他人のこと言えないっすけど」

「勝負勘を磨かなきゃな」

一緒に麻雀を打っていてもわかることだが、竜宮城は思い切りがいい。この思い切りの良さが、ここのところのアメフトでのストロングセーフティＳＳとしてのプレーにも良い方向に作用しているように見える。ストロングセーフティＳＳの第一の役割はパスカバーであるが、ランプレーとわかった瞬間に一気に前進してボールキャリアにハードなタックルを浴びせる判断力やスピードも求められる。ＳＳの竜宮城はその状況での動きがとても的確になってきている。これが、今シーズンの安定したディフェンスの一因となっていることは確かだ。


今日は風花が舞う寒い中で朝練が始まる。そして、ウォームアップを終えると、すぐに対戦形式の練習に入る。

これまで、ＱＢ五右衛門のプレーの組立ては、１stダウンがランプレー、２ndダウンがランプレー、それでファーストダウンを獲得できない場合に、3rdダウンでパス、といった単調なパターンが多かった。最近では、QB五右衛門はこの単調な組立てに陥らないようにディフェンスの裏をかくような組立てをする工夫をしつつある。それでも、ストロングセーフティSS竜宮城は、ランプレーを見切っての上がりが鋭い。相変わらず勘が冴えているようだ。

僕は、メットの部品交換のために交代要員を入れ、皆のプレーをオフェンス背中側から見た。久しぶりに、オフェンスにもディフェンスにも入らずに自分のチームのプレーを見る。まるで幽体離脱した気分だ。オフェンスではタイミングがかなり合ってきている。

そして、オフェンスが右へのダイブオプションを展開する。QB五右衛門がフルバックFBジローにダイブのフェイクを入れてから、テールバックTB神林とともに右横方向に走り出す。これに対して、キーとなるアウトサイドラインバッカーOLBフサビがQB五右衛門を潰しに突進する。そこでQB五右衛門がTB神林にピッチすると、TB神林は持ち前のスピードで一気に縦方向に加速していく。ダイブフェイクによってミドルラインバッカーMLB草刈の反応がやや遅れたようだ。

それでも、ストロングセーフティSS竜宮城は、猛然と上がって来てテールバックTB神林にタックルを浴びせる。若干ヒットポイントが外されて左手だけでのタックルになったように見えた。タックルは一応成功したが、次の瞬間、竜宮城がその左手を右手で掴みながら、苦悶の表情でのたうち回る。まずい、この痛がり方、折れているだろう。メットを外してやり、皆で竜宮城を担いでグラウンド脇に退避させると、竜宮城は吐き始めた。

その後、竜宮城を病院に連れていくと、やはり左橈骨が折れていた。ここへ来てまた痛い怪我人だ。シーズン終盤ともなってくると、皆、そしてチームとしても満身創痍となってくる。


最近では朝練だけでなく昼練も行う。昼練では、オフェンスのメンバーだけ集まり、スタイルせずにプレーのタイミングをひたすら合わせる。パスのタイミングもかなり合ってきた。これまでQB五右衛門は、スロットバックSBの森万へのピンポイントのパスを結構通してきたが、困ったときの森万といった具合で、「他のレシーバーを見ているのか?」という感じのときもあった。それが、ここのところワイドレシーバーWRじゃに夫へのパスが、かなりドンピシャなタイミングとなってきている。これによって、パスの実質的なバリエーションが拡がってきた。

そして、夕方の練習では、やはりラインの面々でワンノンワン、特に「当たり」をやらずにはいられなかった。一発一発、魂を込めて加速度マックスにして当たる。アメフトは組織的なスポーツとはいえ、結局最後に効いてくるのは個々の力だ。個々を鍛えずしてシステムで勝とうなどと思ってはいけない。しかし3年前、この時間にこの場所で数人で当たり続けたワンノンワン、まるでホープレスな状況でのワンノンワンとは大違いだ。意志を共にする仲間が増え、その仲間とともにいま確実に目標に近づいている。来るべきものが希望か絶望かは、我々次第だ。

12月14日、土曜日。今日が今年最後の練習だ。明日は試合なので、ミーティングをしてから、グラウンドで軽めのタイミング合わせだけを行う。ミーティングでは、スタメン、集合時間などの確認をする。

オフェンスのスタメンは、ＱＢ五右衛門、ＦＢジロー、ＴＢ神林／ヒトシ、左Ｔ不二川、左Ｇ山田、Ｃ中眞、右Ｇ城田、右Ｔ矢知、ＳＢ森万、ＷＲじゃに夫、古田、となる。

ディフェンスのスタメンは、左ＤＥ渡部、左ＤＴ大竹、右ＤＴ矢知、右ＤＥ山田、左ＯＬＢフサビ、ＭＬＢ草刈、右ＯＬＢ新大谷、ＳＳ鷹端、ＦＳ蛭本、左ＣＢ神林、右ＣＢ住友、となる。そして、グラウンドでのタイミング合わせでは、ヒトシも、痛みをこらえながらも何とか走れる程度に復帰していた。明日は、足首をテーピングでガチガチに固めて試合に出ることになる。

午後4時半過ぎに練習を終える頃、やはりピナツボ山噴火の影響で夕焼けが真っ赤に染まっていた。その赤く染まった夕焼けの中で練習後のハドルを組む。通常のハドルでは、キャプテンとバイスだけがコメントするが、今日は、４年生全員がコメントする。皆、明日はやるぞ、という趣旨のことを言うが、言葉になっていない。もはや言葉などではないのだ。矢知、ヒトシ、森万、中眞、このメンバーとともに練習をするのもこれが最後と思うと、泣くことを忘れていた僕でさえも、涙が出そうだった。だが、泣きそうになっている場合ではない。最後に僕がコメントする。

「あとは明日やるだけだ。明日の今頃は、もう勝負がついているはずだけど、必ず笑ってよう。絶対にな」

練習後、防具を整備しながらヒトシと話す。

「ヒトシ、1年の時の夏さ、大竹さんに電話繋がらなくてよかったよな」

「ああ、繋がってたら今頃ここにいないからな」

「みんなも今頃ここに辿り着いていないだろ」

「明日は壊れるまで、っていうか壊れても走るから」

1年の時に、僕らが2代目として入部して、ボロ負けする試合、それでも試合がやっとできるようになった。2年目に谷口監督が来てくれて、学生リーグに加盟して3部リーグ昇格した。3年目に3部リーグで全勝しながらも、2部3部入替戦で負けた。そして、4年目の今、再び2部3部入替戦に臨む。僕自身も、今年も怪我なくここまで来ることができた。

良い仲間に恵まれて、自らもハングリーになれば、いろいろなことが可能となるはずだ。

この4年間いろいろあったにせよ、僕自身、ウチの大学にも強い運動部を作りたい、という気持ちだけはブレなかったと思う。それはきっと他のメンバーも同じだろう。3部リーグで立ち止まっている場合ではないのだ。だから、明日は、勝たなければならない。

V

2部3部入替戦：vs明旺大学

競技場に向かう途中で矢知と会う。

「おう、山田、この髭も今日が最後だな」

「サンキューな。この髭のお陰で、かなり無心になれたよ」

「それは良かった。……で、山田が好きだった女の子って誰だっけ？」

「忘れたな。花子だったかな」

「無理すんなって」

「あいつら今頃、鏡張りの部屋で休憩という名の運動をしているかもしれないけどな。最近、話が聞けなくて残念だよ」

「山田も非情になれるんだな」

「花子に対してということ？」

「いや、どっちかって言うと、自分自身に対して」

「まぁそのための髭でもあるしな」

「しかし、山田の髭、また一段と濃くなったな」

「もはや山男だろ。これで俗世間がだいぶ遠のいたよ」


競技場に入り、着替える。フィールドの端の方でストレッチをしていると、第1試合が終わった。対戦組合せの抽選会で話したスキンヘッドのキャプテンの都市農産大が勝利して2部リーグ昇格を決めた。また、1週間前の試合で双塔学院大に勝利して2部リーグ昇格を決めた北星工業大の人達も応援に来てくれている。我々も続かなければと思う。

森万と軽く話す。

「森万、調子はどうよ」

「もう体中ボロボロだけど、そんなこと言ってらんないだろ」

「全ては今日のために、だからな」

「ああ、ぶっ潰す」

フィールドが空くと、第2試合の両チームともウォームアップを始める。フィールドの半分ずつが各チームに与えられて、ウォームアップが行われる。僕は、このウォームアップの時間が嫌いだった。緊張するし、隣のフィールドにいる相手チームの各選手の動きが気になるし、早く試合が始まってくれないかと思う。

ウォームアップが終わり、試合開始前のセレモニーが行われる。選手一同、サイドラインに並ぶ。そして、両チームのキャプテンとバイスが、審判の誘導の下、サイドラインからフィールド中央に向かって歩いていく。キャプテンとバイスが揃って無精髭を生やしているチームはそうないだろう。

両チームのキャプテンとバイスがフィールド中央で対峙し、審判の紹介、両チームのキャプテン及びバイスの紹介、キックオフに関する選択、つまり、先攻／後攻の選択、陣地の選択のためのコイントスが行われる。コイントスに勝った明旺大がレシーブ、つまり先攻となるリターン側を選択し、我々がキック側になるので風上側の陣地を選択した。両チームで握手を交わしてサイドラインに戻る。ハドルを組み、全員で気合を入れて、キックオフのための配置につく。

前半・第1クオータが始まる。

我々のキックで試合が開始される。キッカーK崖山がボールを明旺大陣に蹴り込む。我々は明旺大リターナーRめがけて一気に突進していく。明旺大ブロッカーがかなり中央に寄っている……キックが少し浅い気がする……リターナーRが前進しながら捕球してリターンを開始する。カバー中央の僕も水牛も相手のウェッジを割れない。リターナーRが、カバー中央と大外の間付近の密集に空いた穴を抜けた。まずい、その穴からリターナーRに一気に駆け抜けられ、そのままタッチダウンされた。いきなり先制された。明旺大の選手達は、「行ける、行ける！」と盛り上がっている。

0対7となる。

我々のオフェンスとなる。最初のシリーズではファーストダウンを取れず、4thダウンでパントとなる。極めて悪い立ち上りだ。ただ、もともと我々を舐めていたであろう明旺大は、この試合開始でのキックオフリターン・タッチダウンと、最初のシリーズでのファーストダウン阻止とで、こいつら楽勝だと、さらに油断することになったかもしれない。

我々のディフェンスは概ね機能している。明旺大もダイブやダイブオプションを中心にオフェンスを展開してきたが、この手のランプレーはほぼノーゲインで止めることができた。久々にDTに入っている大竹さんもかなり動けているようだ。

そして、次のオフェンスシリーズで、やっと我々のプレーが機能し始め、反撃を開始する。FBジローのノーマルダイブやトラップダイブがゲインできるようになってきた。それによって、ディフェンダーの意識が中央に寄り始めた。そして、QB五右衛門がピッチ55をコールした。このピッチ55は、テールバックTBにオープンを走らせる単純なプレー

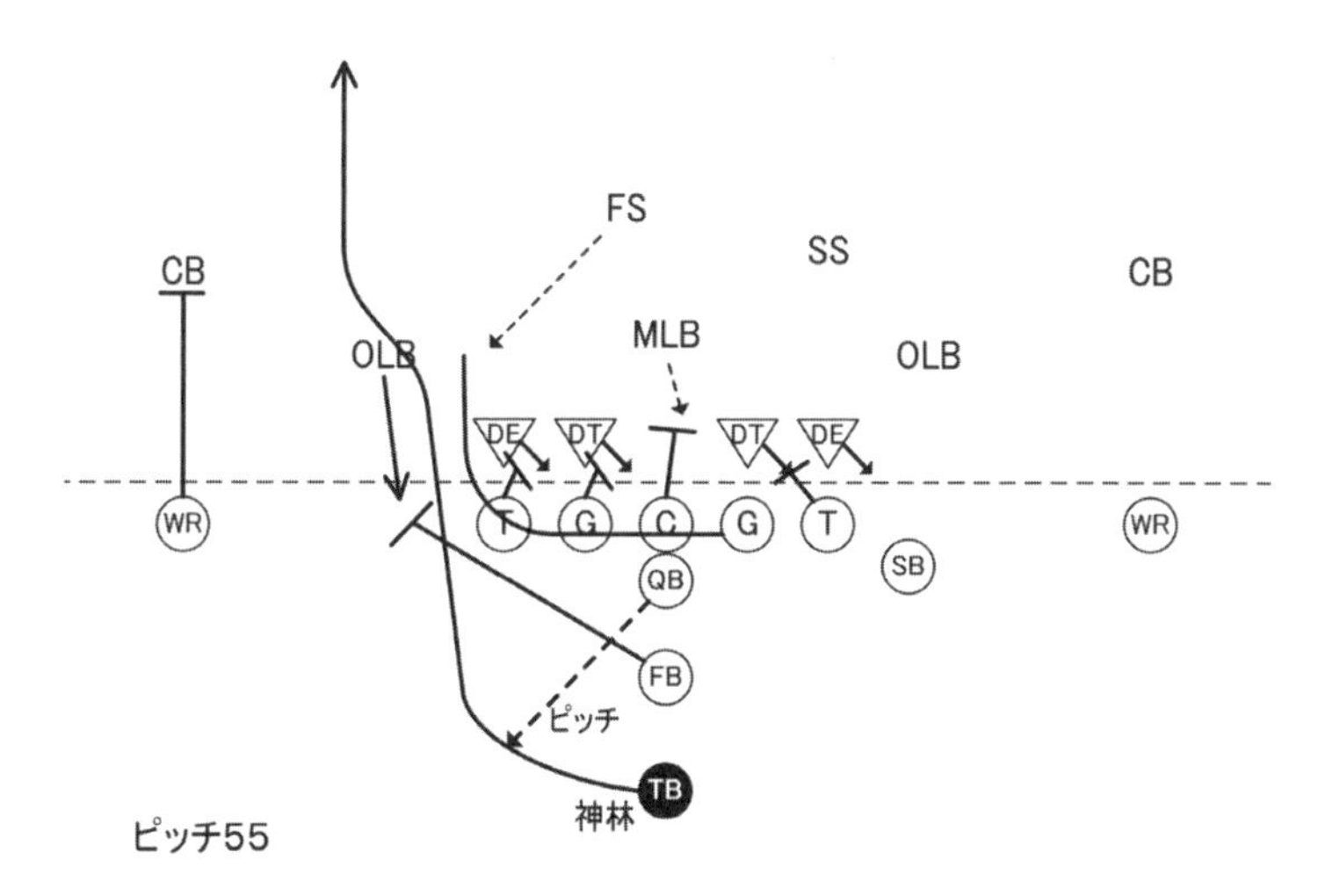
FS
SS
CB
CB
OLB
MLB
OLB
DE
DT
DT
DE
WR
T
G
C
G
T
WR
SB
QB
FB
ピッチ
TB
神林
ピッチ55

だ。このプレーは、ウィークサイドのディフェンスエンドDEが高い確率でインチャージしてくることに付け込むプレーであるが、ミドルラインバッカーMLBが素早くTBの走路に入れば止められるプレーだ。ただ、FBのダイブが出始めたことによって、MLBはダイブを警戒して中央付近でかなり前進している。

プレーが始まる。ダイブを警戒していたMLBはセンターCなどのブロックに巻き込まれて対応が遅れたようだ。

テールバックTBの神林が45ヤードを一気にロングゲインし、あっさりタッチダウンした。正直、このプレーでのタッチダウンは意外だった。おそらく、QB五右衛門も、中央に集中してきたディフェンスの意識を外に振る目的でこのプレーを選択したのだと思う。もちろん、このタッチダウンは、ブロックのタイミング、TB神林のスピードがハマったプレーではあるが、相手の油断による部分もあるのだろう。

7対7となる。

第2クオータに入る。

試合は膠着状態となる。

そして、双方ともエキサイト気味だ。僕に対しても何だかごちゃごちゃ言ってくる選手がいるが、そんな挑発に乗るつもりはない。というか、僕はオール面で余計なことにエネルギーを費やしている場合ではないので、挑発は当然に無視する。ただ、気の強い城田あたりは、若干やり返しているようにも見える。そうこうしているうちに、パスをつながれて1本タッチダウンを返された。

7対14となる。

そして痛い怪我人が出た。ミドルラインバッカーMLBの草刈が退場した。その後のプレーからは、それまでディフェンスタックルDTに入っていた大竹さんがMLBに入り、DTに2年の城田が入った。城田もオフェンスでのガードGとの両面となる。

そして、膠着状態が続いた後、あっという間に前半が終わった。

前半を7対14のビハインドで終え、ハーフタイムに入る。

前半終了時に両チームのキャプテンが審判に呼ばれ、「両チームとも、威圧的な言動を控えるように」と注意を受ける。

サイドラインで、皆の表情は悪くない。「行けるよ、全然」と皆口々に言う。一応、審判に言われたことを皆に伝えたが、上の空な感じだ。

後半の各ポジションのメンバーを幾つか変更した。大竹さんが判断する。

「城田、お前、後半はオフェンスで押すことだけ考えてみろ。水牛、城田の代わりにDT

に入れ」
おそらくは現時点で最強のラインであろう城田を、思い切ってオフェンスのみとして、ディフェンスタックルDTに1年の水牛を入れた。

ハーフタイムが終わり、後半開始のセレモニーが行われる。審判と両チームのキャプテンがフィールドの中央で対峙し、キックオフに関する選択を行う。後半は我々に選択権があるので、我々がレシーブ、つまり先攻となるリターン側を選択し、明旺大が風上側の陣地を選択した。そして、サイドラインに戻ってくると、もう一度ハドルを組み、全員で気合を入れる。
僕「これ勝つんだぞ、わかってんだろうな！」
皆「ウォォォォッ！」
僕「叩き潰せ！」
皆「ウォォォォォッ！」
矢知「ガンガンいくぞ、ガンガンオラー！」
皆「ウォォォォッ！」

後半・第3クオータが始まる。

次に僕がサイドラインに帰ってくるのは試合終了後だ。必ず勝って戻ってこようと自分に誓う。

後半は、ＱＢ五右衛門のプレーコールが冴える。ゲームプラン通り、中央へのＦＢジローのノーマルダイブやトラップダイブ、その裏のプレーとなるダイブオプション、さらにその裏のプレーとなるカウンターオプション、ウィークサイドオプションなどが効果的に組み合わされ、オフェンスが機能し始める。

そして、ここから満を持してテールバックＴＢにヒトシを投入した。

また、ＱＢ五右衛門は、相手の不意を突くようなＱＢスニークを要所で混ぜる。このＱＢスニークとは、センターＣからスナップを受けたＱＢがＣの後ろについてそのまま前進する最もシンプルなプレーだ。通常は、１ヤード以下のショートヤードを強引に押し込むためのプレーとして使われることが多いが、ＱＢ五右衛門はショートヤードでなくてもこのプレーを多用した。明旺大ディフェンダーの動きから、これが有効と判断したのだろう。実際にこのＱＢスニークで５〜８ヤードをゲインすることができた。ＱＢスニークは、これに対する裏のプレーがあるわけではないので、発展性のあるプレーではないが、ディフェンダーに中央への攻撃の嫌なイメージを植え付ける意味で有効だ。

そして、ワイドレシーバーＷＲじゃに夫へのフライが決まり、敵レッドゾーン、つまり、ゴール前20ヤード以内に入る。さらに、ＦＢジローのダイブ、ＴＢヒトシのブラストなどのプレーで前進して、ゴール前5ヤードまで迫った。TBのヒトシは、何とか走れているようだ。

ハドルで、センターCの中眞が「男やろ、これ取るぞ！」と檄を飛ばす。QB五右衛門は、右へのウィークサイドオプションをコールした。

プレーが開始される。キーとなるアウトサイドラインバッカーOLBはテールバックTBの方に動くはずだ。QB五右衛門がボールをキープする。ミドルラインバッカーMLBが過剰気味に反応し、オーバーパシュートして外側に行き過ぎたところで、QB五右衛門は鋭く内側にカットを切り、そのまま他のディフェンダーもかわしてタッチダウンした。

14対14の同点となる。

ディフェンスでは、ランプレーのほとんどを封じることができている。この展開から、明旺大は、ほとんどのプレーをパスで攻撃してくるようになってきた。しかし、わかっていることとはいえ、パスが結構通される。特に、ミドルラインバッカーMLBの後ろでフリーセーフティFSの前付近の中央ゾーンを狙ったポストコースのパスが要所で通される。QB五右衛門は、ポストコースにあまりパスを投げない。つまり、対戦形式の練習では、ポストコースのレシーバーがターゲットとなることは少ない。だから、ディフェンスもポストへのアジャストに苦労する。

結局、パスをつながれて、タッチダウンを許した。

14対21となる。


我々のオフェンスとなる。

明旺大ディフェンスの最大のマークは、スロットバックSB森万に向けられている。我々のオフェンスは、シーズン全般を通してSB森万へのパスにかなり頼ってきた。特に第5戦では、ランプレーの核となるテールバックTBヒトシがいない状況で、SB森万へのパスを中心にオフェンスを組み立てていた。明旺大は、ヒトシが怪我していることを知っているはずだから、当然にSB森万へのパスを封じることを第一に考えるはずだ。実際に、パスカバーでは、森万は、2人のディフェンダーによってダブルカバーされ、森万にパスを投げることすらできない状況が続いている。

逆に、これまであまり目立ってこなかったワイドレシーバーWRじゃに夫は、コーナーバックCBとのマンツーマンだけでカバーされていた。つまり、じゃに夫がこのマンツーマンカバーを制すれば、フライなどのロングパスが可能となるということだ。そして、今日、WRじゃに夫は相手CBを確実に振り切っていた。WRじゃに夫には、既に2本のフライが決まっている。

そして自陣45ヤードから、QB五右衛門が、再びWRフライをコールした。WRじゃに夫は、これまでCBの外側からCBを抜き去るコースをとっていたが、これが読まれてきたというのもあり、一旦CBの内側に入ってから外側に抜ける小さめのZアウトのコースを本能的にとる。

WRじゃに夫がZアウトのコースをとったにもかかわらず、QB五右衛門のパスは、全力で走るWRじゃに夫のサイドライン側肩越しにドンピシャのタイミングでヒットした。WRじゃに夫は、捕球後、足元にタックルしようとするCBを振り切って、タッチダウンした。QB五右衛門の40ヤード近いパスといい、WRじゃに夫の捕球とその後の15ヤードのランといい、完璧だった。この試合、QB五右衛門とWRじゃに夫のホットラインには随分助けられている。

21対21の同点にまた追いついた。

最終の第4クオータに入る。

我々のディフェンスとなる。ハドルの中に大竹さんがいない。シーズン中盤から傷めていた膝に限界が来たのだろう。アウトサイドラインバッカーOLBに入っていた1年の新大谷をミドルラインバッカーMLBに変更し、ストロングセーフティSSに入っていた鷹端をOLBに入れ、SSには2年の名栗を入れた。こんなこともあろうと、鷹端にはOL

Bの練習もさせておいたのだ。ディフェンスでは、プレーメーカーである草刈と大竹さんを失ったことになるが、皆の士気は下がっていない。コーラーのフリーセーフティFS蛭本も冷静に状況に対処している。

一進一退の攻防が続き、自陣40ヤードから我々のオフェンスとなる。

1stダウンのプレーで、FBジローのトラップダイブで4ヤードゲインした。これで、次はいかにもダイブオプションという感じのシチュエーションとなる。ここで、QB五右衛門は、2ndダウンのプレーで右へのドゥームズデイをコールした。

ドゥームズデイとは、カウンターオプションのフェイクを入れてからのWRフライのパスのことである。元々のプレー名は「カウンターオプションフェイクWRフライ」であるが、長いので、我々はこれを、世の終わりを意味するドゥームズデイと命名していた。これも随分練習したプレーだ。

このプレーでは、まずFBのダイブのフェイクを入れ、ダイブオプションのフェイクを入れ、さらにダイブオプションとは逆方向へのカウンターオプションと見せかけてからWRへのロングパスを狙う。これは、カウンターオプションに対するディフェンダー、特にコーナーバックCB、フリーセーフティFSの過剰な反応を利用するプレーである。

我々はセットする。相手ディフェンスはこのプレーを読んではこないだろう。

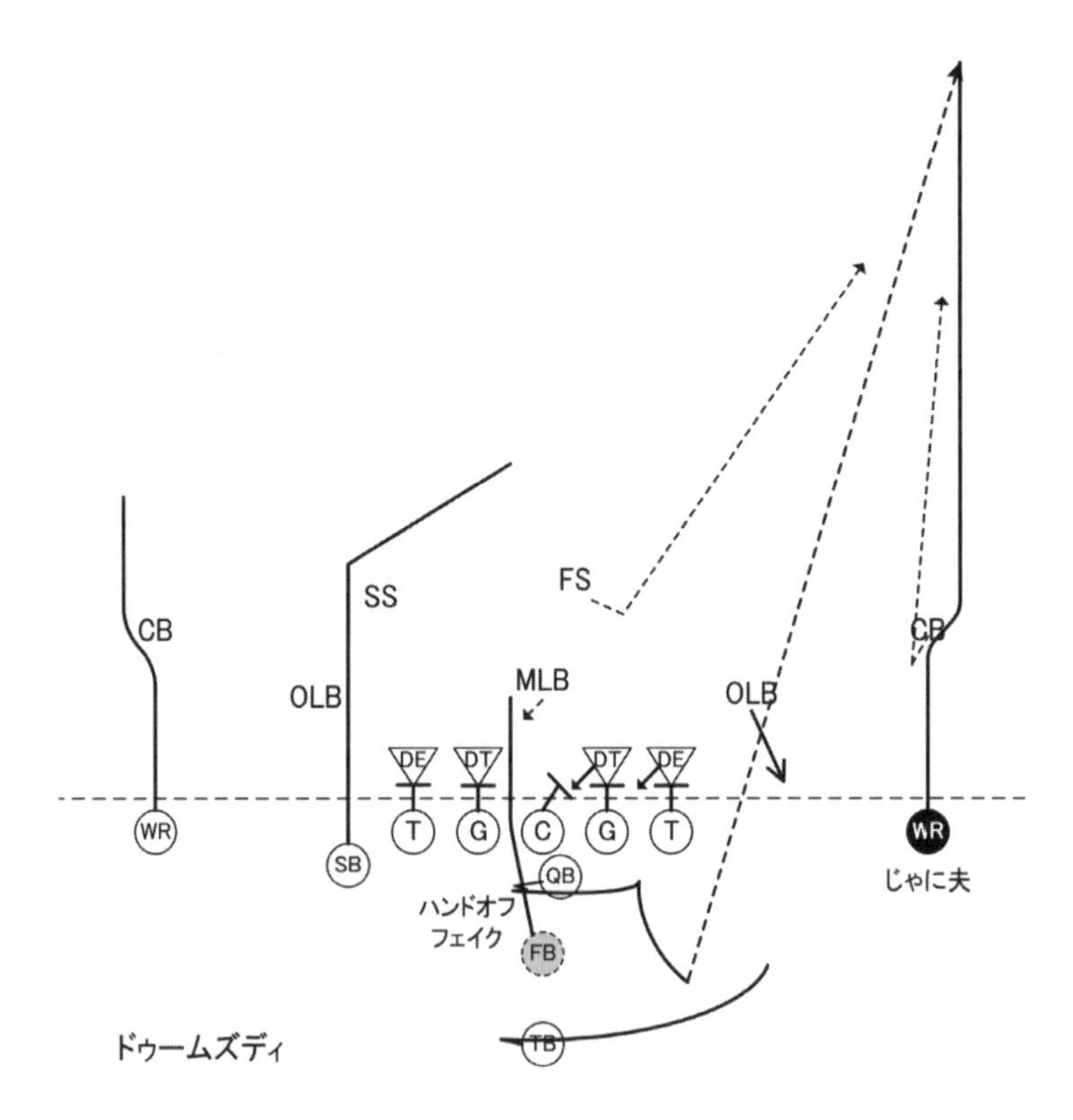
CB
SS
FS
CB
OLB
MLB
OLB
DE
DT
DT
DE
WR
T
G
C
G
T
WR
SB
QB
じゃに夫
ハンドオフ
フェイク
FB
ドゥームズディ
TB

プレーが始まる。予想通り、相手DTやMLBは対オプションの動きをしてくる。そして、このドゥームズディが、コーナーバックCBを振り切ったワイドレシーバーWRじゃに夫に見事にヒットした。捕球したじゃに夫は、背後から追いかけてくるCBを振り切ってタッチダウンした。芸術的なプレーで逆転した。

28対21となる。

残り3分半となったところで、明旺大オフェンスが始まる。明旺大も必死に7、8ヤードのショートパスと10～15ヤードのミドルパスをつないでくる。明旺大オフェンスは敵陣30ヤード付近、つまり、ゴールまで70ヤードの地点から始まったが、あっという間に50ヤード内に入る。パスがつながれる。なかなかオフェンスが切れない。じわじわと残り25ヤードまで迫られた。

まずい、またしてもポストのパスが、ゴール前のワイドレシーバーWRに通された。タッチダウンこそ防いだが、ゴール前1ヤードだ。

しかし、このプレーで明旺大の反則があった。オフェンスラインがディフェンスラインを掴むホールディングの反則が取られた。これにより、プレーが無効となるとともに10ヤードの罰退となる。命拾いだ。しかし、まだ明旺大の攻撃が続く。

次のプレー、サイドライン際のWRにパスが投げられた。すると、そのWRの前にコーナーバックCB神林が入る。

このパスをCB神林がインターセプトした。神林が神様に見えた。ピンチを脱した。CB神林は、昨年の入替戦でのインターセプトミスに対するリベンジができたことになる。それにしても神林は、今日は攻守に大活躍だ。

このインターセプトによるターンノーバーによって我々のオフェンスとなる。残り時間1分38秒で、明旺大の残りタイムアウトはあと1回だ。このオフェンスであと1回はファーストダウンを更新する必要がある。


1stダウンのプレー：右のノーマルダイブで4ヤードをゲインした。ここで明旺大が3回目の、つまり最後のタイムアウトを取り、残り試合時間が1分33秒で止まる。

2ndダウンのプレー：QB五右衛門は、右へのウィークサイドオプションをコールした。今日、最も確度のあるプレーだ。期待通り、五右衛門がQBキープで8ヤードを走り、ファーストダウンを獲得し、試合を決定付けた。

ハドルの中でQB五右衛門に聞いた。

「次、ニーダウンするだろ？」

「はい」

ニーダウンとは、センターCからスナップを受けたQBがボールを持ったまま膝を地面に着くプレーだ。要は、勝っているチームが安全に時間を消費して試合を終了させるためのプレーだ。残り試合時間と、相手チームの残りタイムアウト数とが条件を満たすと、このような試合の終了のさせ方ができる。

僕は即興でニーダウン用のフォーメーションを指示した。つまり、普段は1ヤード程度あるオフェンスライン同士の横の間隔を、相手ディフェンダーの侵入を防ぐために、オフェンスライン同士が接触するまでタイトに詰めさせる。そして、普段はIフォーメーションで縦に並んでいるフルバックFBとテールバックTBを左右対称に横並びとするビア隊形にするように指示した。一般的には、ニーダウンフォーメーションでは、万が一に備えてワイドレシーバーWRの一人をQBの後ろ15ヤードのところに配置するものだが、即興での混乱を避けるために、WRはラインの一部としてセットすればよいと考えた。

「ラインはギャップタイトで、バックはビアで」

今までこういうシチュエーションがなかったため、ニーダウンフォーメーションを打ち合わせたことがなかったが、数日前から僕の頭の中にはあった……当然にこういう終わり方もあるだろうと……。ただ、練習でこのフォーメーションを試すと、気が緩むだろうと思い、やめておいた。

プレーが始まる。QB五右衛門がニーダウンする。明旺大はタイムアウトを使い果たしている。残り時間がカウントダウンされていく。

2回目のニーダウンをしたところで試合終了となった。

勝った。

やっと日の目を見ることができる……俺達……やっと。

両チームがセンターラインを挟んで整列し、試合終了の礼をして双方握手をすると、皆「ウォォォォォォォォォ」と雄叫びをあげながらエンドゾーンまで走って行き、脱いだオレンジ色のヘルメットを高く上げて、「ウォッ、ウォッ、ウォッ、ウォッ……」と腹の底から大合唱で連呼する。最後に明旺大へのエールで締めてサイドラインに戻る。

谷口さんが言う。

「昇格、おめでとう」

湯江野監督が言う。

「みんな、いい言葉があるんだ。勝てば官軍だ！」

「ウォォォォォォ！」と皆、雄叫びで応える。

試合結果：〇勝ち　28対21

結局、ドゥームズデイが決勝点となった。これで2部昇格が決定した。明旺大はさすがに強かった。まさか我々に負けるとは思っていなかっただろう。逆に、我々はよく勝てたと思う。

その後、応援に来てくれていた北星工業大の人に礼を言い、フィールドで胴上げをした。生まれて初めて胴上げされたが、こんなに怖いものだとは知らなかった。そして、シャワーを浴びると控室を撤収した。

夕暮れの中で今年最後のハドルを組んだ。僕がコメントするのは、これが最後になる。

「1年間お疲れ様。こうして目標を達成したわけで、今日はみんなで喜ぼう。でもこれは、俺達が強くなっていくための通過点にすぎないから。だから、明日からは、チームをもっと強くしていくことを考えていこう。もっと強くなりたいだろ？　なれるはずだから。俺からは以上。解散」

この「解散」の一言を以って、僕はやっとキャプテンらしくなったような気がした。

実際問題として、3部リーグのチームが2部リーグに上がること自体は、別に大した話ではない。平均以下のチームが平均以上になるだけのことだ。ただ、理系の国立大学というスポーツをやるには砂漠のような環境で、何もないところから一つ上の先輩達が部を立ち上げ……砂漠の中に植えた一本の木が、枯れそうになったり折れそうになったりしながら、こうしてやっと実をつけたのだ。

そして今、この砂漠にもポツポツと雨が降り始め、大地が潤されていく。ウチの大学にも、すごく強い運動部といかないまでも、そこそこ強い運動部の礎を作ることができた。少しは褒められてもいいだろう、少しは自慢してもいいだろう。

翌日、当然に朝帰りとなった。酒を飲んだのは4カ月ぶり、いや5カ月ぶりかもしれない。その朝の空は優しく曇っていた。

家に帰ると、僕はまず洗面所に向かい、2カ月間伸ばした髭を剃った。髭は意外と日除けになっていたらしく、髭跡が他の部分に比べて色白となっていた。

鏡の中には、非情な自分はもういない。僕は、いろいろなことにいちいち傷つく弱々で甘々な人間でいい。そして、自室に行き、崩れるように布団に入り、夕方まで起きなかった。夜に、寧々に電話をして、一応浮上できたことを伝えた。今度忘年会をやろうと言って電話を切った。

Ⅵ

数日後、同期の5人、矢知、森万、ヒトシ、中眞、僕で集まり、3年、つまり新4年のメンバーから来シーズンのキャプテンなどを決めた。選考基準については、もっぱら存在感や安定感がポイントとなり、そういう意味で、まず、キャプテンをラインバッカーの草刈、バイスをラインの不二川とした。

草刈は、ワイルド系で恰好良く、カリスマ性がある。それに、初代キャプテンの大竹さんも、2代目の僕も留年していたが、成績優秀な草刈には留年のリスクがほとんどない点も良いことだと思った。何事も何番煎じとかいうのは良くない。また、不二川は、何といってもマメであり、周囲を見ながら適切な行動がとれる男だった。こういう重厚で安定感があるのがバイスにいると良いと思った。

そして、新3年の城田もバイスにしたいと提案すると、皆は了承してくれた。これは、すでに大器の片鱗を見せている城田には早々にリーダーシップを取ってほしいというのもあるし、下克上はウェルカムであって年功序列の古臭いサラリーマン社会のようなつまらない組織になってほしくないというのもある。

そして、引き継ぎを終えた。

7. その後

1992年の春が来た。矢知と森万は大学院に進学し、ヒトシと中眞は社会人となり、それぞれの方向に進んでいった。皆、選んだ道で成功するに違いない。

そして、大竹さんも無事卒業し、社会人となった。社会人になってどこまで己を発揮するつもりなのかはわからないが、そのバイタリティと精緻さを以ってすれば、彼に不可能はない気がする。

「大竹さん、会社でもガツガツ行くんですか？」

「俺は、世界に通用するような一流の会社でやれるだけやりたいが、出世なんかには興味はない。一度しかない人生だ、俺はやりたいことをやる。将来はバーでも開くかな」

「バーですか？」

一瞬目が点になったが、意外とあり得るのかもしれない。きっと綿密な戦略を練って、料理や酒を徹底的に極めるに違いない。客が怖がって逃げていかなければよいが。

「お前、開店したら、瞬間に飲みに来いよ」

「行きますよ。でも客に一気飲みさせちゃだめですよ」

これまで実質的に部を仕切っていた初代キャプテンの大竹さんが、部を離れることになる。これからは、目の前の試合に勝つことだけでなく、チームの組織化やその承継も大きな課題となるだろう。そして、奈豪さんを中心としてOB会なるものも結成された。

僕は5年目の学生生活を送る。学生リーグ選手登録の有効期間があと1年残っていたので、僕は一選手としてチームに残ることにした。

そして、もはやモテないことや何かと紆余曲折することが自分のアイデンティティとなりつつあったはずだが、何だか急にモテるようになり、物事がまともにいくようになってきた。就職活動では、あちらこちの会社の人から、社交辞令とはいえ「是非わが社に！」と言われるし、女の子の中には露骨にヘイカモンサインを投げかけてくる人もいる。

大学での単位の取得も卒論の作成も順調に進んだ。どういうことだ？　これは本当に自分の人生なのか？　そうだ、12月の朝のグラウンドでの出来事のように、風向きが180度変わったのだ。そんなわけで、僕としたことが、普通に彼女ができ、普通に就職が決まり、そして卒業した。この当たり前のような状況を得るのに、何だか随分回り道をしてしまった気がする。

その後の四半世紀にわたってチームは脈々と受け継がれていく。最近の20年余りの監督を不二川が務め、その過程でチームはより組織化された。初代の先輩が数人で始め、ワンノンワンに明け暮れつつ、意志だけで成り立っていたようなチームが、今やプレイヤーとスタッフを含めて100人ほどの組織となったのには、ただただ驚嘆するばかりである。しかも、アメフト強豪大学出身の優秀なコーチ陣に参画してもらえるようになったのも大きい。もはや「ローカルチーム」などと言わせない、一大組織なのだ。学生リーグの再編などがあったものの、チームは概ね2部リーグで戦い、1部リーグでプレーするシーズンもあるほどになった。1部リーグ定着が当面の課題となるだろうが、いずれ日本一になってほしいと思う。

僕はスポーツ観戦をあまりしない。したとしても、最初のうちは面白く観ていても、所詮他人の戦争と思うと次第に飽きてしまう。しかし、母校の試合観戦は……もはや子供の世代の部員達の試合ではあるが……僕が唯一感情移入できる対象となりつつある。試合の序盤だけではなく、最後の1秒まで熱狂して観戦することができる。普段はどこか冷めている僕でさえも。

最後に寧々の話。

寧々とは、僕が社会人になったばかりの頃に飲みに行った。寧々の会社は成功していたようで、既に従業員が10人程いるとのことだった。

寧々に最後に会ったのは、確かその頃の初夏の朝7時、まだすいている山手線の中だった。僕は、通勤経路の一部として渋谷から品川まで山手線を使っていた。渋谷から山手線に乗ると、同じ車両に寧々と連れの女性も乗ってきた。僕が寧々に声をかけると、寧々は驚いていた。連れの女性も一緒だったということもあり、あまり深い話をできなかったが、寧々は、

「朝からナンパされたかと思ってびっくりしたわ」

と言って笑っていた。その優しげな笑顔を、僕は今でも覚えている。

その後、寧々は、カナダ人と結婚してカナダに移住した。そして、互いに引越しを重ねるうちに音信不通となってしまう。

寧々が設立した会社は存続しているようだが、いろいろと調べても、寧々の名前はもうない。

寧々は今頃どうしているのだろう。

著者プロフィール

浜 みち途（はま みちと）

1968年生れ
東京都出身
東京工業大学工学部卒
弁理士、特許翻訳の会社及び特許事務所を経営
神奈川県在住

ONE ON ONE —ワンノンワン—

2023年１月15日　初版第１刷発行

著　者　浜 みち途
発行者　瓜谷 綱延
発行所　株式会社文芸社
〒160-0022　東京都新宿区新宿１－10－１
電話　03-5369-3060（代表）
03-5369-2299（販売）

印刷所　株式会社フクイン

ISBN978-4-286-27045-6